INIMAGINABLE

DINA SILVER

INIMAGINABLE

Traducción de

Paz Pruneda

amazon crossing

Título original: *The Unimaginable*
Publicado originalmente por Lake Union Publishing, Estados Unidos, 2014

Edición en español publicada por:
AmazonCrossing, Amazon Media EU Sàrl
5 rue Plaetis, L-2338, Luxembourg
Marzo, 2015

Adaptación de cubierta por Pepe *nymi*, Milano

Impreso por: Ver última página
Primera edición digital 2016

ISBN: 9781503934030

www.apub.com

ACERCA DE LA AUTORA

Dina Silver es escritora, amante del vino y una experta en aparcar el automóvil en línea en espacios pequeños. Vive con su marido, su hijo y su gato atigrado de nueve kilos en un barrio residencial de Chicago. Preferiría vivir en un lugar donde hiciera calor todo el año, pero entonces nunca se quedaría en casa y no escribiría nada. Para más información sobre Dina y sus otros libros, visítese www.dinasil ver.com.

PRÓLOGO

Nunca olvidaré el olor. En muchos sentidos resultaba discordante, pero imposible de olvidar porque hasta entonces jamás había tenido miedo de ningún olor. Cerré los ojos y respiré por la boca mientras esperaba mi turno.

Vinieron a por mí en tercer lugar.

Me puse en pie y me vendaron los ojos —no muy fuerte, de forma algo descuidada— y luego me llevaron arriba. No desperté de mi pesadilla, pero cuando el aire fresco azotó mi rostro, me dio esperanzas. Casi lloré de alivio cuando la brisa del océano me envolvió. El húmedo aire salado era mi libertad y pensé para mis adentros que con solo meterme en el agua todo iría bien. Pero no había ningún camino fácil para alcanzar la seguridad. Ninguna brecha en el sistema que estaba diseñado para mantenerme en el sitio. Estaba allí por una razón y solamente por una: era una mera pieza de intercambio.

Mis piernas estaban entumecidas y débiles y, privada de la vista, carecía de todo sentido de la orientación. En cuanto me liberé de sus garras, sin saber en un principio qué dirección tomar, giré en redondo y dirigí mis pasos a todo correr por el estrecho pasillo que llevaba hasta la proa. El olor del agua se hizo tan intenso que casi podía sentirla en mi piel. *Simplemente, llega hasta la borda y salta. No dudes, no mires atrás, no pienses.* El agua me cubriría y estaría segura.

Tenía que alcanzar mi meta. Los de abajo contaban conmigo y me negué a volver a descender. Mis pies estaban tan decididos como mi mente y, finalmente, supe con exactitud dónde me encontraba. La venda de los ojos se deslizó y recuperé la visión tan pronto como doblé la esquina y pude ver que solo me separaban del borde dos zancadas más.

Casi lo logré.

CAPÍTULO I

Seis meses antes

La única razón por la que lloré en el funeral de mi madre fue por ver a mi hermana Caroline tan desolada... Y allí estaba ella de nuevo, sumida en la tristeza, pero esta vez era por mí. Era el 3 de agosto de 2010 y habían pasado dos meses desde que mi madre murió, cuarenta y cinco días desde que perdí mi trabajo de profesora y quince años desde que soñé por primera vez con abandonar Indiana.

Y ahora estaba subiendo a un avión con destino a Tailandia.

Era la primera vez que volaba.

Caroline, veintidós años mayor que yo, me había llevado hasta el aeropuerto, conduciendo en silencio y secándose las lágrimas la mayor parte del trayecto. Dejarla iba a resultar para mí la parte más dura.

Nos quedamos en pie en la acera un momento.

—Gracias por traerme —dije.

Se cruzó de brazos y asintió de mala gana.

—Sé que no puedes entender por qué hago esto, pero te agradezco que estés aquí. Nunca me habría ido sin despedirme de ti. —Tragué saliva—. Solo me gustaría que además me dieras tu bendición.

Ella apartó la vista.

—A mi parecer, esto es un tanto radical. Yo podría haberte echado una mano para que encontraras otro trabajo aquí, Jessica.

—¡Qué sabrás tú lo que es radical! —la interrumpí—. Nunca has hecho nada radical, ni siquiera has pensado en hacer nada radical.

Me miró furiosa.

Respiré profundamente.

—Lo siento, pero fíjate en mí. —Hice una pausa y levanté la mano para ahuecar mi espeso cabello rubio. Llevaba la misma media melena hasta la barbilla desde que tenía doce años. Cuando era pequeña, mi madre prohibía el pelo largo e incluso ahora, ya adulta e independiente, me sentía culpable cada vez que se acercaba a menos de tres centímetros de mis hombros, y me apresuraba a cortarlo—. Tengo veintiocho años y todavía llevo el corte de pelo que le gustaba a ella.

—No pienso hablar mal de mamá. Ahora no.

Ni nunca, pensé para mis adentros.

—Esta es mi oportunidad para hacer algo diferente. —Hice otra pausa y traté de encontrar sus ojos, pero mi hermana miró hacia otro lado—. No quiero otro trabajo aquí, ya lo sabes. Quiero un cambio de escenario, algo diferente... Necesito algo distinto. Lo único que me retiene aquí eres tú. No quiero decir con esto que no sea suficiente...

Levantó la mano para callarme.

—Sé que no es bastante para ti, pero he hecho todo cuanto he podido, de verdad.

—Ya lo sé —contesté, y nos abrazamos.

Siempre he tenido la sensación de haber nacido en la familia equivocada en la ciudad equivocada y mi madre nunca hizo nada para borrar esos sentimientos. Mantener el status quo y la palabra de Dios era todo lo que me estaba permitido hacer. Ir a la escuela. Ir a la iglesia. Buscar un trabajo. Encontrar un buen hombre. Aprender a hacer tarta de manzana. Dejar el mencionado trabajo y empezar a tener hijos. Ayudar en las tareas de la iglesia. Aprender a hacer más tartas. Quizá de cerezas.

Caroline era mi punto de amarre. Cuando era niña me cantaba para que durmiera, secaba mis lágrimas cuando mi adolescente corazón sufría por una ruptura y, hasta donde puedo recordar, fue la única persona que siempre me quiso. Pero una hermana no es una madre, por mucho que lo intente o por mucho que crea que lo es.

Caroline era profesora, así que me hice profesora. Asistí a la misma facultad que ella y me gradué con un trabajo de profesora de segundo curso en la Escuela de Educación Primaria Milford de Wolcottville, en Indiana. En mis ratos libres se me podía encontrar en la biblioteca, rebuscando entre los DVD. Solía sentarme horas y horas viendo películas norteamericanas y extranjeras rodadas en lugares exóticos, siempre soñando con el desafío que supondría vivir sin centros comerciales en las afueras ni bares transmitiendo deportes por la televisión. Imágenes fotocopiadas de playas de arena blanca, *palapas,* veleros y montañas cubiertas de hierba verde decoraban la pared del cabecero de mi cama, de tal modo que todas las mañanas me despertaba rodeada de fotografías de los sitios en que me habría gustado estar.

—No durarías ni un día —solía decirme Caroline.

—Tienes razón —contestaba yo—, duraría toda mi vida.

Quería a Caroline más que a nadie en el mundo y, lamentablemente, más de lo que ella se quería a sí misma. Se había casado muy joven, en cuanto acabó sus estudios, y cuando su marido supo que no podía tener hijos, se divorció de ella rápidamente.

Yo era todo lo que tenía.

Intentaba desesperadamente que yo compartiera sus mismos sueños y, durante un tiempo, intenté complacerla con todas mis fuerzas, pero dentro de mí sentía envidia de aquellos que se habían liberado de la monotonía del condado de LaGrange. Y desaparecida mi madre, me había llegado el turno.

Seguimos así unos segundos más hasta que Caroline rompió el incómodo silencio.

—Quiero enseñarte algo. —Hurgó en una bolsa de papel marrón que había traído con ella y sacó un álbum de fotografías atado con un largo y fino cordón de cuero—. Echa un vistazo a esto.

Cogí el álbum y desaté el cordón. En el interior, las páginas estaban gastadas y llenas de fotografías —algunas en color, otras en blanco y negro— de una hermosa joven posando en todas las calles de la ciudad de Nueva York y luciendo la sonrisa más grande y luminosa que había visto en toda mi vida. Apenas podía reconocerla pero se parecía muchísimo a mí. De pequeña estatura, delgada, ojos azules y pelo rubio —solo que el suyo más largo—. Había fotografías en que lucía una minifalda y botas hasta la rodilla frente a la Estatua de la Libertad, otras con un suéter apretado y pantalones acampanados en el edificio del Empire State o con vaqueros en el puente de Brooklyn.

—Es mamá —dijo Caroline mientras pasaba las páginas—. En su luna de miel. Cuando todavía era algo soñadora, igual que tú.

Me llevé la mano a la boca.

—Lo encontré cuando estaba limpiando su armario —explicó encogiéndose ligeramente de hombros—. Creo que te pareces a ella más de lo que crees.

Cerré el álbum y lo apreté contra mi pecho.

—Gracias —murmuré.

Apesadumbrada y a la vez llena de esperanza, me di la vuelta y entré en el edificio.

CAPÍTULO 2

Cuando veinticuatro horas más tarde aterrizamos en el aeropuerto internacional de Phuket, estaba hecha un desastre. Sobre todo porque treinta minutos después de despegar me había derramado por mi blusa blanca el contenido entero de un tetrabrik de zumo de tomate. Además, no había conseguido dormir bien y mi cabello tenía el aspecto de haber sido peinado con una batidora. La señora Smythe, de la agencia local de viajes en Wolcottville, me había ayudado a localizar un sitio donde alojarme cerca de Tall Trees, la escuela donde pronto comenzaría a trabajar, así que en cuanto pasé por la aduana y sellé el pasaporte por primera vez, salí a buscar un taxi que me llevara a mi nuevo hogar.

Era última hora de la tarde del sábado y la cola de los taxis, como la de la aduana, era un auténtico caos. La gente se empujaba, agitaba los brazos y se gritaba órdenes en un idioma incomprensible para mí. Me pasé todo el tiempo intentando controlar mi pasaporte y mis pertenencias, segura de que se me estaba olvidando algo, pero había tanta actividad que resultaba difícil concentrarse. En el momento en que creí que ya había llegado al principio de la fila, no menos de cinco personas se me colaron y se subieron al primer taxi sin importarles nada que yo estuviera esperando delante de ellos.

Tenía tanto equipaje —tres bolsas grandes de viaje, una pequeña maleta con ruedas, mi mochila, mi portátil y el bolso— que me aterrorizaba alejarme siquiera un segundo de todo aquello.

—¡Vas tú, bruja! —gritó un hombre tan cerca de mí que me sobresaltó.

—Perdone, ¿qué es lo que ha dicho? —pregunté sobresaltada.

A pesar del sofocante calor, el hombre vestía un chándal de terciopelo rojo, cinco collares de oro y suficiente colonia como para dormir a un caballo. Llevaba un maletín de cuero en su mano derecha y un cigarrillo en la otra y, si nos hubiéramos encontrado en cualquier otra parte del mundo, habría echado a correr, pero algo en su cara y el hecho de que reconociera que era yo la que estaba fuera de lugar, y no él, hizo que deseara confiar en él. Al menos el tiempo suficiente para que pudiera retirar mi equipaje de la acera y meterlo en un taxi.

—¿En qué dirección va? —preguntó señalando la fila de taxis.

—¡Oh, bueno! Voy a... —Hice una pausa mientras buscaba en mi mochila el trozo de papel donde estaban apuntadas mis nuevas señas y se las mostraba.

Asintió y luego dio un grito a un hombre que estaba al principio de la cola. No entendí una palabra de lo que dijo, pero el hombre vino, cargó con todos mis bultos y los metió en el maletero del vehículo.

—Mmm... Muchas gracias —dije extendiéndole la mano.

—Soy Niran. He nacido en Phuket —explicó mientras nos estrechábamos las manos—. ¿Me conoce tal vez?

Negué con la cabeza.

—Todo el mundo me conoce. ¿Ha estado antes en Phuket?

—No, es mi primera vez.

—¡La primera vez! —repitió divertido y gritó algo más al conductor antes de sacar una tarjeta del bolsillo y entregármela—. Venga a verme. Este es mi local. Debe venir. ¿Le gusta el vodka?

Bajé la vista a la tarjeta. Ponía «Niran (sin apellido), Propietario, The Islander Bar & Grill». Debajo de las señas decía: «Anímate, visítame». No pude contener una sonrisa.

—Gracias, Niran. Prometo que pasaré a verlo un día de estos.

Dio una calada al cigarrillo, echó la cabeza para atrás para mirarme de la cabeza a los pies y luego exhaló el humo hacia arriba.

—¿Está de vacaciones o necesita un trabajo?

—Me he mudado para trabajar en un colegio de aquí. Soy profesora. Profesora de inglés.

—Así que necesita un trabajo. —Dio otra calada al cigarrillo y aplastó la colilla con el pie en la acera—. Ya la veré —dijo, y se alejó caminando.

—¡Muchas gracias! —grité y me zambullí dentro del taxi.

Unos veinte minutos después llegamos a la ciudad de Koh Kaew. Las calles eran estrechas y estaban atestadas de gente, y mi conductor hizo girar el vehículo alrededor de un autobús volcado como si se tratara de un cono de tráfico color naranja cualquiera. La gente se agrupaba a un lado de la carretera conversando tranquilamente sin preocuparse por los vehículos que pasaban cerca de ellos a toda velocidad.

Giré el cuello para poder mirar por la ventanilla trasera abierta y dejé que el sol calentara mi cara mientras atisbaba el océano que quedaba a mi izquierda. Salvo alguna ocasional espuma blanca, el agua estaba casi en calma, flanqueada por enormes rocas del tamaño de pequeños edificios, cubiertas de musgo. Era el panorama más glorioso e intimidante que había visto en toda mi vida. Al cabo de unos minutos, el taxi giró bruscamente y nos metimos por una calle en la que todas las casas parecían iguales —viviendas cuadradas de dos plantas, cada una con un pequeño patio— hasta que nos detuvimos frente a una pintada de gris. Había una verja que llegaba hasta la cintura rodeando la propiedad, con un cuadrado jardincito delantero con la hierba recién cortada. Dudé unos segundos antes de salir del taxi.

El conductor descargó mis cosas, las dejó sobre la acera y encendió un cigarrillo mientras esperaba a que saliera y le pagara. Fue entonces cuando me di cuenta de que había olvidado cambiar mis dólares por bahts en el aeropuerto, pero, afortunadamente, aquel hombre aceptaba moneda norteamericana.

Lo primero que noté al salir del taxi fue el aroma del aire. Era una agreste mezcla de comino, jengibre e hibisco, combinados con el humo del diésel de las motocicletas y mototaxis que circulaban por las bulliciosas calles transversales.

—Gracias —le dije, y oí abrirse la puerta de la casa que había detrás de mí. Una mujer elegantemente vestida con unos pantalones capri blancos y sandalias apareció corriendo. Su canoso pelo antes castaño estaba cortado a lo chico y su sonrisa hizo que me relajara por primera vez en los últimos dos días.

—Tú debes de ser Jessica —dijo.

—Sí, hola. ¿La señora Knight? —Le tendí la mano.

—Encantada de conocerte. Ahora, mete tus cosas dentro, te enseñaré tu habitación y te presentaré a mi marido —comentó antes de volver hacia la casa.

Poco después de perder mi trabajo en Indiana, me inscribí en un programa de intercambio de profesores que intenta enviar a educadores cualificados a escuelas carentes de ellos por todo el mundo. Una vez aceptada, me asignaron a los señores Knight a través de Tall Trees. Algunas familias —thai, inglesas y norteamericanas— participaban en el programa y ofrecían habitaciones en alquiler a gente que se encontraba en la misma situación que yo. Los Knight era una pareja norteamericana de jubilados que habían cumplido ya los setenta años y ahora repartían su tiempo entre Phuket y su ciudad natal, Houston, en Texas. Hasta ese momento eso era todo lo que sabía de ellos.

La casa tenía un muy agradable exterior y también me gustaba el barrio en que se encontraba. Muchas de las casas de Phuket están levantadas sobre pilotes, construidas así en su día para evitar las inundaciones e impedir la entrada de animales no deseados. La mayoría de esas casas cuentan con una amplia terraza, el espacio de mayor tamaño del hogar y suelen carecer de instalaciones sanitarias. Afortunadamente, yo había dado con una casa situada en una parte más moderna de la ciudad y a solo unos veinte minutos en bicicleta, mi único medio de transporte, a la escuela. En definitiva, aquello estaba a años luz de la granja en que había crecido.

Una vez dentro, dejé mi equipaje en la entrada y casi me quedé dormida mientras esperaba que volviera la señora Knight. Mi cuerpo estaba bajo el impacto del cambio de cultura, el desfase horario, el cansancio por tantas horas sin dormir y el hecho de estar viviendo mi sueño.

—¡Pasa por aquí, querida!

Seguí su voz hasta una pequeña habitación familiar con una terraza cubierta. Su marido estaba sentado fuera leyendo un libro y se esforzó para levantarse de su sillón. Era un hombre corpulento con lentes de montura muy fina que sonrió y saludó con la mano de forma entusiasta cuando aparecí ante su vista.

—Vaya, hola —exclamó—. Eres una joven encantadora...

Me acerqué a él.

—Muchas gracias, pero estoy hecha un desastre. Soy Jessica Gregory. Encantada de conocerlo. De verdad que les estoy muy agradecida a los dos por alojarme.

—Bob Knight. Por favor, siéntate. —Hizo un gesto señalando uno de los sillones.

—Gracias.

—Voy a buscar el té —anunció la señora Knight.

Bob se sentó otra vez lentamente y dirigió la mirada hacia la mancha roja de mi blusa.

—Bueno, Jessica, cuéntame algo de ti. Agnes comentó que eres de Indiana.

Pensé en lo que había sido mi vida hasta ese momento y luché por encontrar algo que decir. Lo más interesante que había hecho en mis veintiocho años había sido subirme a ese vuelo en dirección a Phuket. Puse las manos sobre mi regazo.

—Sí, soy de Wolcottville. Está como a una hora al este de South Bend. Fui a la escuela universitaria cerca de allí, me gradué con una licenciatura en Educación y luego volví a casa, donde trabajé como profesora de segundo curso de primaria. —Sí, eso es lo que dije, pero lo que me habría gustado decirle era que «A pesar del hecho de ser de un pueblo sin semáforos, de estar manchada de zumo de tomate, de haber olvidado cambiar mi dinero en el aeropuerto y de casi no poder mantener los ojos abiertos por no haber dormido nada en el avión —porque no había volado en toda mi vida—, ¡le prometo que no soy ninguna idiota!».

—¿Es tu primera visita a Tailandia?

—Sí, así es.

—¿Y tus padres viven aún en Indiana?

—Mi madre falleció hace unos meses, pero sí, mi padre y algunos de mis parientes todavía están allí. —Hice una pausa y pensé que, salvo con Caroline, apenas hablaba con ninguno. Toda mi familia podría coincidir cualquier día en una parada de autobús y, aparte de saludarse cortésmente, no tendrían nada que decirse.

—Siento lo de tu madre. ¿Estaba enferma?

Negué con la cabeza.

—Sufrió un ataque cardiaco.

Emitió un sonido de disgusto.

—Vaya, eso es terrible. Lo siento mucho.

—Gracias —contesté. Había hablado con más gente sobre mi madre en los últimos dos meses de lo que lo había hecho en toda mi vida. Como la más pequeña de nueve hijos, sufrí el mayor distanciamiento con mi madre, tanto en años como en vínculos afectivos. Era una mujer estricta, impasible, firme defensora de la disciplina y una estricta católica que siempre tenía una regla bien a mano. Había tenido demasiado sexo como para ser una monja, así que en su lugar llevaba nuestra casa como si fuera un monasterio. Miré mis manos y pensé lo mucho que habría odiado la laca de uñas azul brillante que llevaba.

La señora Knight entró con una bandeja con el té.

—Muchas gracias —dije mientras llenaba nuestras tazas—. Tiene un jardín precioso. He visto que ha plantado algunas tomateras al fondo. ¿Cultiva el huerto?

Miró por la ventana, más allá de su marido.

—No, ya no me ocupo mucho de esas cosas —respondió.

—Antes plantaba verduras en casa, así que me gustaría ayudar si le parece bien.

La señora Knight me sonrió.

—Me encantaría.

Su marido bebió un sorbo.

—¿Qué es lo que te llevó a dejar tu trabajo en... dónde me has dicho?

Me eché a reír.

—Wolcottville. Me despidieron. Yo era una de las profesoras más jóvenes de la plantilla y tenían que hacer recortes para que les saliera el presupuesto. Fue mi director quien me dio la idea de enseñar en el extranjero. Él mismo lo había hecho hace muchos años. —Sonreí cuando recordé la conversación. Nada me había proporcionado nunca tanta lucidez como hablar con él sobre cambiar toda mi vida para enseñar a niños en la otra punta del mundo—. En cualquier caso, las escuelas en Phuket, como estoy segura que saben, quedaron tan profundamente afectadas por el tsunami que esta es una de las zonas donde todavía necesitan más ayuda. Incluso después de todos los años que ya han pasado.

—Bien, estás haciendo algo muy bueno.

—Quizá te gustaría ver tu habitación. Debes de estar cansada —sugirió la señora Knight.

Suspiré agradecida.

—Muchas gracias. Me encantaría deshacer el equipaje y acostarme.

Mi habitación daba hacia la parte trasera de la casa, justo detrás de la cocina. Las paredes estaban pintadas en un pálido coral y había una alfombrilla rosa y verde en el centro del suelo de madera. No había armario, solo una especie de librería desmontable y una cómoda con cajones. Sencilla pero alegre.

—Hay una bicicleta roja marca Schwinn en la parte de atrás y puedes usarla todo el tiempo que estés aquí. No permitimos que los huéspedes usen la lavadora y la secadora de la casa, pero hay una lavandería de las que funcionan con monedas un poco más arriba de la calle y puedes utilizar el automóvil una vez a la semana para ir hasta allí. De todos modos, si quieres, me encantaría lavarte la blusa.

Bajé la vista.

—Se lo agradezco, pero creo que no. Ya me he hecho a la idea de que la he echado a perder.

—Cuando estés preparada, te enseñaré el espacio que puedes usar en el frigorífico y en la despensa. Te pedimos que respetes nuestras cosas y nuestro espacio y solo uses el tuyo. Se entiende que comprarás tu propia comida y los otros artículos del hogar.

—Sí, señora, por supuesto. Gracias otra vez.

Sonrió y nos miramos un instante.

—Encantada de conocerte, Jessica. Siempre nos gusta tener compañía —aseguró antes de cerrar la puerta al salir.

Una vez que me quedé sola, abrí mi portátil y encontré la señal de wifi de los Knight. Me apunté mentalmente que debía buscar una contraseña y luego, tal como había prometido, le mandé un rápido correo electrónico a Caroline.

Caroline:

¡Hecho! El viaje en avión no ha sido tan malo como temía, pero he estado despierta casi todo el trayecto. Gracias por los sándwiches, fueron un auténtico salvavidas. Mis anfitriones, los señores Knight, parecen gente maravillosa y me han hecho sentir bienvenida. Tengo mi propia habitación, pequeña, situada en la parte trasera de la casa y con vistas a un hermoso jardín.

Tengo muchísimo que hacer y reconozco que estoy un poco nerviosa por saber qué tal me desenvuelvo aquí, pero, sobre todo, estoy excitada. Cuando consiga descansar, controlaré más la situación.

Por último, siento habernos despedido así. No tienes que pensar que me debes algo. He llegado a la conclusión de que pese a los muchos años que has estado esforzándote, no hay nada que hubieras podido hacer para conseguir que mamá se sintiera orgullosa de mí. Nunca tuvimos mucho en común y nunca lo tendríamos. Pero tú eres con diferencia la más cariñosa, la más generosa de toda nuestra familia, y, sin ti, todos estaríamos perdidos. Durante toda mi vida has sido mi mejor aliada, mi mayor apoyo, y gracias a eso encontré el valor para poder dejar aquello. Quizá algún día entenderás por qué necesitaba salir de Indiana, quizá no. En cualquier caso, te quiero más que a nadie y sé que tú también me quieres.

Te volveré a escribir pronto.

Jess

Apenas podía reconocer mi propia realidad. Allí estaba yo, tumbada en el suelo con la cabeza apoyada en una de mis bolsas de viaje, a miles de kilómetros del lugar en que había crecido, en un país cuya lengua desconocía y sin poder colgar un solo traje, pero ya estaba en casa.

Esa casa sería mi hogar.

No pude evitar pensar si habría tomado la decisión correcta. Incluso después de varias semanas de preparativos y expectativas, nada me había preparado para cerrar la puerta de esta habitación color coral y quedarme sola. Una oleada de miedo recorrió mi cuerpo, como la que se experimenta cuando subes por primera vez en una montaña rusa —o en un avión—. Tu corazón late un poco más rápido y tu cabeza da vueltas intentando calcular el mínimo riesgo. Cerré los ojos, pero los nervios se habían apoderado de mí. Tenía miedo, sí, pero en positivo. Miedo de lo que habría sido de mi vida si no me hubiera atrevido a dar este salto de fe.

Debido a la diferencia horaria, me desperté con los ojos bien abiertos y llena de energía, a las tres de la madrugada. No me pareció bien empezar a pasearme por la casa a esas horas, así que encendí la luz y empecé a deshacer el equipaje para ir colocando mis cosas. Cuando comenzó a amanecer, abrí la puerta y salí. La casa estaba en silencio y las calles vacías y tranquilas. Salí de puntillas al patio trasero y contemplé el descuidado huerto. Los vegetales no llamaban mucho la atención, pero las flores eran espectaculares. No estaba familiarizada con aquellas especies, pero estaban en todas partes, mostrando sus vibrantes colores, desafiándome a que no me quedara maravillada ante ellas.

Había un pequeño cobertizo cerca de la valla trasera en el que encontré algunas herramientas de jardinería. La señora Knight había hecho un trabajo decente plantando las tomateras en el sitio adecuado, pero advertí que estaban demasiado juntas y sus raíces poco profundas. Una hora más tarde, ya las había trasplantado, había regado todo aquello y había barrido el patio.

Después de una ducha rápida, revolví en mi mochila buscando las cartas. Antes de partir, había pedido a algunos de mis antiguos alumnos de Indiana que escribieran cartas a los chicos de Phuket y les había prometido iniciar un proyecto de amigos por correspondencia. Me senté en el suelo y estuve leyendo algunas. Sus deseos de compartir sus comidas y colores favoritos, los videojuegos y hacerles preguntas tales como «¿Tenéis McDonald's en *Tei Landia*?», me hicieron añorarlos aún más de lo que ya lo hacía.

—¿Va todo bien, querida?

Oí la voz de la señora Knight en la puerta de mi dormitorio. Cuando levanté la vista hacia ella, me sorprendí al sentir mis ojos llenos de lágrimas.

CAPÍTULO 3

El lunes por la tarde fui en bicicleta a la Academia Tall Trees y me presenté ante la directora. Se llamaba Skylar Brown y era de Londres. Skylar era alta, esbelta y casi todos los días lucía pequeños pañuelos de seda en el cuello, como si fuera una azafata. Llevaba tres años en la escuela y era la mujer con la que había estado intercambiando correos electrónicos cuando estaba cerrando mis planes en Indiana.

—Tenemos dos aulas —dijo señalando a izquierda y derecha—. Dos clases por la mañana y dos por la tarde. Como te expliqué en mis correos electrónicos, los chicos están entre los seis y los diez años y casi todos tienen un nivel de inglés parecido. Prácticamente todos son nativos. Algunas familias tienen más dinero que otras, pero la mayor parte pertenece al escalón de rentas más bajas de Phuket. Tendrás que llegar aquí a las siete y media, lista para empezar a funcionar a las ocho, que es cuando llegan los chicos, y tendrás que barrer el suelo todos los días, siempre se cuela mucha arena.

Iba directa al grano. Asentí.

En cuanto terminamos nuestra breve visita, fui a familiarizarme con la que iba a ser mi clase.

—Hola, querida. —Oí detrás de mí—. Soy Sophie. Doy la clase de la tarde. Es estupendo que por fin aparezcas. Llevo dos semanas haciendo doble turno —dijo en un acento parecido al de Skylar—. ¿Tú de dónde eres, colega?

—Soy Jessica, de Estados Unidos, bueno, de Indiana. ¿Y tú?

—Nacida en Sídney, criada en Londres. Skylar es mi tía. Ya llevo un año aquí. ¡Qué bien que hayas venido! —Empezó a desvestirse—. No me hagas caso. Me estoy cambiando para el trabajo, para mi otro trabajo. —Se estaba poniendo unos finas medias de redecilla sin pie, una falda vaquera, un top negro de tirantes y chanclas—. No hay niños en el sitio adonde voy —comentó.

—Los precios de algunas de las cosas en el mercado son increíbles. Estoy pensando que voy a necesitar otro trabajo. Solo la compra de ayer se llevó un buen bocado de mi presupuesto para todo el mes.

—¿Has trabajado alguna vez de camarera?

—Sí, en el instituto.

—En el bar estamos buscando a otra chica. Es el Islander Bar & Grill, en el puerto deportivo. Pásate por allí el fin de semana y te presentaré a Niran. —Me miró de arriba abajo—. Le encantarás.

Mi rostro se iluminó.

—¿Niran?

Asintió.

—Sí, es el propietario. Todo el mundo conoce a Niran.

En mi primer día de clase llegué puntual, deseosa de conocer a mis alumnos. Me habían entregado una lista con sus nombres, su edad y otras características que consideraron que me resultarían útiles. Comentarios como «tímido», «no sabe leer muy bien», «travieso», «el payaso de la clase»... No había mucha diferencia con los chicos de cualquier escuela de educación primaria en cualquier parte del mundo.

Dejé mi mochila al lado de la mesa del profesor y me acerqué a la ventana para ver llegar el autobús. Todos iban de uniforme —camiseta blanca y pantalones cortos caqui—, todos salvo un niño pequeño que vestía unos pantalones rojos demasiado cortos para su altura.

Skylar entró con ellos y les ordenó que ocuparan sus asientos. Algunos llevaban mochila, otros no, pero los que tenían las colgaron de las perchas cerca de la puerta.

—Buenos días, clase —los saludó.

Un tercio de ellos mascullaron una respuesta.

—Alak, ¿dónde está tu uniforme? —preguntó, y todas las cabezas se volvieron para mirar al niño pequeño de los pantalones rojos.

Él se encogió de hombros, claramente incómodo por haber atraído esa atención.

—Hazme el favor de venir bien vestido mañana.

El pequeño asintió.

—Quiero presentaros a la señorita Jessica. Es de Estados Unidos y se ha unido a nosotros aquí, en Tall Trees. ¿Podemos darle una calurosa bienvenida? —preguntó, y empezó a aplaudir.

El mismo tercio que había contestado a su saludo, aplaudió suavemente.

Yo saludé con la mano y sonreí.

—Muchas gracias. Es estupendo estar aquí. Tengo muchísimas ganas de conoceros a todos.

Skylar me dio una palmadita en el hombro y se fue.

Al día siguiente, Alak volvió a aparecer con sus pantalones rojos.

Lo llevé a un lado cuando entraba y se limitó a encogerse de hombros cuando le pregunté por su uniforme. Decidí dejarlo pasar... los siguientes cuatro días.

Mi primera semana fue un éxito. Los chicos eran tan entusiastas y encantadores como cualquier profesor podría desear y todos los días me hacía ilusión estar con ellos. Todos sonreían, se reían y se mostraban encantados de estar en la escuela. El contraste entre lo poco que tenían y el tamaño de sus sonrisas era algo maravilloso de ver. Estaba deseando conocerles un poco mejor y poder darles las cartas de sus colegas norteamericanos. Estar allí era un sueño, pero también un regalo. Pensar que yo, Jessica Gregory, de Wolcottville, Indiana, podía dejar una huella en este mundo y en estos niños era algo que me parecía importante. Y eso era solo el principio.

Había quedado con Sophie en aparecer por The Islander el sábado por la noche para conocer a Niran y pedirle un trabajo de media jornada. Niran me hizo esperar cerca de una hora, así que me senté con ella mientras atendía la barra y servía las mesas.

Su llegada fue casi una celebración. Fue como si Peyton Manning entrara en un bar de forofos del fútbol americano en Indiana. Sophie esperó a que pasara el revuelo y luego se acercó con él. Sonreí al verlo. Llevaba una camisa de vestir de lino negra conjuntada con unos pantalones blancos también de lino, todo decorado con el brillante complemento de sortijas y cadenas de oro. En la cabeza lucía un gorrito de punto negro.

—¡Primera vez! —gritó reconociéndome.

—Esa soy yo, la primeriza. Me alegra volver a verlo.

—Ahora ya me conoce.

Asentí.

—Y no hay nada que pudiera hacerme más feliz. Me siento como si ya hubiera pasado el periodo de novata de Phuket.

Dirigió una sonrisa a Sophie, como si no estuviera muy seguro de lo que yo quería decir.

—¿Necesita trabajo?

—Sí, Sophie me contó todo sobre The Islander. Ella y yo trabajamos juntas en Tall Trees entre semana, pero me gustaría...

—¡Contratada! Empiezas ya, Primera Vez.

Miré a Sophie, que se echó a reír.

—Te lo dije.

~

Niran me pasó un delantal y empezó a soltar instrucciones a la velocidad de un rayo.

Sophie le dio una palmadita en la cabeza para interrumpirlo.

—Ya me ocupo yo, querido. Tú vete y ocúpate de tus cosas. Ah, y se llama Jessica.

Él la hizo callar con un gesto, la abrazó y desapareció.

—Gracias, Sophie, te lo agradezco mucho. Espero que no te canses de mí.

—Nunca. Me alegra tener ayuda. ¿Te ves con fuerzas como para empezar esta noche?

—Más que nunca.

Seguí a Sophie unas horas, limpiando mesas y llevando comandas de comida y bebidas de un sitio a otro desde la barra. Cuando terminé, dejó que me fuera y caminé colina abajo hasta la entrada del puerto para pasear a lo largo de los muelles. Era un puerto hermoso y moderno. Había un tablón de anuncios en la pared de la oficina donde los navegantes pegaban anuncios diversos. Algunos eran para vender cosas; otros ofrecían contratos temporales para una tripulación o para el mantenimiento de los barcos. Una persona regalaba gatitos. Después de pasear varias veces a lo largo de los amarres admirando los diferentes yates, me dirigí a casa, ya pasada la una de la madrugada.

Dormir era lo que más me estaba costando. Cuando me desperté totalmente despejada tras solo unas pocas horas de sueño, decidí levantarme e irme a la lavandería que funcionaba las veinticuatro horas. Eran las seis de la mañana y no era cosa de despertar a la señora Knight para pedirle el coche, así que llené la mochila con ropa interior, pijamas, pantalones cortos y camisetas por lavar. El sol estaba a punto de salir, pero, como siempre, el calor ya se hacía sentir. Gotas de sudor inundaban mi frente incluso antes de montar en la bicicleta, pero el paseo matutino fue magnífico.

Sin tráfico, al doblar cada esquina, la brisa cálida traía un embriagador aroma a flores tropicales y yo me sentía agradecida y sorprendida al mismo tiempo. Esa mañana me desvié de mi camino para poder ir pegada al océano. Había una pequeña colina en la que me detuve y desde allí pude ver muchos kilómetros a la redonda. En ese momento, el agua era el ruido más alto. Las olas estrellándose contra las rocas de abajo eran como una sinfonía acuática, un sonido totalmente diferente a cualquier otra cosa que hubiera oído antes.

Al doblar la esquina para entrar en Krabi Road, vi algo que me hizo parar la bicicleta en seco. La gravilla crujió bajo mis pies al apearme y contemplé a un muchacho joven con camisa blanca y pantalones rojos, solo, al otro lado de la calle, llevando entre sus brazos tres bolsas de papel marrón como las de los supermercados.

Era un domingo al amanecer y Alak todavía llevaba puesto su antirreglamentario uniforme.

CAPÍTULO 4

—Skylar, ¿tienes un segundo? —le pregunté al día siguiente.

Levantó la vista desde detrás de la mesa de su despacho.

—Tengo que irme dentro de un momento a una reunión —respondió, y dio un apresurado sorbo a su taza de té mientras se levantaba.

Me acerqué a ella y bajé la voz.

—Este fin de semana he visto a uno de mis alumnos, a Alak, y llevaba puesto su uniforme, bueno, el uniforme que él usa, el de los pantalones rojos.

—¿Y?

—Bueno, fue el domingo por la mañana, muy temprano. Tal vez no tenga otra cosa que ponerse.

—Seguramente no.

Me quedé mirándola hasta que se dio cuenta de la expresión de mi cara y suspiró.

—Verás, algunos de estos chicos vienen de situaciones muy desgraciadas y tienen muy poco. Es triste, lo sé, pero nuestro trabajo es atenderlos mientras están aquí en la escuela. Les prestamos toda nuestra atención, les damos un tentempié y comida y eso es todo lo que nos podemos permitir. Si te encariñas demasiado con cualquiera de esos niños y te preocupas por su vida fuera de la escuela, te vas a consumir. —Hizo una pausa—. Créeme.

Asentí.

—Tienes razón, lo entiendo, pero no podemos exigirle que lleve uniforme si no lo tiene.

—Sí tiene uniforme. Lo que pasa es que le gusta el rojo —explicó mientras cogía su bolso—. Era el color favorito de su madre. El pobre perdió a toda su familia en el tsunami cuando tenía dos años. Vive con unos tíos. Intenté hablar con ellos hace algún tiempo, pero sin resultados. Eso es todo lo que podemos hacer.

Se encogió de hombros y salió.

Me dirigí a mi clase y empecé a barrer el suelo bastante triste. Quizá llevara el rojo como un homenaje a su madre. Podía entender que un niño se aferrara a los pocos recuerdos que conservaba de ella. Comprendía perfectamente cómo era la sensación de sentir que te han robado ese complejo vínculo maternal. Yo había pasado por eso mismo, pero mi madre había fallecido cuando yo tenía veintiocho años. Ni siquiera podía acordarme si tenía algún color favorito. O quizá ese desafío de Alak era intencionado. De ser así, todavía me gustaba más.

Haría caso del consejo de Skylar y no me encariñaría demasiado con él, pero lo mínimo que podía hacer era saber más sobre el pequeño y ver si había alguna forma de ayudarlo o, al menos, intentar arreglar el asunto de su uniforme.

—Alak —lo llamé, reteniéndolo después de clase—. ¿Puedo preguntarte por tu uniforme?

Bajó la vista hacia el suelo.

—Sé que la señorita Skylar comentó la semana pasada que tenías que llevar los pantalones cortos caqui. ¿Los has perdido?

Negó con la cabeza y me arrodillé a su lado.

—¿Sabes dónde están?

Se encogió de hombros.

Lo agarré suavemente por la muñeca.

—Quiero que sepas que no estás metido en ningún lío y que solo quiero ayudarte, porque las normas dicen que tienes que llevar uniforme. ¿Me dejarás ayudarte a encontrar los pantalones?

Asintió.

—De acuerdo, genial. Así que no los has perdido, pero no sabes dónde están. ¿Tengo razón?

Asintió otra vez.

—¿Sabe tu tía dónde están?

—No.

—¿Puedes recordar la última vez que los viste?

—Sé la última vez que los tuve.

—Genial. ¿Cuándo fue? —Junté mis manos y esperé.

—Cuando se recogieron de la lavandería —musitó.

Miré hacia abajo y pensé que de allí debía de venir cuando el otro día lo vi al amanecer llevando tres bolsas de ropa limpia. Dirigí la vista hacia sus grandes ojos marrones.

—¿Te ocupas tú de lavar la ropa de tu familia?

Asintió.

—Y algunas veces tienes que dejar atrás algunas prendas porque no puedes con todo, ¿es así?

Asintió otra vez, pero su expresión denotaba esperanza y gratitud.

—¡Tengo una idea! Sé que tener otro par de pantalones cortos es muy caro, así que voy a conseguir que me presten unos. Quizá puedas dejarlos en la escuela y cambiarte al llegar. De ese modo, podrás llevar el uniforme adecuado y no tendrás que preocuparte de que puedan robarlos. ¿Qué te parece?

Me miró fijamente durante un instante.

—¿Dónde me cambiaría?

—En el baño, supongo. Y podríamos guardar los pantalones en tu cajonera.

Alak pensó un instante. Frunció su entrecejo de ocho años, se rascó su barbillita y, luego, de repente, se lanzó hacia mí y me abrazó, poco faltó para que me tirara al suelo.

Me eché a reír.

—Parece que tenemos un plan.

Cuando lo vi subirse al autobús, compré un par de pantalones cortos para él en las oficinas de la escuela y escribí su nombre en la cinturilla interior con un rotulador de tinta indeleble. Luego, esa misma tarde, pedí prestado el coche de los Knight y fui al centro comercial a comprarle a Alak un carrito —rojo, por supuesto— para que pudiera transportar fácilmente su ropa limpia.

CAPÍTULO 5

Eché raíces en Phuket, me dejé el pelo largo y me las arreglé para crearme una nueva vida, pero no siempre fue fácil. Trabajaba mucho pero ahorraba poco y, aunque tenía algunos amigos íntimos, me pasaba muchas noches sola en mi habitación o paseando por los muelles y las playas cercanas al puerto deportivo.

Phuket es un buen sitio donde es fácil conocer gente, pero no tanto para hacer amistades porque casi todo el mundo está de paso. Aun así, jamás dudé de mi decisión y, desde luego, no eché la vista atrás. Planificar mi próximo salto de fe era siempre mi primera prioridad.

Pero a pesar de los primeros recelos que pudiera haber tenido, llegué a ser totalmente feliz de un modo que jamás habría imaginado. Reía más, caminaba más recta, había mudado la piel que me hacía sentirme incómoda, había madurado y había emergido mi verdadera personalidad. Los Knight llegaron a ser como mis padres adoptivos y, cuando estaban fuera de la ciudad, les cuidaba la casa y me ocupaba de todo lo que necesitaban o no podían hacer por sí mismos. Me encantaba mi habitación de alquiler sin armario y me encantaban mis dos trabajos y, con la ayuda de los Knight y algunos de sus amigos de allí, creé una fundación llamada El Hilo Rojo, que proporcionaba uniformes gratis a los estudiantes nativos.

Tras cuatro meses en la academia Tall Trees, me hicieron subdirectora. Caroline no había venido a visitarme y no tenía intención de hacerlo, pero hablábamos por el Skype una vez a la semana e intercambiábamos correos electrónicos casi todos los días.

Toda Tailandia me llenaba de satisfacción. La gente amable, las playas de arena blanca, las comidas especiadas, los edificios de brillantes colores, el ambiente relajado y las flores. ¡Vaya! Las flores. Todas las calles de todos los barrios rebosaban de plantas, verdor y flores con los colores más luminosos que había visto en mi vida. Todas esas cosas que antaño aparecían en las fotografías pegadas sobre el cabecero de mi cama en Wolcottville no solo eran tangibles para mí, sino que ahora formaban parte de mi vida diaria.

Sin embargo, no quería confiarme otra vez y acomodarme en la misma rutina diaria que antaño, solo que con mejores vistas. Cuando Skylar me informó de que tenía derecho a cuatro semanas de vacaciones, tomé la decisión de no echar tampoco raíces allí y esa decisión casi me costó la vida.

Era un día de diciembre, por la mañana temprano, justo después de amanecer, cuando bajé al puerto deportivo en mi bicicleta prestada y puse una nota en el tablón de anuncios. Decía así:

Tripulante disponible

Soy de Estados Unidos. Tengo veintiocho años y vivo en Phuket. Deseo enrolarme en un barco que haga el recorrido desde Tailandia al Mediterráneo. Me ofrezco a limpiar, hacer guardias nocturnas y trabajar en el mantenimiento básico del barco. También cocino bastante bien. Me tomo muy en serio mi trabajo y, si lo desean, puedo dar referencias. Mi agenda es bastante flexible.

Pueden contactar conmigo en jgregory1872@talltrees.edu.

J. Gregory

Me quedé allí unos segundos mirando anuncios similares clavados en el tablero. Un poco más abajo, el mar estaba en calma y chocaba suavemente contra los cascos de los barcos. Había otros dos anuncios puestos por patrones que también buscaban tripulantes temporales, así que los fotografié con mi móvil y luego me fui a la escuela.

~

—Disculpe.

Mis pensamientos estaban en alguna otra parte cuando una voz masculina me hizo levantar la vista del recogedor y encontrarlo de pie en la puerta de mi clase. Su voz era fuerte y cautivadora, como todo el resto de su persona.

—¿Puedo ayudarlo? —pregunté, y nuestros ojos se encontraron. Su sonrisa me hizo perder el aliento.

—Siento interrumpir. Querría hacer una aportación a la escuela.

Aparté de mis ojos algunos mechones de cabello.

—¿Qué tal maneja la escoba?

—Fatal. —Miró alrededor—. Pero soy un magnífico cuentacuentos. —Era mayor que yo, quizá rondara los cuarenta, de rasgos duros, atractivos. Calculé que no se había afeitado al menos en los últimos dos días, pero era alto, impresionantemente guapo y su comentario había suscitado mi interés.

—Quizá quiera venir a una de mis clases y compartir sus historias.

Inclinó la cabeza y se frotó la nuca pensativo, luego asintió.

—De acuerdo, lo ha conseguido.

Mi rostro se iluminó.

—¿De verdad? No creí que fuera a aceptar.

—Entonces, ¿por qué lo ha dicho?

Dejé escapar una pequeña risa.

Dio un par de pasos hacia mí.

—Su cara me suena —dijo con una mirada de complicidad.

—¿De verdad?

—Sí. —Se cruzó de brazos—. Acabo de decírselo.

Me encogí de hombros, apoyé la escoba contra la mesa y extendí mi mano.

—Me llamo Jessica. Soy profesora, también la subdirectora.

Estrechó mi mano y sentí un estremecimiento que me llegó hasta el corazón.

—Grant Flynn. Encantado de conocerla, Jessica. ¿Es usted norteamericana?

—Sí. Y me parece que usted también.

Asintió.

—¿Cuánto tiempo lleva en Tailandia?

—Unos cuatro meses.

—¿Y ha estado todo el tiempo en la escuela? —preguntó.

—Sí, una experiencia maravillosa.

Se cruzó de brazos otra vez y me miró detenidamente.

—Ya —dijo, sin apartar los ojos de mí—. ¿Es usted la persona indicada para hablar sobre un donativo? Si es posible, me gustaría dejar un cheque.

—Sí, por supuesto.

Sacó su chequera del bolsillo frontal y un bolígrafo de detrás de su oreja. Su presencia me ponía nerviosísima, pero no tanto como para no advertir la ironía de estar comportándome como una atolondrada colegiala.

—Muchas gracias, señor Flynn, es usted muy generoso.

Muchos visitantes de Phuket solían pasarse por las escuelas y dejar donativos. Para algunos era una especie de ritual, un modo de dejar una huella de su paso, un gesto de amabilidad por parte de muchos patrones de yate que visitaban las escuelas y regalaban material o dejaban una pequeña contribución de cien dólares o algo parecido.

—Por favor, llámame Grant —me pidió mientras escribía.

Estaba detrás de él sacudiéndome el polvo, cuando entró Sophie.

—Hola, colega, ¿qué estás haciendo aquí? —preguntó.

Grant y yo nos volvimos a mirarla, pero fue él quien contestó:

—Te dije que me pasaría esta semana.

—Es verdad. Ya os habéis presentado, ¿verdad?

Él se volvió hacia mí.

—Sí. Me estaba ayudando a decidir si mi donativo iba a ser monetario o de trabajos manuales, pero me voy a quedar con mi plan original.

Arrancó el talón de la chequera y me lo entregó.

—¿Vosotros dos os conocéis? —inquirí.

—Grant ha estado viniendo a The Islander toda la semana —explicó ella.

Entonces, él me señaló.

—Por eso me suenas.

Asentí.

—Muchas gracias —dije cogiendo el cheque—. Me aseguraré de que llega a manos de nuestra directora hoy mismo, también de que podamos escuchar tus historias.

Miré hacia abajo y casi me quedé sin aliento cuando vi que el importe del cheque era de cinco mil dólares.

—Eres muy amable —contestó tocando mi hombro y, luego, dirigiéndose a Sophie, añadió—: Te veré más tarde. —Se despidió agitando la mano por encima de su cabeza, salió y por fin pude recuperar el aliento.

Sophie y yo nos acercamos a la ventana y lo vimos subirse a su vehículo de alquiler.

—¿Lo conoces del bar? —pregunté.

—Él y su amigo han estado viniendo las últimas noches. Me sorprende que no los hayas visto. Están amarrados en el puerto deportivo, los dos son norteamericanos.

—Esta semana Niran me ha tenido trabajando en el comedor.

—¿A que es encantador?

Asentí.

—Y muy generoso.

—¿Cómo de generoso? —preguntó.

—Un generoso de cinco mil dólares.

—¡Mierda, no me digas! —exclamó, y me arrebató el cheque de las manos—. Skylar se va a quedar pasmada. ¿Trabajas esta noche?

—No. No me toca hasta el sábado.

—Entonces, de acuerdo. Te veré luego —dijo antes de irse.

Agarré de nuevo la escoba y vi llegar el autobús, pero lo único en lo que podía pensar era en Grant Flynn.

Cuando a la mañana siguiente llegué a la escuela, encontré un paquete en la puerta principal con mi nombre escrito en él. Dentro, había dos aspiradoras eléctricas y una nota que decía:

Estas se adaptan mejor a mi velocidad. Te veré en la clase mañana por la mañana.

Grant

CAPÍTULO 6

Grant llegó a la escuela unos quince minutos antes que los chicos. Vestía un polo azul marino, bermudas blancas con muchos bolsillos y chanclas. Sus gafas de sol estaban enterradas en alguna parte de su mata de pelo.

—Buenos días, señorita Jessica.

Saludé con un gesto de la mano.

—Buenos días. Te agradezco mucho que hagas esto.

Él asintió.

—Puedes escoger cualquiera de esos —dije señalando la pequeña librería que había contra la pared.

Pareció algo confuso, caminó hacia los estantes y luego se volvió hacia mí.

—Había pensado contar mis propias historias. Hablar de mis viajes. —Levantó las cejas—. Si te parece bien, claro.

Mis labios dibujaron una amplia sonrisa.

—Eso sería estupendo, les encantará.

—Bien.

—¿Qué tipo de viajes has hecho?

—¿No preferirías escucharlos al mismo tiempo que los niños?

Me reí.

—Me parece justo.

Los niños fueron entrando poco a poco y todos, sin excepción, se mostraron sorprendidos y actuaron recelosos como pequeños robots, algo que les sucedía siempre que aparecía un extraño en clase. Sus ojos no se apartaban de Grant mientras colocaban sus cosas en silencio y ocupaban sus asientos.

—Clase, quiero presentaros al señor Flynn. Es de Estados Unidos, como yo, está de visita en Tailandia y se ha ofrecido generosamente a pasar un rato con nosotros contándonos cosas sobre sus viajes. ¿Podemos darle la bienvenida?

Unos pocos mascullaron un casi ininteligible «Bienvenido, señor Flynn», mientras yo acercaba una silla para que se sentara frente a toda la clase. Sus piernas eran demasiado largas para la silla, pero eso era cuanto teníamos.

Durante los siguientes treinta minutos, los mantuvo totalmente absortos con los relatos de sus viajes por el mundo. Era patrón de yate —un navegante, como los llamaban allí— que estaba recorriendo el mundo en su velero junto con otro único tripulante. Recreaba sus experiencias con amplias pinceladas y palabras sencillas, de modo que a los niños les resultaran fáciles de entender para que pudieran disfrutar de la narración. Habló de elefantes y dragones y orangutanes. Les contó que una vez se vio atrapado en una terrible tormenta y cómo él y su tripulación habían sobrevivido al mar embravecido. Les habló de pescar y nadar y ser perseguido por grupos de delfines.

Me fijé en la clase y en cómo todos los niños estaban sentados con la cara entre las manos y los codos apoyados en los pupitres. Algunos incluso se habían acercado a las primeras filas y se sentaban en el suelo con las piernas cruzadas.

Cuando terminó, nos había cautivado absolutamente a todos.

Respiré profundamente cuando acabó y me miró. Hubo un aplauso ensordecedor.

—Muchísimas gracias —dije mientras los niños le pedían a coro que volviera otro día.

—Ha sido un placer. —Saludó con la mano y unos pocos, entre ellos Alak, se acercaron y lo abrazaron por la cintura.

—Voy a acompañar al señor Flynn hasta la puerta, así que volved a vuestros sitios y sentaos en silencio hasta que yo vuelva.

Grant y yo salimos fuera.

—Muchas gracias otra vez.

—No hay por qué darlas.

—Sospecho que esta no ha sido la primera vez.

—No.

—Nunca lo olvidarán. Nunca los había visto tan interesados.

Se metió las manos en los bolsillos.

—Creo que las expresiones de tu cara han sido las que más me han gustado de todas.

Me sonrojé. Era verdad que a mí también me había fascinado su relato.

—Siempre me he sentido tentada por ver mundo.

Sus labios dibujaron una sonrisa.

—Me alegra haber podido ayudar. —Tocó mi hombro y comenzó a alejarse. Todavía lo estaba mirando cuando se dio la vuelta y se detuvo—. Ya te veré por ahí —dijo.

CAPÍTULO 7

Cuatro días más tarde recibí un correo electrónico de alguien que había visto mi anuncio en el puerto deportivo y buscaba sumar un tercer miembro a su tripulación para emprender una travesía de tres semanas en enero. Su nombre era Quinn y quedamos en reunirnos en su barco esa misma tarde después de que yo terminara mi trabajo.

Le puse el candado a la bicicleta y comprobé de nuevo su correo electrónico para dar con su barco. Me había dicho que estaba en el muelle J., amarre 46, y que su barco se llamaba *Imagine*. Cuando llegué a ese muelle, me volví y escudriñé los nombres de los barcos hasta que encontré el que estaba buscando. Era un velero y, además, muy bonito. Un joven bien parecido estaba arrellanado en la popa pelando una naranja. Me guiñó un ojo, dijo hola y se quedó muy sorprendido cuando me detuve.

—Hola, ¿eres Quinn?

Aún se sorprendió más cuando vio que sabía su nombre.

—Así es —asintió, y se puso en pie.

—Soy Jessica.

Se me quedó mirando fijamente.

Levanté un dedo y luego saqué su correo impreso de la mochila.

—Lo siento. Espero no haberme confundido de día...

—¿Tú eres J. Gregory? —preguntó.

—Sí, Jessica Gregory.

Soltó una carcajada y se frotó la frente.

Guardé la hoja y volví a colocarme la mochila en el hombro.

—¿Puedo subir a bordo?

—¿Por qué no?

Apartó la naranja y me tendió la mano para ayudarme a subir.

Sonreí.

—Muchas gracias por haberme llamado. Te lo agradezco mucho. ¿Podrías contarme lo que estás buscando, cuánto durará la travesía y adónde te diriges?

Sonrió y sacudió la cabeza.

—No esperaba a una mujer.

Mis hombros se hundieron de golpe.

—Ya veo.

Se sentó manteniendo la mirada sobre mí.

—Sin ofender, por supuesto.

—Por supuesto.

—Pero es que solo estamos otro tío y yo y, ya sabes, esperaba poder encontrar a otro... hombre.

Asentí.

—Bueno, deberías haber considerado todas las posibilidades, porque yo puedo hacer el trabajo igual de bien, eso te lo prometo —aseguré, y vi que la atención de Quinn se desviaba hacia otro lado. Me volví siguiendo su mirada y casi pierdo pie cuando descubrí a Grant Flynn detrás de mí.

—Bueno, hola de nuevo —saludó Grant, apoyándose contra el pequeño marco de la puerta que llevaba a los camarotes.

Sonreí con cada centímetro de mi cuerpo.

Quinn se irguió, aclarándose la garganta.

—Este es el «tipo» del que te hablé —le explicó a Grant.

Él me sonrió.

—¿Al que le gusta cocinar?

—Sí —contestó Quinn, llevándose un palillo a la boca—. Espera un momento, ¿acaso la conoces?

Me mantuve muy erguida y ajusté la correa de la mochila a mi hombro.

—Una agradable sorpresa —dije confiando en que Grant se mostrara de acuerdo o ampliara mi comentario, pero, como no lo hizo, continué—: Bueno, veo que vosotros dos estabais claramente esperando algo o a alguien un poco más masculino que yo. Eso me ha quedado claro, pero yo soy quien puso el anuncio. Me ofrecí voluntaria y puedo prometeros que haré el trabajo mejor que nadie. No pretendo crear un personaje femenino a medida que no trabaje como un miembro más de la tripulación.

Grant y Quinn intercambiaron una mirada, y entonces el primero se encogió de hombros.

—Es tu decisión —le dijo a Quinn.

—¿Desde cuándo es mi decisión?

Grant dejó escapar una sonrisa y desapareció bajo cubierta sin haber respondido a ninguna de las dos preguntas de Quinn.

—Siéntate —indicó este.

Eché un vistazo por donde Grant había desaparecido y me senté.

—Este es el trato: estamos intentando cubrir un tercer puesto, temporal, para navegar de aquí a Sri Lanka para dirigirnos, cruzando el océano Índico por el golfo de Adén y subiendo el mar Rojo, a Egipto. —Hizo una pausa—. ¿Cuánto tiempo llevas en Tailandia?

—Cuatro meses.

—Entonces ya sabrás que se trata de una travesía peligrosa y que necesitamos a un tercer hombre, perdón, persona, porque tiene que haber alguien vigilando las veinticuatro horas del día durante algún tramo del viaje. —Se detuvo un instante—. No sé cómo estará tu agenda, pero no tenemos planeado salir de aquí hasta la primera o la segunda semana de enero. Aún no hay una fecha fija, dependerá del tiempo. Como todo.

Respiré hondo.

—No me ofende que esperarais a un hombre, pero tampoco pienso marcharme sin al menos intentar convencerte de que puedo hacer el trabajo. He visto a muchas personas durante los pasados meses poner anuncios en esos tablones, tanto hombres como mujeres, algunos con experiencia, otros no. Comprendo que, como mujer sin ninguna experiencia de navegación, soy el último de los candidatos deseables, pero, como escribí en el anuncio, soy trabajadora, una cocinera bastante decente, una fanática de la limpieza y una aventurera, y estaría muy agradecida por la oportunidad. Espero que al menos lo pienses.

Juntó las manos y asintió.

—Prometo pensarlo. Y, a pesar de lo que el viejo dice, la decisión última no es mía.

Miré por encima de su hombro, esperando ver reaparecer a Grant, pero no lo hizo.

—Gracias, Quinn. —Me levanté y le tendí la mano.

—No hay de qué.

Estrechó mi mano antes de que me diera la vuelta y bajara del barco.

—Y, por cierto, ¿de qué conocías al viejo? —gritó.

—Soy profesora en uno de los colegios de aquí y él nos visitó la semana pasada para entregar un donativo y hablarles a los niños de sus viajes.

Chasqueó los dedos como si lo que acababa de contarle le hubiera iluminado el cerebro.

—Ah, tú eres la chica del bar.

CAPÍTULO 8

En toda mi vida no había conocido a nadie que se llamara Grant y me gustaba cómo sonaba ese nombre. Le hacía parecer maduro y seguro de sí mismo —como así era—, pero, aparte de su nombre, de que había donado cinco mil dólares a la escuela, que viajaba por todo el mundo en un barco llamado *Imagine* y que era un experto cuentacuentos, apenas sabía nada de él. Y eso también me encantaba.

Estaba rellenando el salero y el pimentero cuando lo vi. Grant me había conquistado desde el primer momento. Sí, Grant era guapo, pero esa forma tan relajada y segura de comportarse y ese modo de sonreír tan suyo, esa sonrisa que no había desaparecido ni siquiera frente a una clase llena de ruidosos y cantarines colegiales, me hacían querer saber más cosas sobre él.

The Islander Bar & Grill estaba a menos de un kilómetro y medio de la Marina Real de Phuket, donde ellos —y la mayoría de nuestra clientela— tenían sus barcos amarrados, y a tan solo unas pocas manzanas de donde yo vivía. Al vivir y trabajar en una comunidad de navegantes, nunca sabías cuánto tiempo estarían por ahí antes de dirigirse a su próximo destino y a su siguiente camarera rubia expatriada. Confié en tener más tiempo para conocerlo mejor y que me dieran la oportunidad de enrolarme en el *Imagine.*

Desde que apareciera por el colegio y dejara no solo su donativo sino también esa sensación indeleble en mí, ya habían pasado dos semanas y, en esa quincena, había visto a Quinn unas cuantas veces y habíamos iniciado una amistad. Había acudido al bar solo durante tres de mis turnos de comedor y, tal como Sophie me había anunciado, era absolutamente encantador.

Dejé la bandeja con los saleros y pimenteros sobre la barra cuando los vi escoger una mesa cercana al borde del agua. Al cabo de unos minutos, Quinn me hizo una señal con la mano. Quinn era el yin y Grant el yang. Al rato de conocerlo, ya era tu mejor amigo, el jefe de la expedición, el compañero ideal para pasar un buen rato. Se comportaba como un famoso que se negara a dejar el restaurante a menos que los fotógrafos estuvieran esperando en la entrada. Con la barbilla alta, los hombros erguidos, el pecho henchido. Nueve de cada diez veces con un palillo en la boca.

Quinn era el alma de la fiesta incluso cuando no había fiesta. Siempre estaba saludando a alguien mientras chocaba los cinco con otro y su charla no tenía límites, como tampoco su forma de flirtear. Era joven, con un encanto infantil en su atractivo rostro y el aspecto propio de los navegantes. Cabello rubio revuelto, piel bronceada, manos callosas. Nunca lo vi sin una sonrisa dibujada en su rostro.

A pesar de saber lo que iban a pedir —Sophie me había contado que todas las noches comían lo mismo—, me apresuré a llevarles las cartas. También me había dicho que Grant apenas hablaba con ella salvo para pedirle la comida, pero que era educado y dejaba buenas propinas. Esperé mientras se acomodaba en la silla y depositaba un libro encuadernado en piel sobre la mesa, cruzando las manos sobre su regazo.

—Hola, chicos. ¿Dos cervezas Singha? —pregunté.

—Suena genial —contestó Quinn, y luego extendió la mano para chocarla con la mía—. ¿Está Niran esta noche? Me debe quinientos bahts —dijo remarcando la te.

—Está en una boda, pero no creo que tarde mucho.

Además de ser una celebridad local, propietario del bar y hombre de mundo, Niran era pastor de la Iglesia.

—Por si a alguien le entran las prisas por casarse —solía decir.

Niran era famoso entre los navegantes por dos cosas: por sus rápidas ceremonias nupciales en la playa y por jugar a las cartas con los patrones de los barcos de los lugareños. Y cuando no estaba atendiendo el bar, casando ni estrechando manos, podías encontrarlo jugando al póquer. Lamentablemente, también era famoso por perder.

—Entonces vuestras bebidas correrán a su cuenta. —Me encogí de hombros—. Confiaba en veros esta noche —añadí.

—¿Y qué diferencia hay con cualquier otra noche? —dijo Quinn guiñando un ojo.

Puse los ojos en blanco, pero no pude evitar sonreír.

—Nos hemos entretenido con otros patrones —me explicó—. Se suponía que saldríamos a recorrer la zona este, pero hemos tenido que encargar una pieza para el motor y tardarán una o dos semanas en entregárnosla. Aún no te has librado de nosotros.

Sonreí aliviada.

—Grant, quiero volver a agradecerte tu contribución a Tall Trees. Tanto las aspiradoras como el dinero del cheque han sido empleados para buenos fines. Y los niños no han dejado de hablar del mono que te dio un azote en Indonesia.

Quinn le dirigió una mirada curiosa antes de que Grant levantara la vista hacia mí con una ligera sonrisa.

—Te lo agradezco. Estoy encantado de ayudar. De verdad.

Grant era el más alto. Tenía el cabello castaño más largo y ojos azules y su rostro parecía lucir siempre una incipiente barba. Tenía un cuerpo musculado pero era esbelto, siempre se mostraba amable y educado, pero, extrañamente, mientras el alegre entusiasmo de Quinn era un imán para la mayoría, la actitud reservada de Grant me atraía irremediablemente hacia él.

Tras ir a por sus cervezas y dejar una cuenta en otra mesa, me acerqué a ellos con la bandeja con las dos cervezas y un cestito con vainas de wasabi.

—¿Qué va a ser esta noche? Dejad que lo adivine. ¿Una hamburguesa con queso para Quinn —aventuré— y un sándwich club de langosta para ti, Grant? —Hice la pregunta al aire, ambos tenían las cabezas enterradas en una pila de papeles impresos. Tras observarlos más de cerca, comprendí que estaban estudiando un puñado de correos electrónicos de MARLO, la Oficina de Comunicación Marítima, que enviaba informes de navegación a los marineros que buscaban cruzar el océano Índico desde Tailandia a Omán. Muchos clientes se acercaban hasta The Islander para usar su red de wifi gratuita y comprobar la meteorología y las condiciones de navegación mientras comían una hamburguesa. Nadie quería nunca comida tailandesa. Me pasaba el tiempo limpiando mesas llenas de hojas de informes de la MARLO olvidadas.

Estaba esperando la respuesta de Grant, cuando finalmente Quinn se volvió hacia mí.

—Gracias por las cervezas, Jess —dijo—. Lo de siempre para los dos, por favor.

Asentí y regresé a la barra, donde Niran tecleó la comanda en su equipo informático.

—Hola, Niran. Quinn te está buscando —anuncié.

—Ya, ya.

Sacudí la cabeza mirándolo.

—Dice que le debes dinero.

—Ya, me machacó, pero más tarde apostaré doble o nada. Dale la cuenta al otro hombre —ordenó.

—¿A Grant? —pregunté mientras salía de detrás de la barra y pasaba un paño por los taburetes.

—Sí.

—Así que el pobre Grant tiene que pagar tu adicción al póquer.

—No es pobre. Quinn me lo ha contado. —Niran sacó un vaso de debajo del mostrador y se sirvió un whisky con soda—. Te gusta. Niran sabe. —Se dio unos golpecitos en la frente.

—¿Quién? ¿Grant?

—Sophie me ha dicho que has estado buscándolo. ¿Te derrites por él? —inquirió.

Sonreí.

—No, no me derrito por él.

—Eres la peor ligona que he visto en mi vida.

Puse los ojos en blanco.

—Tú pagas por tus ligues, ¿qué puedes saber de eso?

Sonrió orgulloso.

—Además, yo no intento ligar con nadie, solo quiero ser amable, tratar de conocerlos mejor, relacionarme con la clientela, Niran. Hacer mi trabajo. —Guiñé un ojo—. Creo que es un poco extraño que hayan venido aquí todas las noches de las dos últimas semanas y él aún no haya hablado con ninguno de nosotros. ¿No te parece raro? Quinn no se calla ni debajo del agua, pero Sophie me ha contado que Grant apenas dice una palabra.

—Habla conmigo —aseguró Niran, secando un vaso de cerveza con un trapo y, al levantarlo hacia la suave luz, soltó—: Maldito sea el carmín de las mujeres.

—¿Habéis hablado?

Asintió.

—Dice que lo molestas y lo miras demasiado.

Le lancé el bolígrafo y le di en el hombro.

—¿Y de qué habla?

—Dice que haces demasiadas preguntas.

Lo miré furiosa.

—Si no fueras mi jefe, te daría un tortazo.

—Quieres demasiado a Niran para eso.

—Eso es cierto.

—Ese hombre, Grant, llega aquí solo un día a comer y se olvida su libro. Yo nunca despejo la mesa.

—Por supuesto que no —añadí. Niran nunca despejaba las mesas.

—Así que vuelve una hora más o menos después a buscarlo. Él muy preocupado, pero, naturalmente, estaba justo donde lo había dejado. —Sonrió—. Buena cosa no limpiar nunca las mesas.

Grant parecía llevar siempre ese libro con él, al menos así era cuando venía al bar. Supuse que sería una especie de diario. Ese libro era demasiado pequeño para contener mapas u otra cosa, pero tal vez fuera escritor. La idea me hizo querer oír más historias de las suyas.

Quinn y él parecían estar inmersos en la conversación cuando les llevé la comida, de modo que los dejé solos y me abstuve de preguntarles si querían algo más. No quería darle la razón a Niran.

CAPÍTULO 9

Al día siguiente, Quinn apareció solo y se sentó a la barra.

—Hombre, hola —saludé mientras colocaba un posavasos frente a él—. ¿Una cerveza?

—Tomaré un Belvedere con hielo.

—¿Lima?

Negó con la cabeza.

Le dejé la bebida mientras él escrutaba su teléfono, sonriendo.

—¿Anoche te dio su número de teléfono alguna mujer? —pregunté.

Hizo un gesto como si yo estuviera chiflada y negó con fuerza con la cabeza.

—Nada de eso. Tengo a la mujer más guapa del mundo esperándome en Miami. Yo soy el afortunado.

Sonreí un tanto sorprendida por escuchar que tenía novia y pensé que Sophie se sentiría muy decepcionada.

—Bueno, bueno, no tenía ni idea. Me alegro por ti, Quinn. ¿Cómo se llama?

Sacó su teléfono y me mostró una foto.

—Bridget.

Miré la pantalla y contemplé a una preciosa joven de larga melena negra y ojos oscuros. Era un primer plano de su cara —parecía como si se lo hubiera hecho ella misma— y sonreía tímidamente.

—Es preciosa —afirmé.

Sonrió.

—Llevamos juntos desde nuestro primer año de facultad, ya hace casi siete años.

—Nunca lo hubiera adivinado.

—Ella sabe que me gusta coquetear, pero nunca he cruzado la línea. —Me guiñó un ojo.

—Siete años. Es mucho tiempo para estar saliendo con alguien. ¿No habéis pensado en casaros?

—He pensado pedírselo en cuanto regrese a Estados Unidos.

Mis dedos tamborilearon sobre la barra.

—Bien, pero al parecer primero pretendes romper unos cuantos corazones por todo el mundo, ¿no es así? —Le devolví el guiño—. Enhorabuena por tu inminente compromiso —dije, y alcé mi vaso de zumo de piña para brindar con él—. ¿Era un mensaje suyo lo que te tenía tan cautivado?

Asintió.

—Bien por ti, Quinn. Pareces todo un encanto... Me alegra saber que aún quedan hombres como tú.

Arqueó una ceja.

—Uy, uy. ¿Una mujer despechada?

—No, solo que... hasta ahora no he sido tan afortunada en el amor como tú.

—¿Una bonita rubia norteamericana que sirve cervezas a los cansados navegantes cuando están sedientos? El amor te llegará en cualquier momento.

—Gracias. —Puse los ojos en blanco y me acerqué a la caja registradora.

—¿De dónde eres? —preguntó.

—De Indiana.

—¿Y no te espera nadie allí?

Me di la vuelta apoyándome contra el mostrador. Durante mi adolescencia, había tenido algunos novios, pero nada serio. Cuando estaba en la universidad, había salido con un chico llamado Greg Van Der Heide durante poco más de un año, pero Greg era como todo lo demás en mi vida en aquel momento: una representación de todo lo que se esperaba de mí, pero nada que me definiera.

Había nacido y se había criado en Indiana y no tenía ninguna intención de marcharse de allí. Su idea de viajar era ir a cualquier sitio donde hubiera un estadio de fútbol. Cada sugerencia que le hacía para aventurarnos lejos del Medio Oeste era rápidamente descartada. Pero que nadie se equivoque, yo quería estar enamorada. Sentir el sudor en las palmas de las manos, el latido acelerado del corazón, las expectativas, la excitación, la pasión. Ansiaba encontrar a alguien que cuando entrara en una habitación me hiciera contener la respiración. Alguien que pudiera leer mis pensamientos sin yo tener que decir nada. Alguien que tuviera mi felicidad y bienestar como sus mejores objetivos —al que yo correspondería—. Alguien a quien poder rendirme y ofrecer mis sueños. Alguien a quien poder amar de formas que nunca me habían permitido hasta entonces.

Ese hombre debía de existir, pero, sin duda alguna, no era Greg Van Der Heide.

Lo peor era que Caroline lo quería como un marido potencial para mí. O si no él, la idea de él. Incluso llegó a rezar para que me propusiera matrimonio y, cuando le dije que habíamos roto, no me habló durante diez días. Siempre estaba buscando alguien o algo que me atara a casa.

Mi estómago se encogió cuando caí en la cuenta de que no le había mandado ningún correo electrónico desde hacía tres días.

Levanté la vista desde el suelo hasta Quinn, quien seguía aguardando mi respuesta.

—No, nadie me está esperando allí.

Quinn dio otro sorbo a su bebida y luego sus ojos se agrandaron como si hubiera tenido una idea.

—Oye, Grant, un par de amigos y yo nos vamos a Bangkok unos días. ¿Por qué no os unís a nosotros Sophie y tú ? ¿Crees que podrías conseguir algún día libre?

Parpadeé mientras consideraba su oferta.

—¿Cuándo os vais? Tendría que preguntarlo en el colegio —dije.

—Salimos en avión el viernes y pasaremos unos días allí. ¿En cuántos trabajos tienes que pedir días libres? —me preguntó con una media sonrisa.

—En dos, sabelotodo. —Le lancé un trapo húmedo—. Me encantaría ir, pero no estoy segura de poder permitirme el billete de avión. La semana pasada pagué el alquiler, y no recibiré otro cheque hasta el lunes de la próxima semana.

—Grant ha alquilado un avión, así que no te preocupes por eso —señaló.

—¿Ha alquilado un avión? ¿Un avión entero?

—No es un 747, tonta, sino un pequeño reactor. Al viejo le gusta viajar con estilo, ya sabes a lo que me refiero.

No sabía exactamente a qué se refería, pero actué como si lo supiera.

—Vaya... ¿cuál es el secreto de Grant? ¿Acaso tiene una «Bridget» esperando en casa como tú? —pregunté fingiendo indiferencia—. ¿Cómo puede alguien tan encantador como él no estar casado?

Durante un momento pareció que Quinn estaba a punto de responder y divulgar los detalles que tanto ansiaba yo conocer, pero se encogió de hombros y negó con la cabeza.

Consideré preguntarle a Quinn algo más sobre la vida personal de Grant, pero decidí no hacerlo. Era mejor descubrirlo por mí misma que arriesgarme a que le contara a Grant que había estado curioseando sobre él.

—Veré qué puedo hacer. Los niños a los que enseño están ahora de vacaciones, de modo que solo depende de Niran permitir que tanto Sophie como yo desertemos del bar. De todas formas, muchas gracias por la invitación. Parece divertido. Ya te lo haré saber.

—Pues claro. —Se levantó y dejó su dinero sobre el mostrador.

—¿Sabe Grant que estás ofreciendo sitios a bordo de su avión? —le comenté antes de que se marchara.

—A él no le importa.

—¿Y dónde se ha metido esta noche?

—Iba a reunirse con unas personas para estudiar la nueva etapa del viaje y tratar de planificar la mejor ruta.

Asentí.

—¿Habéis tomado ya alguna decisión sobre vuestra tripulación?

Bajó la vista hacia su teléfono antes de responder:

—Todavía no, lo siento. Aún tenemos que entrevistar a un par de candidatos más y decidir algunas cuestiones de agenda. En cuanto crucemos el océano Índico y nos dirijamos a Egipto, es posible que me vuelva a Estados Unidos. Grant está planeando reunirse con otra gente y otro tripulante en el Mediterráneo.

Y añadió:

—Por el momento, todo está en el aire. La mayoría de los patrones intentan encontrar la mejor ruta desde Sri Lanka a través del golfo de Adén y el mar Rojo. Hay mucho que coordinar. Y debemos decidir si navegamos directamente como habíamos planeado o seguimos otro rumbo. Un par de navegantes que forman parte de una expedición están organizando convoyes para navegar por —al decirlo hizo unas comillas con los dedos— «las zonas peligrosas» juntos, de modo que tal vez tengamos que unirnos a ellos, pero primero habrá que asegurar al tercer tripulante.

Por lo que había aprendido de vivir y trabajar en una población costera en Tailandia, en los últimos años, los piratas somalíes habían invadido el golfo de Adén, entre el océano Índico y el mar Rojo, pero se decía que estaban interesados en capturar grandes barcos comerciales con una tripulación numerosa, lo que a su vez les proporcionaba una buena suma por sus rescates, y no tanto a veleros.

—Sí —continuó—, seguramente seguiremos aquí hasta año nuevo y partiremos en enero, de manera que seguirás soportando a Quinn durante algún tiempo más. —Se levantó y se guardó el teléfono en el bolsillo—. Mira a ver si puedes conseguir un par de días libres para unirte a nosotros la semana que viene. Solo estaremos fuera un día o dos —precisó, antes de dirigirse a la salida canturreando «Una noche en Bangkok».

Deseaba unirme a ellos en esa escapada, pero sobre todo deseaba formar parte de la tripulación del *Imagine*. Me había pasado toda la vida esperando señales, oportunidades y ocasiones. Yendo a la iglesia y rezando por cosas que me habían dicho que eran frívolas. Esperando que las oportunidades se presentaran ante mí para poder hacer finalmente lo que quería y dejar de hacer lo que se me decía. Si no hubiera perdido mi trabajo en Indiana, tal vez ahora no habría terminado durmiendo en una cama de soltera en Tailandia ni considerando este nuevo reto. Formar parte de la tripulación de Grant parecía la oportunidad perfecta para, de una vez por todas, agarrar mi vida por los cuernos —o por las velas, en este caso— y nada podía apetecerme más que una pequeña aventura.

Y por más que esa «oportunidad perfecta» no dependiera de mí, aún la consideraba como una señal que merecía la pena seguir. El trabajo en Tall Trees era extremadamente flexible, los profesores estaban siempre yendo y viniendo, y Niran me guardaría el puesto de trabajo —sabía que lo haría—. ¿Cuánto tiempo podría tardar? ¿Un par de semanas? ¿Un mes? Había ahorrado el suficiente dinero para pagar el alquiler, de modo que eso no sería un problema. Sabía que podía hacerlo. Quería hacerlo y estaba decidida a que se hiciera realidad.

Después de cenar me di una ducha rápida y me acerqué en bicicleta hasta el puerto deportivo. Una vez puesto el candado a la bicicleta, caminé por los muelles. Había una suave brisa impregnada de los aromas de la vida marinera. El cielo estaba oscuro, pero todos los muelles estaban iluminados por una hilera de farolas antiguas que le daban el aspecto de pequeñas pistas de despegue para barcos. Estaba paseando de un extremo al otro, disfrutando de aquella serenidad y del hipnotizador sonido del agua golpeando contra los cascos de los barcos, cuando lo vi.

Grant estaba sentado al borde de uno de los muelles, a unos diez metros de distancia, apoyado contra un poste de madera y fumando un cigarrillo, con su libro encuadernado en piel junto a él. Me detuve y lo observé atentamente. Su mano derecha descansaba en su rodilla doblada, mientras la otra pierna colgaba sobre el borde. Pasaron más de dos minutos antes de que sintiera mis ojos posados sobre él. Lo saludé con la mano cuando se giró al advertir mi presencia.

Aunque aquellos segundos me parecieron una eternidad, finalmente se levantó y caminó hasta donde yo estaba. Mi corazón comenzó a latir un poco más rápido a medida que se acercaba, pero logré mantener la compostura. No había ido hasta allí para buscarlo —al menos no conscientemente—, pero me alegré por aquel encuentro fortuito.

—Hola —saludó, reduciendo el espacio entre nosotros.

—Hola, Grant.

—Por favor, llámame señor Flynn —bromeó—. ¿Qué te ha traído aquí a estas horas?

Me froté el cuello.

—Quería tomar el aire. Cuando llegué a Tailandia, solía venir con la bicicleta hasta aquí y algo me ha hecho querer volver esta noche.

—Ya veo.

—No pretendía molestarte. —Hice un gesto hacia su cigarro.

—No lo has hecho.

Sentía la boca seca, de forma que di un sorbo a mi botella de agua.

—¿Te ha comentado Quinn que nos ha invitado a Sophie y a mí a ir a Bangkok con vosotros?

Asintió.

—Parece un buen plan y, si consigo que me den días libres, me encantaría unirme a vosotros. Nunca he estado allí.

Dio una calada a su cigarro mientras se metía la mano libre en el bolsillo delantero.

—Haznos saber si consigues arreglarlo. —Su voz resonaba a través de mi cuerpo—. Quinn me ha dicho que eres de Indiana.

—Sí.

—¿Y qué te ha traído hasta aquí?

Miré hacia otro lado un segundo mientras sopesaba la respuesta.

—Un montón de cosas... y, para ser sincera, nada en particular. Crecí en una pequeña población de granjeros y siempre deseé tener una razón para marcharme. —Hice una pausa—. Suena muy egoísta cuando lo digo en voz alta.

—A mí me parece muy valiente.

Levanté mis ojos hasta alcanzar los suyos y sonreí.

—Gracias.

Abrió la boca como si fuera a decir algo, pero en su lugar asintió.

—Me alegra haberme tropezado contigo.

—¿Era esa tu intención? —me retó.

Contemplé detenidamente su expresión.

—Quizá. —Me encogí de hombros, igualando su sonrisa traviesa con la mía—. Y ahora debería regresar a casa —dije.

—Me alegra haberte visto, Jessica. Que pases una buena noche.

—Tú también —contesté, y entonces me di la vuelta y empecé a alejarme sintiendo sus ojos clavados en mi espalda.

Quizá no había ido allí para encontrarme con Grant, pero me alegraba haberlo visto. Quería estar cerca de los barcos y del agua para ver si mi urgencia por viajar con Grant y Quinn era un simple arrebato de locura o un deseo real. Después de haber estado allí, ya tenía mi respuesta.

CAPÍTULO 10

Al día siguiente, en cuanto llegué al trabajo, le pregunté a Niran si podría tomarme unos días para ir a Bangkok.

—Si cubres tus turnos, sí.

—Sophie ha dicho que me cubrirá: su prima se quedará unos días con ella y no podrá hacer este viaje.

—No tendrás sexo con él.

Solté una carcajada y lo miré fijamente.

—¿Es una pregunta o una predicción?

Se encogió ligeramente de hombros, parpadeó y apoyó las manos sobre mis hombros.

—Tú eres mi chica buena.

—¿Lo soy?

Asintió enfáticamente colocando una mano sobre su pecho.

—Tienes buen corazón, lo vi la primera vez que nos conocimos. Niran sabe.

Me incliné hacia delante y lo achuché.

—Es necesario un buen corazón para encontrar a otro.

Me dio unos golpecitos en la cabeza.

—Quizá sí puedas tener sexo —dijo, dándose la vuelta para marcharse, pero no sin antes atrapar una baraja de cartas.

Cuando vi a los muchachos entrar esa noche para cenar, apenas podía esperar para decirles que estaba libre para unirme a ellos en Bangkok, pero, antes de dirigirme a su mesa, vacilé y no me decidí hasta que Grant estuvo a solas y Quinn se marchó a saludar a algunas personas en la barra.

—Hola, Grant —saludé.

Absorto en la pantalla de su teléfono, apenas levantó la vista para responder:

—Hola, Jessica.

Me aclaré la garganta y volví a asegurarme de que Quinn aún seguía en la barra.

—Solo quería decirte que he podido conseguir librar esos días para unirme a Quinn y a ti la próxima semana.

Dejó el teléfono sobre la mesa y volvió a levantar la vista hacia mí.

—Eso son muy buenas noticias. Será un viaje estupendo —aseveró antes de volver a concentrar toda su atención en las hojas con notas y los mapas desplegados en la mesa.

—¿Crees que para entonces habrás tomado una decisión sobre la tripulación? —Dejé que mis palabras quedaran suspendidas un instante. Él se volvió hacia mí y arqueó una ceja. Hundí mis manos en los bolsillos traseros de mis vaqueros para intentar contener los nervios.

Por primera vez Grant se detuvo unos instantes para mirarme. Aproveché para arreglarme un mechón y frotarme la nuca. Su expresión era simpática y, después de sonreír con los labios cerrados, comentó:

—Eres muy insistente.

—Bueno, solo quiero saber si debo volver a colocar mi anuncio en el tablón o no. Seguro que lo entiendes. La demanda de tripulantes femeninos sin experiencia está en auge.

Sonrió.

—No me extraña.

Empezó a darse la vuelta, de modo que apoyé las yemas de mis dedos sobre su hombro durante un segundo.

—Quinn me contó que él no tenía experiencia en navegar antes de que lo contrataras en Miami. Y...

Estaba negando con la cabeza antes de que pudiera terminar la frase.

—Creo que es muy peligroso. Créeme, he estado recibiendo algunos informes muy preocupantes de MARLO, no es un buen sitio para una joven bonita como tú.

Disfruté del comentario, cambiando el peso de mi cuerpo a la otra pierna y cruzando las manos delante de mí. Sin más ni más, acababa de llamarme bonita y me había encantado recibir su cumplido. Además me había llamado joven.

—Tengo la misma edad que Quinn —aseguré.

—¿En serio?

—Sí, en serio —respondí, y luego lo consideré un momento—. Bueno, sí, él es dos años mayor que yo, pero eso no es nada y, además, ¿qué tiene que ver la edad en todo esto?

—La edad no tiene nada que ver. Es solo que no es lugar para alguien como tú. No quería decir que fueras demasiado joven. Te pido disculpas.

Aparté una de las sillas metálicas de la mesa.

—¿Puedo?

Hizo un gesto para que tomara asiento.

Respiré hondo antes de comenzar:

—Sé que soy una extraña para ti, pero no soy una extraña a la hora de asumir riesgos, aventuras o como quieras llamarlo.

—Lo llamo peligro, no aventura —me recordó.

Exhalé decidida.

—Mi madre murió hace unos meses, justo antes de trasladarme aquí. —Hice una pausa desviando la vista un segundo. Grant cruzó las manos sobre su regazo y se reclinó en la silla sin apartar los ojos de mí.

—Poco después de su funeral, sentí que algo cambiaba dentro de mí. No estábamos muy unidas, pero por alguna razón me sentí liberada cuando ella falleció. Como si se me diera permiso para hacer las cosas que nunca se me habían permitido hacer. Esa es la razón por la que estoy aquí en Tailandia, a miles de kilómetros de la mediocridad que me acechaba allá en Indiana. —Él estudió mi cara mientras continuaba—: Cuando Quinn me mandó un correo electrónico para hacerme la entrevista, tuve esa misma sensación. Como si fuera algo que debía hacer. —A juzgar por su mirada, hice un alto, aquello debía de sonar bastante absurdo.

Él se pasó una mano por el pelo, me miró fijamente un buen rato y contestó:

—Eso ya lo noto.

—Solo piénsalo.

Nuestras miradas se cruzaron y sentí que estaba intentando descifrarme. De cerca, sus cincelados rasgos eran, naturalmente, el doble de cautivadores y perturbadores.

—Tienes unas pestañas muy oscuras —solté. Las palabras surgieron incontrolables, haciéndome parecer ante sus ojos como una lunática, si acaso no lo había pensado ya.

Él dejo escapar una risa y miró hacia otro lado un instante.

—Está bien. Lo pensaré.

—¡Gracias! —dije soltando un chillido como la joven ingenua que acababa de asegurarle que no era antes de intentar simular mi entusiasmo—. Gracias, Grant. Es todo lo que pido.

—No sé exactamente cuánto tiempo costará la travesía. ¿Podrás conservar tu puesto de trabajo aquí? No suelo seguir una agenda fija.

—La verdad es que me preocupa más el colegio, pero tengo cuatro semanas de vacaciones y hablaré con mi directora. Eso, claro, si decides llevarme.

—Pero ¿no eras la directora? —preguntó.

—Subdirectora, pero paso la mayor parte del tiempo en la clase, enseñando inglés.

—¿Es eso correcto? —Se enderezó en la silla—. Pude observar que había niños que parecían de diferentes edades.

—Hay ciertas diferencias de edad, pero todos tienen el mismo nivel de lectura. Nuestra escuela no cuenta con ingentes toneladas de dinero, como muchos de los colegios norteamericanos de la región, así que trabajamos con lo que tenemos. Como viste, hay muchísimos libros, pero otras cosas, como material escolar básico, más bien... escasean. Lápices, cuadernos, tijeras... Esas cosas. Los otros miembros del personal y yo compramos lo que podemos cuando tenemos dinero extra o recibimos donativos.

Grant me sonrió.

—Se nota que te encanta lo que haces.

—Sí, me encanta mi trabajo.

Quinn apareció un momento después.

—¿Cómo vas a traerme mi cerveza estando sentada en mi silla? —preguntó, revolviéndome el cabello con la mano.

Me levanté alisándome el pelo.

—Me voy a Bangkok con vosotros.

Extendió su mano para chocarla conmigo.

CAPÍTULO 11

—¡Está bien, miradme todo el mundo! —dije, dando varias palmadas y tratando de llamar la atención de mis alumnos—. Es hora de recoger. Por favor, dejad todos los rotuladores en la caja, traedme vuestros dibujos y luego poneos en fila pegados a la pared.

Los niños hicieron rápidamente lo que les pedía, todos excepto Alak, que siempre estaba en su mundo y aún seguía dibujando cuando me acerqué a la mesa donde estaba sentado.

—Alak, cariño, es hora de recoger.

Levantó la vista hacia mí ofreciéndome una sonrisa desdentada.

—¿Has perdido otro? —Sonreí, señalando el agujero en su boca.

Asintió entusiasmado antes de llevarse la lengua al hueco.

—Más vale que te crezcan rápidamente ¡o tendrás que beber batidos de por vida!

Sus ojos se iluminaron y se echó en mis brazos. A Alak le encantaba dar abrazos y a mí me gustaba que lo hiciera, de modo que dejé que me estrujara uno o dos segundos antes de apartarlo y tomar su dibujo. Se había convertido casi en un miembro de mi familia. Nos encontrábamos los domingos por la mañana y juntos lavábamos la ropa. Yo le llevaba comida para que pudiera dar de comer a los numerosos gatos callejeros y sus crías que vivían cerca de la lavandería. Él los llamaba gatos de lavandería. Le encantaban esos animales, pero su tía le había prohibido meter cualquier mascota en casa.

—Es muy bonito —dije lentamente—. ¡Bo-ni-to! Has dibujado las mejores flores, ¿lo sabías?

—Sí —contestó, y me volvió a abrazar.

—Está bien, cariño, adelante, únete a los otros niños, ¿de acuerdo?

—Sí —repitió, y corrió detrás de los otros que ya se marchaban de vuelta a sus casas, en fila india.

Cuando me enderecé, vi a Grant apoyado contra el marco de la puerta con una mochila en el hombro y una sonrisa en el rostro.

—Hola, Grant. ¡Qué agradable sorpresa! —Dejé el dibujo de Alak sobre mi mesa—. ¿Qué estás haciendo aquí?

Entró en el aula, examinó cada centímetro de aquella estancia con los ojos, y luego dejó la mochila sobre la mesa del profesor. Llevaba unas bermudas, gafas de sol en la cabeza y una camiseta blanca de algodón que acentuaba deliciosamente su bronceada piel.

—He traído algunos suministros.

Sacudí la cabeza incrédula.

—Tú... vaya, gracias. Es muy amable de tu parte, pero ya has hecho demasiado.

—Supuse que a todos os vendría bien algo de material. No es gran cosa. Mandé a Quinn al centro comercial. Hay otras diez mochilas más llenas de material en el vestíbulo.

Estaba sonriendo, pero mi boca se había abierto de golpe.

—¡Oh, cielos! —No podía salir de mi asombro—. No sé qué decir. Muchísimas gracias.

Se encogió de hombros.

—Encantado de ayudar —dijo, y luego deslizó las manos en los bolsillos delanteros y se acercó a la pizarra alrededor de la cual estaban colgados la mayoría de los dibujos y trabajos de los niños. Estudió sus trabajos y llegó a levantar algunas hojas solapadas para ver lo que había debajo.

Permanecí en silencio observando cómo se movía por el aula. Otra vez estaba de nuevo en mi espacio, otra vez podía sentirlo. Grant había cruzado la barrera entre nuestros dos mundos y, lo quisiera o no, estaba empezando a conocerme mejor. Me sentía tan intrigada y sorprendida por su gesto que en ese momento no sabía bien como expresarle mi gratitud. Soltar chilliditos no parecía lo más adecuado, de modo que hice lo posible por mantenerlo donde estaba.

—¿Puedo traerte algo? —ofrecí—. Espera, déjame que lo exprese mejor. ¿Quieres un vaso de cartón con agua del tiempo?

Dio un sorbetón.

—Estoy bien así —aseguró, y se deslizó en una de las sillas—. Tal vez puedas entretenerme esta vez con una historia sobre ti.

Crucé los brazos.

—No he estado en ninguna parte más que aquí.

—Entonces cuéntame algo sobre el lugar de donde vienes.

Me incliné sobre mi mesa. No mucha gente parecía querer saber algo sobre mi ciudad natal. Me encogí de hombros pensando en qué contar para que mi vida pareciera remotamente excitante.

—Veamos. Bueno, yo llevaba una vida relativamente sencilla allá en Wolcottville, una población de ochocientos habitantes, sin señales de tráfico. Si alguna vez te encuentras con alguien en un cruce, basta con hacer un gesto, el más educado de los dos se detiene y, entonces, puedes continuar... sintiéndote culpable por haber hecho esperar a la otra persona. Hay, además, una gran comunidad amish allí y puedes encontrarte con un carricoche tirado por un caballo, en cuyo caso sueles dejarles pasar, dado que los caballos tienden a poner los ojos en blanco ante esos detalles.

Se rio.

—Es la típica población pequeña donde las cenas organizadas por la Iglesia y los partidos de fútbol del instituto son la principal fuente de entretenimiento. Eso y la feria del 4-H cada verano.

—¿4-H?

—Es una organización juvenil que pretende promover la vida rural y cuyo lema de las cuatro haches alude a la cabeza, las manos, el corazón y la salud.* La gente joven trae ovejas y cerdos y los ofrecen en subasta. O hacen pasteles o ropa. Yo probé ambas cosas y fracasé debido a la «falta de entusiasmo en la tarea», esas fueron sus palabras, así que me dediqué a exhibir caballos. Durante todo el verano, terminadas las tareas que me tocaba hacer en casa, monté todos los días. Después tenía que limpiar los establos, cepillar los caballos, darles de comer y ejercitarlos. Si me hubieran dado un dólar por cada vez que mi padre me dijo que practicara la equitación, habría podido gastarlo en contratar a alguien que montara por mí.

—Suena maravilloso.

—¿Qué parte?

—Todo. Una pequeña muestra de la cultura norteamericana —comentó con mirada melancólica.

—¿Acaso sientes añoranza de tu hogar?

Se tomó un momento antes de contestar:

—Ni la más mínima. —Se levantó—. Debo volver al barco. Estoy trabajando en el generador.

Bajé la vista al suelo y luego levanté los brazos en alto.

—¿Puedo darte un abrazo? —pregunté, caminando resuelta hacia él—. Soy de las que le encanta dar abrazos —expliqué. ¿Quién puede resistirse a alguien que le gusta abrazar? Yo no.

Se volvió para mirarme y entonces me puse de puntillas y rodeé su cuello y hombros con mis brazos. Él me palmeó suavemente la

* En inglés, *head, hands, heart* y *health*. (*N. de la t.*)

espalda mientras yo inhalaba su olor. Un aroma fuerte, húmedo e intenso. Como Poseidón, rey del mar.

Empecé a hablar mientras él se soltaba lentamente de mi abrazo.

—Bien, no puedo expresar lo mucho que esto significa para los niños. Especialmente cuando sepan que viene de ti.

Volví a apoyar el peso de mi cuerpo sobre mis talones, pero mantuve la cabeza levantada para mirarlo a los ojos.

—Ha sido un placer. Gracias por hablarme de ti.

Asentí.

—Gracias por pedírmelo.

—Ya nos veremos —dijo antes de girarse para marcharse.

—¿Grant? —No quería que se fuera.

Se detuvo y me miró por encima de su hombro izquierdo.

—¿Has tomado alguna decisión sobre la tripulación?

Sonrió con los ojos.

—Así es —respondió antes de salir del aula.

CAPÍTULO 12

El sábado siguiente estaba trabajando en el turno de comidas cuando Quinn se deslizó hasta la barra con su visera de la marca Nike que decía «Solo házmelo».

—Buenos días, Jess.

Miré hacia el reloj de la pared.

—Casi es la hora de cierre de la cocina —dije, y apoyé los codos sobre la barra, cruzando los brazos.

—¿Sigues yendo en serio sobre el puesto de tripulante? Grant me dice que eres incansable.

Me enderecé de golpe.

—Así es.

—¿Has navegado alguna vez? —preguntó, tomando un mondadientes y llevándoselo a la boca.

—No.

—¿Has estado en algún barco?

—Muchas veces.

Asintió.

—¿Alguna vez te has mareado?

—No.

—¿Te gusta el whisky?

—No.

—¿Te molestan las toallas mohosas y los baños atascados?

—No.

—Ahora sé que estás mintiendo —comentó.

Coloqué un vaso de agua con hielo delante de él.

—Creo que sería una experiencia increíble y trataré de comportarme lo mejor posible. Prometo que no estoy buscando unas vacaciones.

—Bien, porque será cualquier cosa menos eso. Necesitamos una tercera persona fundamentalmente para que podamos repartirnos los turnos de vigilancia entre nosotros y permitir que el otro pueda dormir unas horas.

—Eso puedo hacerlo —aseveré—. De hecho, yo no necesito dormir mucho. La mayoría de las noches me quedo leyendo hasta pasadas las doce y luego me levanto a las seis para ir a dar clase.

Dio unos golpecitos en el mostrador de la barra y se levantó.

—Bien, le he dicho a Grant que era una gran idea. Serán solo un par de semanas y los peligros son los mismos todos los años. Grant tiene todo previsto, de modo que no hay nada de lo que preocuparse. —Sonrió—. Y bueno, supongo que al *Imagine* le vendrá bien un toque femenino.

Me sentí eufórica al oír que estaba de mi parte.

—Solo me preocupa una cosa —advertí.

—¿Y qué es? —preguntó.

—Es Grant. No consigo entenderlo. Me parece que no le caigo demasiado bien.

Quinn puso los ojos en blanco.

—¿A quién? ¿Al viejo lobo de mar? Le gustas mucho. De hecho, le gusta todo el mundo. Es solo un hueso duro de roer.

Negué con la cabeza.

—No, no, eso no lo pongo en duda. Ha sonado muy estúpido. Lo que quería decir es que no habla demasiado y estoy segura de que en el barco tendremos que comunicarnos.

—Ya te hablará largo y tendido. Es solo que... —Quinn se calló y miró por encima de su hombro antes de continuar. Esperé a que se explicara mejor, pero no lo hizo—. No es nada. Estará bien, creo que has hecho un gran trabajo.

Sentía curiosidad por lo que no había querido contar, pero no quise ser cotilla.

—Bueno, me alegro de que estés de mi lado. Espero que funcione.

—Tendrá que tomar una decisión pronto porque debo regresar a Estados Unidos a principios de marzo.

—Bien, entonces espero tener la oportunidad de unirme a vosotros.

—Yo también lo espero, pero primero centrémonos en el viaje a Bangkok. ¿Tienes alguna minifalda?

Le lancé una aceituna.

~

Ese viernes tomé un taxi hasta la entrada trasera del Aeropuerto Internacional Phuket, donde se encuentran las pistas para los jets privados. Pagué al conductor, pasé por la puerta situada en una valla metálica y me dirigí a un impecable y pequeño aeroplano blanco propio de una estrella de cine. Su escalerilla estaba desplegada hasta abajo y había un carrito de golf estacionado al pie de las escaleras, donde dos hombres estaban discutiendo sobre algún papeleo.

Estaba caminando en dirección al avión cuando Quinn apareció en lo alto de la escalerilla, se metió dos dedos en la boca y me silbó.

—¡Vamos, mujer!

Me coloqué la mochila en los hombros y corrí arrastrando mi pequeña maleta con ruedas. Los dos tailandeses al pie de las escaleras me recibieron con grandes sonrisas cuando embarqué. Quinn extendió el brazo para tomar mi equipaje y me ordenó que encontrara rápidamente un sitio. Examiné las cinco filas de asientos en busca de Grant y lo descubrí en la parte trasera, hablando con un hombre y una mujer.

—Angela y Adam, ¡ella es Jessica! —anunció Quinn con un grito.

—Encantada de conocerte —dijo Angela con una cálida sonrisa y saludando con la mano.

Quinn se inclinó hacia mí.

—Son de Nueva Zelanda. Grant los conoció cuando estuvo allí y estamos planeando encontrarnos con ellos y su barco, el *Destiny*, en Sri Lanka.

Asentí y dejé que mis ojos vagaran hasta Grant. Llevaba una camisa del lino blanco remangada, bermudas color caqui y un enorme reloj metálico en su muñeca que no dejaba de deslizarse arriba y abajo cuando gesticulaba durante la conversación. El reloj estaba atrapando los rayos de sol que entraban por la ventanilla, lo que resultaba tan agradablemente perturbador como el brazalete de Grace Kelly en *La ventana indiscreta.* Estaba tan distraída que no me di cuenta que me había saludado hasta que Quinn me golpeó en el hombro.

—Buenos días. —Sonreí, saludando con la mano a él y a sus amigos antes de escoger un asiento libre en la segunda fila.

Quinn estaba delante de mí, apoyado contra el respaldo de su asiento como un niño pequeño que se negara a sentarse.

—¿Sabes dónde vamos a alojarnos? —pregunté. Quinn me había advertido que no reservara habitación, porque Grant se había ocupado del alojamiento de todos. No me sentía muy cómoda sabiendo que él pagaba mi estancia y, con la esperanza de que me dejara contribuir o, al menos, invitarlo a comer, llevaba dinero extra conmigo.

—El viejo ha reservado un par de suites en el Mandarín Oriental, pero tú y yo tendremos que compartir habitación. —Me guiñó un ojo—. Estaba bromeando —añadió, y me pellizcó el hombro con fuerza—. ¿Qué? ¿No quieres compartir cama con Quinn? Pues más vale que te acostumbres si vas a ser mi compañera de tripulación.

—Me siento una aprovechada —susurré—, colándome en este glorioso avión en miniatura y en su suite.

Quinn alzó una mano para silenciarme.

—Él tiene muchos contactos y, además, ha trabajado unos diez años en el negocio hotelero. No habla demasiado de eso, pero creo que su familia tiene algunas propiedades en Estados Unidos y tal vez en Gran Bretaña. Estoy seguro de que recibe algún tipo de dividendos de sus inversiones. Confía en mí, está encantado de hacerlo. —Asintió de forma peculiar—. Solo relájate. ¿Emocionada?

—Mucho —aseguré, conteniendo la respiración—. ¿Cuánto dura el vuelo?

—Poco más de una hora —contestó, y luego alzó una botella de ron por encima de su cabeza—. ¿Sedienta?

Solo había volado una vez y no me asustaba tener que hacerlo de nuevo, pero después de haber tenido que correr para atrapar mi segundo vuelo —y subir a lo que se parecía más a una minifurgoneta que a un avión—, a pesar de ser solo las ocho de la mañana, me alegró descubrir la botella de ron de Quinn.

CAPÍTULO 13

Aterrizamos en Bangkok y los cinco aplaudimos mientras nos deslizábamos por la pista. Al salir del avión nos recibió un sofocante calor y un vehículo del hotel enviado para recogernos. Durante el trayecto pude echar mi primer vistazo a la capital de Tailandia. Bangkok es una enorme ciudad moderna con un rico patrimonio histórico, lo que significa tener todos los pros y los contras de ambas cosas. La congestión del tráfico era atroz y la deficiente planificación urbana había provocado que pequeños arrozales convivieran junto a rascacielos. Aun así, a pesar de algunos inconvenientes menores, la ciudad vibraba de cultura y vida.

Me asomé por la ventanilla del vehículo y sentí estar dentro de una máquina de *pinball*. Bocinas, campanas y luces parpadeantes emanaban de cada rincón del centro de la ciudad. Había más rótulos de neón de los que podía contar, autobuses sin techo que pugnaban por hacerse un hueco en la calzada junto a motocicletas, automóviles, camiones, taxis e incluso peatones, todos atrapados en ese hipnótico embotellamiento.

Cuando llegamos al hotel, ubicado cerca del río, salí del vehículo a lo que me pareció una sauna, pero se trataba simplemente del pesado y húmedo aire de Bangkok. Tras sacar nuestro equipaje del maletero, fuimos rápidamente acogidos por el perfumado y climatizado vestíbulo del hotel e hice cuanto pude por disimular mi asombro mientras avanzábamos a través de la enorme sala de recepción y los jardines que la rodeaban. Una fragancia a lirios y hojas de té inundaba la estancia al tiempo que dos miembros del personal nos daban la bienvenida en su lengua nativa, haciendo primero una reverencia y luego colocándonos unas pequeñas guirnaldas de orquídeas en las muñecas a Angela y a mí. Ventanas del suelo al techo dejaban a la vista el verdor del exterior y de lo alto colgaban unas lámparas parecidas a jaulas de pájaros. El follaje del interior era brillante y lustroso salpicado con capullos de flores color fucsia.

De camino a nuestras habitaciones, nos llevaron a través de lo que se conocía como el Salón de los Escritores, uno de los espacios más asombrosos que había visto en mi vida. La enorme sala blanca tenía una alta cubierta de cristal a dos aguas y en el centro había una gran escalera imperial con una galería formada por paneles de lamas de madera en los rellanos de cada tramo de la escalera. Gigantescos sillones blancos de mimbre de dos plazas y sillas de respaldo alto estaban repartidos por toda la estancia. Mujeres impecablemente vestidas al estilo tailandés iban de una mesa a otra ofreciendo el servicio de té. Me detuve un momento para absorber todo aquello. Podría haberme quedado allí para siempre. Era como una *Casablanca* asiática.

Una mano sobre mi hombro me arrancó de mi estupor.

—¿Vienes?

Levanté la vista hacia los ojos de Humphrey Bogart.

—Es bonito, ¿verdad? —dijo Grant.

—Sí.

—¿Por qué no nos reunimos aquí para tomar el té después de dejar el equipaje en nuestras habitaciones?

Lo miré fijamente.

—Sí.

Palmeó mi hombro de nuevo.

—Vamos —indicó, y lo seguí.

Después de deshacer nuestro equipaje, Quinn anunció que se iba a la piscina con Adam y Angela e insistió en que me uniera a ellos en biquini. Mientras colgaba mis últimas cosas en el armario, recibí un mensaje de Grant en el teléfono.

«¿Lista para el té?», decía.

«Siempre», contesté.

«Antes debo hacer una llamada. Nos vemos en el Salón de los Escritores en veinte minutos», escribió.

«Allí estaré», confirmé.

Aproveché esos veinte minutos para darme una ducha y volver a ponerme rímel y brillo de labios. Como solo íbamos a estar un par de días, no había llevado demasiada ropa conmigo, de modo que me puse el traje de baño y un vestido de playa blanco sin mangas por encima. Me hice una coleta y arranqué una flor rosa del centro que había en el vestíbulo de la suite para sujetarla con la goma.

Grant ya estaba sentado en uno de los sillones de dos plazas de mimbre cuando llegué, así que acerqué una silla hacia él.

—¿Te importa si te acompaño?

—Por favor. —Se levantó—. Estás preciosa —dijo, y entonces hizo una seña a una de las camareras. Cada una de ellas más impresionantemente exótica y asombrosa que la anterior.

La mujer se deslizó hasta nosotros, inclinándose ligeramente y sonriendo.

—Té para dos, por favor —pidió Grant.

Ella asintió y se marchó.

Coloqué las palmas de las manos sobre los muslos.

—Muchas gracias por dejarme venir con vosotros. Me siento una aprovechada, pero estoy disfrutando vergonzosamente de cada segundo.

Él levantó una mano.

—Ni lo menciones. Es un placer para mí. Solo por ver la expresión de tu cara cuando entraste aquí valía la pena pagar la fortuna de un rey.

—¿Puedo al menos invitarte a un té?

—No, no puedes invitarme a nada.

Asentí.

—Bien, pues gracias de nuevo.

—Encantado.

Nuestro servicio de té llegó en una bandeja de plata junto con unas magdalenas caseras con citronela, minisándwiches rellenos de un atún especiado tailandés, crema de calabaza al vapor y unas toallitas calientes para limpiarse las manos. Grant nos sirvió a los dos. Me maravillaba la forma en que controlaba la situación con tan poco esfuerzo. Vertió el té en las tazas y volvió a sentarse en el mullido cojín de su sofá de dos plazas, que estaba forrado con una tela de brillantes hojas verdes de palmera que daban la única nota de color a aquel magnífico salón.

—¿Cuánto tiempo llevas navegando? —pregunté antes de probar el té dando un sorbito.

—Unos dos años.

Mis ojos se abrieron como platos.

—Eso es increíble.

—Sí, ha sido bastante increíble.

—¿Y no echas de menos estar en casa? —le planteé, ansiosa por conocer más detalles sobre su vida en Estados Unidos.

—No.

—Y, por cierto, ¿dónde está tu casa?

—Soy oriundo de Chicago, pero vendí mi vivienda antes de comprar el barco, así que aún no he decidido qué debo considerar mi hogar. Supongo que el *Imagine* es ahora mi casa. Parece como si los dos fuéramos unos sintecho del Medio Oeste —comentó.

—Brindo por eso. —Entrechocamos nuestras tazas y yo di otro sorbo al abrasador líquido—. ¿Así que Quinn y tú habéis estado solos todo este tiempo?

—No. Él es mi tercer tripulante. Pasé seis meses en Nueva Zelanda y Quinn se reunió allí conmigo. Voló desde Miami cuando estuve listo para seguir el viaje. No puedo manejar el *Imagine* solo. Es demasiado trabajo sin ayuda. Me gusta tener siempre a bordo a otro tripulante.

—¿Seis meses en Nueva Zelanda solo? ¿Por qué tanto tiempo en un único lugar?

—Sobre todo para esperar el final de la temporada de ciclones.

—¿Has tenido la visita de algún amigo o familiar mientras estabas allí?

Se reacomodó en el asiento y pensó en algo o en alguien durante un instante.

—Algunos amigos tomaron un vuelo para pasar un par de semanas aquí o allá. Los kiwis y la población marinera son muy acogedores, así que nunca estuve realmente solo.

Sonreí.

—Muchos de los navegantes norteamericanos que he conocido iniciaron su travesía desde Miami o Cayo Vizcaíno. ¿Es allí donde comenzaste tu viaje?

Negó con la cabeza.

—No, empezamos en Chicago. Partiendo directamente desde el céntrico puerto de Monroe. Ese primer año mi ayudante de entonces, un tipo llamado Jeff que solía trabajar para mí, y yo navegamos cerca de quince mil millas desde Estados Unidos hasta Nueva Zelanda. —Hizo una pausa—. Chicago parece estar a un mundo de distancia.

Cruzó las piernas y se reclinó en su asiento. Me gustaba su forma de cruzar las piernas, pues exhibía una gran elegancia en ese movimiento. Jugueteé con el fino tirante de mi vestido mientras permanecíamos en silencio durante un momento hasta que él continuó:

—Desde Chicago navegamos a través de los Grandes Lagos por el río Hudson abriéndonos paso hasta la ciudad de Nueva York. Jeff y yo nos reunimos con algunas personas que conocíamos y nos quedamos tres noches en Manhattan, ya fuera del barco, solo por diversión.

—¿Te importa si te pregunto qué clase de trabajo te permite tomarte dos años de excedencia para salir a navegar por el mundo?

—No muchos que yo sepa. —Sonrió—. Soy una especie de contratista independiente. Mi familia está metida en el negocio de la hostelería desde hace muchos años. Tengo una compañía que organiza vacaciones exclusivas para gente que se puede permitir una experiencia de viaje impagable.

—Intuyo que impagable no se refiere al precio.

—Correcto.

—¿Cómo puedes mantener el negocio estando a tantos kilómetros de distancia?

—Tengo contratadas a personas muy válidas para dirigirlo por mí y solo me molestan si es absolutamente necesario. Aunque hay algunos clientes que prefieren tratar conmigo personalmente, solo contacto con ellos cuando es imprescindible.

—Siempre quise ir a Nueva York —confesé, y me acordé de mi madre—. Para mí es el centro neurálgico de Estados Unidos.

—Te encantaría. En algunos aspectos, no es muy diferente de Bangkok. Muy urbana y quizá no tan global, pero sí con gran diversidad cultural. De nuevo a bordo, abandonamos Nueva York bajando por la costa de la bahía de Chesapeake y nos quedamos en Annapolis un tiempo. El hermano de Jeff y su mujer viven allí.

Se inclinó hacia delante y tomó un sándwich.

—Después estuvimos en Hampton, Virginia, donde nos preparamos para nuestro viaje al Caribe. Esa fue una etapa muy divertida.

—Sacudió la cabeza y sonrió—. Una de mis paradas favoritas fue Dominica. Creo que la mencioné en tu clase. —Terminó de masticar.

—Lo recuerdo.

—Es una pequeña isla, como una mota en el mar, de la que a menudo se dice que sería la única isla que Colón podría reconocer hoy en día. Allí no llegaban los cruceros ni demasiados turistas, hasta que una de las películas de *Piratas del Caribe* se rodó en sus playas. Es una isla muy pobre pero con gente encantadora y el mayor porcentaje de personas con aspecto parecido al de Bob Marley que haya visto en mi vida. Jeff y yo la llamábamos la increíble isla comestible. Hicimos un recorrido alrededor y nuestro guía paraba su automóvil, arrancaba una rama de un árbol y nos decía que comiéramos. Una era de menta y la otra de hierbabuena.

—Suena como el paraíso —añadí admirada sin apenas poder asimilar todo aquello—. Tienes que contarme más. Me siento en la gloria escuchándote hablar de esos lugares —dije antes de estirar el cuello para mirar alrededor del salón y al aparentemente interminable techo—. Ahora que lo pienso, ahora mismo quizá esté en el cielo.

Sonrió, antes de continuar con la narración:

—Después de atravesar el Canal de Panamá, Jeff me dejó y dos de mis sobrinos lo sustituyeron. Tengo una hermanastra mayor que yo y sus dos hijos, de casi veinte años, estaban deseando poder unirse a mí para dar una vuelta. —Hizo una pausa para beber té. No muchos hombres podían beber té y estar sentados con las piernas cruzadas de forma tan masculina como él—. Así que una vez que abandonamos Panamá, navegamos hasta las Galápagos y luego emprendimos una travesía de veinte días cruzando el Pacífico Sur hasta las Marquesas, disfrutando de las islas de la Polinesia francesa durante tres meses.

Sus labios y las palabras que emanaban de ellos eran como un afrodisiaco. Había viajado por todo el mundo. Había estado en lugares sobre los que yo solamente había leído o visto en películas. Sus pies habían estado cubiertos por la arena blanca de las playas del centro del Pacífico Sur. Mi corazón latía acelerado ante la idea de experimentar esas cosas con él. Estaba pendiente de cada detalle, enamorándome más y más con cada historia.

—Por favor, no te detengas.

—¿Estás segura? —preguntó.

Asentí.

Volvió a recostarse en su asiento ladeando la cabeza.

—Me encanta ver lo interesada que estás en mi viaje. Para serte sincero, nunca he aburrido a nadie con todos los detalles, ya que la mayoría de las personas con la que paso mi tiempo son también navegantes.

—Puedes contar conmigo como una audiencia entregada.

—Es bueno saberlo. —Cruzó sus manos sobre el regazo.

—¿Y qué hacíais tú y tus sobrinos todo el día? ¿Alguna vez os aburríais?

Negó con la cabeza.

—Nunca. Nos dedicábamos a pescar, nadar, bucear... Pescábamos y comíamos pescado fresco todos los días. Por todas partes donde íbamos visitábamos las escuelas locales, como hice con la tuya. —Se detuvo para reflexionar—. Contemplamos innumerables puestas de sol.

Qué romántico, me dije. Pobre hombre atrapado viendo puestas de sol con sus sobrinos de veinte años.

—¿Lo ves? Necesitas una mujer en esa escena —advertí.

Sonrió.

—Te estoy vendiendo un sueño, pero la realidad es que nos pasamos todo el tiempo arreglando el barco y empleando muchos días en su mantenimiento y cuidado. Reparaciones, limpieza, etcétera. El trabajo de un marinero no acaba nunca. Créeme.

—Eso es fantástico. Y también lo que haces con las escuelas.

—Realmente es la mejor forma de conocer un lugar y sus gentes. Existe una admiración mutua entre nosotros los viajeros y los niños y sus familias o profesores. —Hizo un gesto hacia mí—. No hay nada más gratificante que poder contribuir con algo al bienestar de las comunidades que visitamos.

Sonreí.

—En fin —continuó—, desde allí navegamos hasta Auckland, Nueva Zelanda, donde los chicos tomaron un avión de vuelta a casa y, como ya te he contado, yo me quedé seis meses. Allí fue donde conocí a Angela y a Adam y otra gente encantadora procedente de todas partes del mundo. Hacia el final de mi estancia, Quinn cogió un vuelo hasta allí y se reunió conmigo. Entonces él y yo nos marchamos y nos dirigimos directamente a Fidji. Eso fue al comienzo de mi segundo año en el mar.

No podía recordar haberme divertido nunca tanto como en ese momento.

—He oído que Fidji es uno de los lugares más hermosos de la Tierra —comenté.

—Has oído bien.

—¿Y cómo acabasteis en Phuket?

—Cuando abandonamos Fidji, nos detuvimos en un grupo de islas llamadas Vanuatu y, desde allí, navegamos por la parte alta de Australia, recalando en Darwin durante un par de semanas y continuando rumbo a Singapur y Malasia. Después de pasar una semana allí, nos vinimos desde Malasia a Phuket. —Hizo una señal de asentimiento hacia mí—. Donde tuvimos el placer de conocerte.

Sonreí y me senté más erguida.

—Sin duda uno de los mejores momentos del viaje.

—Desde luego. —Dejó escapar una risita y luego volvió a coger su taza de té. Estaba a punto de dar un sorbo cuando me miró con el ceño fruncido—. Mira, Jess, sé que realmente quieres hacer este nuevo tramo del viaje con nosotros y admiro que te hayas ofrecido voluntaria. De verdad que sí. Eso dice mucho de ti.

—Pero...

Suspiró.

—Le he dado el puesto a otra persona.

Mi corazón se encogió.

—Por favor, no te sientas decepcionada.

Me deslicé hacia delante hasta el borde del asiento.

—Solo por escuchar el relato de tu viaje, mis manos han empezado a transpirar y mi corazón se ha acelerado. Toda mi vida he deseado viajar por todo el mundo, pero hasta que llegué a Tailandia nunca había ido más allá del apartamento de mi tía de Florida cuando tenía seis años. —Hice un gesto señalando el salón con la mano—. Esto es lo que siempre he querido. No me refiero a hoteles elegantes, aunque no los desprecio, sino a experimentar el mundo. Te prometo que no habría desaprovechado la oportunidad, pero respeto tu decisión.

Grant respiró hondo.

—No es que no crea que no eres capaz de echar una mano y ayudarnos. El barco está bastante preparado.

—Entonces, ¿a qué se deben tus dudas?

—Mis dudas obedecen a que en ese tramo del viaje es precisamente donde debemos ser más precavidos.

—¿Por las amenazas de los piratas?

—Sí y, aunque no ha habido ningún ataque a un yate privado desde hace más de dos años e incluso entonces esos se produjeron más cerca de Madagascar, no soy tan temerario como para creer que somos invencibles o inmunes a esos peligros. No estaremos en ningún lugar cerca de donde ocurrió aquel ataque, pero existe una amenaza real y debemos tenerlo muy en cuenta. —Se encogió de hombros—. Verás, es un vasto océano y cientos de barcos privados hacen esa travesía sin problemas todas las temporadas. Solo necesito estar lo más preparado posible.

Asentí.

—Lo entiendo, he vivido aquí lo suficiente como para saber que es preocupante, sin duda. Por lo que he oído, el secuestro de barcos con grandes tripulaciones y cargamentos supone tener más poder de negociación.

—Sí, pero no es por la gente... No hay poder de negociación con la gente. Estados Unidos y muchos otros países no negocian con los piratas. Punto. Son las compañías mercantes las que acaban pagando enormes rescates para conseguir recuperar su mercancía. Pagan por el cargamento, no por las personas. Por eso me quedo más tranquilo teniendo alguien a bordo con algo más de experiencia.

—¿La persona que has elegido es un hombre?

Asintió.

—Es un hombre.

Volví a recostarme en mi silla y crucé mis manos sobre el regazo.

—Lo comprendo. —Y era verdad. No podía culparlo por querer a alguien con más experiencia y testosterona—. ¿Qué más puedo decir? Que tendré que desempolvar mis chinchetas y volver a poner mi anuncio en el tablón —añadí.

—Preferiría que no lo hicieras.

—Acabas de decir que cientos de barcos hacen esa travesía todas las temporadas sin incidentes. Llevo viendo anuncios de demanda de tripulantes colgados en ese tablón desde que me vine a vivir a Tailandia.

—Sí, eso he dicho.

Nuestras miradas se cruzaron un instante antes de que él apartara los ojos y consultara la hora en su teléfono.

—Siento no tener la oportunidad de navegar en el *Imagine*.

—Tal vez cuando regresemos te gustaría subir a bordo y echar un vistazo.

—Eso me encantaría —aseguré—. Por cierto, estaba deseando decirte cuánto me gusta el nombre de *Imagine*. Es un nombre fantástico para un barco. ¿Cómo se te ocurrió? ¿Eres fan de John Lennon?

Negó con la cabeza y durante un segundo sus ojos se clavaron en el suelo perdido en sus pensamientos.

—Simplemente se me ocurrió —contestó después de una larga pausa.

—Pues es precioso. —Le sonreí a pesar de sentirme decepcionada. Sí, podía volver a poner mi anuncio en el tablón del puerto deportivo, pero mis deseos habían cambiado. Quería navegar con él—. ¿Y cuándo planeáis dejar Tailandia? —pregunté.

—Seguramente nos quedaremos en Phuket unas semanas más y saldremos a mediados de enero.

Justo en ese momento Grant recibió un mensaje y lo leyó.

—Quinn quiere saber dónde estamos —explicó, y luego levantó la vista con una sonrisa torcida—. Y si llevas puesto el biquini.

Solté una carcajada.

—Dile que sí, que vamos de camino.

Grant y yo nos acercamos hasta la piscina para encontrar a Quinn en el agua rodeado por un grupo de mujeres suecas. Nos hizo una señal con la mano.

—¿Deberíamos irrumpir en su fiesta? —le pregunté a Grant mientras colocábamos nuestras toallas en dos tumbonas.

—No veo por qué no. —Se quitó la camisa por la cabeza. Sus brazos bronceados y musculosos resplandecieron bajo la brillante luz del sol y casi pude escuchar la voz de mi madre diciéndome que no lo mirara. Lanzó la camisa sobre la tumbona y me miró justo cuando mis ojos estaban ascendiendo hasta su cara.

Carraspeé.

—Nos encontraremos allí.

—No tengo prisa.

Apartando la vista de él, me giré lentamente para desatar mi vestido de playa.

—Permíteme. —Le escuché decir mientras se colocaba detrás de mí.

Sentí un cosquilleo a lo largo de mi columna vertebral cuando sus dedos me rozaron la base del cuello. Durante un segundo pude notar el calor de su aliento sobre mi piel mientras los tirantes caían de mis hombros. Llevé una mano a mi pecho para atraparlos.

—Gracias.

—Un placer. —Se dio la vuelta y rápidamente me quité el vestido y la goma de la coleta.

Observé cómo sus ojos iban desde mi rostro a mi pelo y viceversa.

—Estás preciosa.

—Muchas gracias otra vez. —Me sonrojé y crucé desganadamente los brazos.

—¿Vamos? —Me tendió la mano.

CAPÍTULO 14

Al día siguiente, todos nos despertamos con diferentes planes en mente.

—Antes de venir me metí en Internet y me aseguré de imprimir las diez mejores cosas que hacer en Bangkok —les expliqué a Grant y Quinn mientras tomábamos café sentados en la terraza.

Quinn me lanzó una mirada inexpresiva.

—¿Qué? —pregunté.

—Estamos aquí de vacaciones, para relajarnos y disfrutar de la piscina, no para lucir modelos de riñoneras y hacer fotografías —respondió.

Puse los ojos en blanco.

—Yo estoy aquí para explorar. —Hice una pausa y miré en dirección a Grant. Estaba rellenando su taza—. Grant, ¿quieres unirte a mí?

—Me encantaría —contestó sin vacilar—. ¿Qué tenías pensado?

Quinn sacudió la cabeza y se levantó.

—Os veré a los dos más tarde. Si me necesitáis, estaré tomando uvas escarchadas al fondo de la piscina.

Doblé las piernas sobre la silla y me volví hacia Grant con mi hoja de papel en mano.

—Está bien, reconozco actuar como una turista, pero no soy de las que le gusta visitar los tesoros de la calle trasera que solo conocen los lugareños. Me gusta lo enorme, brillante y abarrotado, lugares de esos «que no puedes perderte en tu visita a la ciudad», ese tipo de cosas.

Él se recostó sobre la silla y cruzó las piernas.

Continué:

—De acuerdo con TripAdvisor los tres atractivos más importantes de Bangkok son el Wat Arun, también conocido como el Templo del Amanecer... Estoy segura de que has visto fotos de él, se trata de uno de los perfiles más reconocibles de todo el sudeste asiático, el Gran Palacio, el Wat Pho, el del famoso Buda Reclinado... Y, ah, los mercados flotantes. Me muero por verlos. Los tres primeros están muy cerca unos de otros, junto al río. También estaría bien visitar el puente sobre el río Kwai, pero eso queda a un par de horas de aquí. —Coloqué el papel en mi regazo y levanté la vista para ver cómo me sonreía.

—Entonces más vale que nos movamos —sugirió, golpeando los reposabrazos de su silla.

Grant y yo tomamos un taxi y nos dirigimos primero al Gran Palacio, a unos veinte minutos del hotel. El taxista nos dejó en la avenida de Na Phra Lan, en la ciudad antigua, cerca de la entrada principal de la gigantesca estructura, donde nos paramos un instante a admirarla maravillados, mientras yo le leía algunos detalles sobre el palacio en mis fotocopias y luego tomaba mi cámara y empezaba a hacer fotos.

—¿Podrías ponerte allí? —le pedí a Grant—. Me gusta que salga gente en mis fotos.

Me mostró una mirada inexpresiva y cruzó los brazos sobre el pecho.

—No me gusta posar —comentó.

—No hace falta que poses. Siéntete libre de moverte y mirar con gesto tan malhumorado y aburrido como quieras. No estás en Tailandia recorriendo algunos de los más famosos y resplandecientes monumentos arquitectónicos del planeta con la guía turística más encantadora del mundo, pero casi...

Dejó caer los brazos y se colocó delante de la cámara con el Gran Palacio a su espalda.

—¡Di «patata»! —le grité.

Grant levantó sus brazos en forma de uve y mostró una enorme sonrisa.

—Muchas gracias, fantástico. —Y lo era.

—Me he dicho... Si muestro una buena sonrisa, quizá me libre del resto de las fotos. Además, tú eres mucho más fotogénica que yo. Déjame que te saque a ti en mi lugar.

—Trato hecho. Y, por cierto, ha sido el cumplido lo que te ha librado, no esa barata interpretación del gato de Cheshire —aclaré, tendiéndole mi cámara.

El aire, cálido y húmedo ese día, no era tan sofocante como hasta entonces. Más parecido al verano en Indiana. Hicimos algunas fotos del exterior del Gran Palacio, compuesto por una serie de edificios y pabellones de brillantes colores rojos y dorados, con los tradicionales tejados superpuestos y torrecillas construidas para asemejarse a manos en oración, apuntando hacia el cielo. Rodeando el palacio había exuberantes jardines y patios llenos de gente paseando, descansando y mirando.

Pasamos cerca de dos horas en el recinto, yo leyéndole a Grant los folletos y posando en distintos puntos por todo el lugar. Desde allí, apenas había un paseo de diez minutos hasta el Wat Pho, el Templo del Buda Reclinado, donde tuvimos que quitarnos los zapatos para poder acceder al interior.

—Creo que a partir de ahora me referiré a Quinn como el Buda Reclinado —bromeó Grant en cuanto nos acercamos a la estatua.

—¡Oh, Dios mío! —exclamé—. Parece como un enorme tobogán de oro. No puedo imaginar cómo lo metieron aquí dentro. Tal vez construyeron el edificio alrededor.

—Es increíble. ¿Cuánto mide, Jessipedia?

Rebusqué en mi bolso hasta encontrar el folleto.

—Aquí dice que tiene cuarenta y seis metros. ¡Oh, Dios mío, me temo que soy negada para la conversión métrica...!

—Eso es alrededor de unos ciento cincuenta pies.

—¡Qué barbaridad! Eso es casi la mitad de un campo de fútbol —dije.

Grant se volvió hacia mí impresionado.

—¿Acaso sabes convertir pies en yardas? ¿Es que eres una fanática del fútbol? —Me miró de la cabeza a los pies—. ¿O quizá una antigua animadora...?

Puse los ojos en blanco.

—Ah, no y no. Mi exnovio jugaba —contesté mientras él empezaba a esbozar una sonrisa.

Se metió las manos en los bolsillos.

—Continúa.

—¿Qué te parece si en su lugar te cuento algo sobre este gigantesco, inmenso y dorado Buda? Aquí dice que mide la impresionante cifra de quince metros de alto por cuarenta y seis de largo y que solo sus pies tienen cinco metros de largo y están exquisitamente decorados con madreperla.

—Menos mal que aquí dentro no puede llevar zapatos. Nunca encontraría un par de su número.

—Muy cierto. También dice que hay una famosa escuela de masaje tailandés en el edificio. Deberíamos probarlo.

Grant se acercó a mí, puso sus manos sobre mis hombros y los apretó. Aquello apenas fue nada, pero me estremecí cuando sus palmas rozaron mi piel desnuda. Masajeó mi cuello y brazos durante casi veinte segundos —durante los cuales prácticamente perdí la conciencia— y luego se apartó para colocarse frente a mí.

—Ya está. ¿Qué tal? —preguntó.

Mis ojos estaban cerrados.

—Voy a necesitar alrededor de cincuenta y nueve minutos más para darte una sincera opinión.

—Salgamos de aquí y busquemos algún sitio donde comer fideos especiados y unas cervezas frías tailandesas con las que relajarnos —propuso.

Tras un almuerzo tardío, tomamos un taxi y nos dirigimos de vuelta al hotel, donde quedamos con Quinn para tomar una copa en el vestíbulo.

—¿Se lo has dicho? —le preguntó a Grant.

—Decirle ¿qué? —respondió Grant.

—Que le has dado el puesto de tripulante a otra persona.

Quinn miró primero a Grant y luego a mí.

—Pues claro que me lo ha dicho. Supongo que el viejo zorro no es tan estúpido como para dejarse convencer por una cara bonita.

Grant puso los ojos en blanco.

—Te estoy tomando el pelo. —Quinn me guiñó un ojo, indicando que todo estaba bien.

—Solo por curiosidad —empecé—, la ruta que vais a seguir, la que parece estar dando tantos quebraderos de cabeza a todo el mundo, ¿es la única forma de llegar al Mediterráneo? Quiero decir, si hay tanta amenaza de peligro, ¿por qué no dar un rodeo?

Grant terminó de escribir un mensaje en su teléfono antes de contestar:

—Desde donde estamos, no hay otra forma de llegar al Mediterráneo y ese siempre ha sido parte del plan, mi plan: navegar hasta allí y hacer paradas en Grecia, Italia y España. Hay otras opciones, como ir hacia el sur vía Madagascar y dar la vuelta por Ciudad del Cabo, pero eso costaría un año más. También podríamos olvidar el Mediterráneo y dirigirnos al este, hacia Japón, pero eso añadiría más tiempo y también me apartaría del rumbo: siguiendo esa ruta, ya puedes despedirte de Europa y dar la bienvenida a Alaska.

—Brrr —bromeé, temblando.

—Y es aún más frío sin alguien que te dé calor por las noches —apostilló sonriéndome.

Me sonrojé y advertí que Quinn me miraba intrigado mientras la camarera se acercaba a Grant. Durante un instante me preocupó que hubiera podido malinterpretar su comentario y decidí mirar hacia otro lado.

Después de ordenar las bebidas para nuestra mesa, Grant continuó:

—Los peligros a los que nosotros y otros navegantes nos enfrentamos vienen de lejos y el mayor riesgo está localizado en el golfo de Adén, un estrecho pasaje entre Somalia y Yemen abarrotado de tráfico comercial. Es en ese punto donde las bandas somalíes comenzaron a comprender que los propietarios y las compañías aseguradoras de los barcos con tripulaciones desarmadas estaban dispuestos a pagar grandes sumas antes que arriesgarse a perder sus cargamentos o a sufrir un retraso en sus negocios; en estos últimos años y meses, sin embargo, estas bandas piratas se han ido extendiendo más allá del golfo hasta alcanzar el mar Arábigo. —Intercambió una mirada con Quinn—. Confiamos en poder llegar al extremo oeste de Omán y luego formar un convoy con otros barcos para navegar juntos por el golfo de Adén.

Después de la hora del cóctel, nos reunimos con Adam y Angela, y todo el mundo se preparó para la cena. En cuanto estuvimos arreglados — yo con un vestido de cóctel negro y zapatos de tacón— subimos en ascensor hasta la última planta del hotel y entramos en un comedor reservado donde se había dispuesto una mesa junto a un enorme ventanal que nos ofrecía una panorámica de la ciudad. Grant había hecho preparar una tradicional cena tailandesa con distintos platos, como una variante de pez espada a la plancha con ajo y salsa de guindillas rojas, buey al curry con papas dulces y cebollas o verduras fritas en salsa de ostras. En cuanto Grant se sentó, Quinn retiró la silla que había a su lado y me la ofreció.

—He supuesto que te gustaría sentarte aquí —murmuró.

Miré a los ojos de Quinn entornando los míos ligeramente.

—¿Qué pasa? —preguntó—. Imaginaba que me darías las gracias.

Grant estaba hablando con Angela mientras Quinn y yo permanecíamos detrás de la silla.

—Gracias —dije.

—Quinn lo sabe todo. —Se dio un golpecito en la frente con el índice—. Quinn lo ve todo.

Puse los ojos en blanco.

—Quinn sabe que te derrites por el viejo. —Soltó una risita ahogada y ambos nos reímos mientras yo aceptaba encantada la silla al lado de Grant.

El placer generado por las horas de comida y bebida y risas y anécdotas fue inmenso. Ansiosa por escuchar el relato de los viajes de todos los de la mesa durante esa velada, apenas hablé durante la cena.

Adam y Angela habían comprado una casa en Auckland hacía casi un año y estaban intentando formar una familia. Él era agente comercial de Coca-Cola, aunque solo bebía el refresco por exigencias de trabajo, y lo habían destinado a Nueva Zelanda durante al menos cuatro años. Angela era una antigua bailarina de ballet que estaba deseando montar una escuela de danza para niñas pequeñas. Quería tener una hija, decía, y le preocupaba ser demasiado mayor —a los treinta y cuatro— para tener hijos.

Le hablé de mi madre y de cómo había tenido a mis hermanos gemelos a los treinta y cuatro y a mí con cuarenta y dos, lo que hizo que sus ojos se llenaran de lágrimas. Era una mujer encantadora y atenta que me recordó a Caroline y que tenía todo el aspecto de la bailarina que era. Su cabello estaba recogido en un apretado moño y su figura era esbelta y fibrosa. Me miraba a los ojos cuando hablábamos y deseé que tuviera el bebé que tanto ansiaba.

Allí estaba yo, en una de las ciudades más exóticas del mundo, bebiendo vino caro en uno de los mejores hoteles y saboreando un bufé con los más exquisitos productos típicos de la región. Disfruté de todo aquello serena pero con sentimientos encontrados, me sentí algo incómoda en mi propia piel. Recordé el puré de patata casero y la recargada ensalada de pollo de Caroline y, a pesar de ser inmensamente feliz por primera vez en mucho tiempo, eché de menos Indiana.

Después de varias horas e incontables botellas de vino, la mezcla de añoranza por mi hermana y la decepción por haber perdido la oportunidad de navegar con Grant resultaron más fuertes de lo que mis emociones avivadas por el alcohol pudieron soportar. Justo después de la medianoche me disculpé con todos y me dirigí de vuelta a la suite. Cuando me estaba desvistiendo, oí llamar a mi puerta.

—Un segundo —grité, despojándome apresuradamente del vestido y enfundándome el camisón en el borde de la cama.

Grant estaba al otro lado cuando abrí la puerta.

—¿Estás bien?

Asentí.

—¿Estás segura?

—Estoy bien. Creo que he bebido demasiado y he empezado a pensar en mi hermana y cosas así y me he dicho que estaba a punto de que empezara a darme vueltas a todo... Quiero decir por dentro —Me costaba articular las palabras—. Quiero decir que era el momento de acostarse. —Me froté la frente.

Él soltó una risa ahogada.

—Está bien. Has estado muy callada y solo quería asegurarme de que no estuvieras disgustada ni nada por el estilo.

Alcé la barbilla y lo miré. En ese momento, desaparecieron todas las inhibiciones y el dominio de mí misma con el que solía manejarme en la vida, y, por alguna razón, rompí a llorar. Me llevé la mano a la cara y me alejé de él. Me siguió hasta la cama, donde me senté y lloré sobre su hombro mientras pasaba una mano por mi espalda.

—No sé por qué estoy llorando —dije suavemente.

—No pasa nada. A veces es cuando mejor sienta.

Respiré hondo y me senté derecha.

—Hablar con Angela sobre tener hijos me ha hecho pensar en mi hermana... y en mí misma, supongo, y en cómo... —Me sequé los ojos—. En lo poco que me he centrado en la familia y en lo que es realmente importante.

—Parece que ahí tienes la respuesta a por qué estás llorando.

Asentí.

—He estado siempre tan obsesionada por huir y encontrar algo mejor...

—¿Todo esto es por tu puesto como tripulante?

Negué con la cabeza.

Grant colocó su mano suavemente bajo mi barbilla y volvió mi cara hacia él.

—Me guía el instinto. No tiene nada que ver con que seas una mujer. No he dudado ni por un segundo de que pudieras hacer el trabajo. —Hizo una pausa y examinó mis ojos—. Y tampoco dudo de lo mucho que disfrutaría con tu compañía diaria.

La habitación estaba oscura y mi cabeza daba vueltas. Mirar a sus ojos y sentir su aliento en mi piel me hicieron desearlo más de lo que jamás había deseado a nadie o nada en toda mi vida. Mantuve mi mirada clavada en su rostro mientras me estudiaba. Su expresión pasó de la simpatía al deseo en un instante. Ladeó la cabeza, sus labios se separaron y sus ojos se entornaron mientras se inclinaba hacia delante y posaba su boca en la mía.

Sin darme siquiera un segundo para disfrutar de la suavidad de sus labios, se puso repentinamente en pie delante de mí, pasándose una mano por el pelo, y las palabras «No puedo; mi esposa...» quedaron suspendidas entre nosotros como una oscura niebla.

CAPÍTULO 15

Se marchó tan rápido como apareció. Corrí al vestíbulo justo cuando Quinn entraba por la puerta.

—Bonito camisón —dijo.

Crucé los brazos sobre mi pecho y miré hacia la habitación de Grant. Su puerta estaba cerrada.

—¿He interrumpido algo? —preguntó Quinn.

No contesté.

—¿Va todo bien?

Negué con la cabeza y luego corrí de vuelta a mi habitación. Quinn me siguió y cerró la puerta tras de sí.

—Soy tan estúpida... —lancé paseando de un lado a otro. El escuchar a Grant mencionando a su mujer había logrado despejarme tanto como una ducha fría.

—¿Qué ha sucedido?

—Nada —respondí, y enterré mi cara en las manos.

—Eh, vamos. Siéntate. Dime qué pasa. ¿Se debe a la decisión de Grant de darle el puesto a otro?

Me reí y puse los ojos en blanco.

—Gracias a Dios que se lo ha dado a otra persona. Acabo de quedar como una completa estúpida.

Se sentó a mi lado.

—Cuéntame qué ha sucedido.

Respiré hondo.

—Lo he besado —empecé, y eché la cabeza hacia atrás—. Nos hemos besado, creo, o estábamos a punto de hacerlo, y entonces él ha mencionado a su *esposa* y se ha marchado. —Levanté las manos y miré a Quinn directamente a los ojos—. ¡No tenía ni idea de que estuviera casado!

Quinn dejó escapar un fuerte suspiro, bajó la vista al suelo entre sus pies y colocó una mano en mi rodilla. Después de varios segundos, se volvió para mirarme.

—Jess, su mujer murió hace cuatro años.

La habitación se quedó en silencio y el tiempo pareció detenerse mientras trataba de comprender la gravedad de sus palabras.

—¿Qué? —pregunté, exasperada. Mis pulmones se fueron llenando de aire a medida que la explicación de Quinn me dejaba sin palabras y, al mismo tiempo, me aportaba una cierta claridad—. ¡Oh, Dios mío! —susurré después de un momento.

Pero antes de que Quinn pudiera responder, se oyó un golpecito en la puerta.

—¿Puedo pasar?

Él se levantó y palmeó a Grant en el hombro mientras salía. Este se puso de rodillas ante mí.

—Lo siento.

Me limité a mirarlo, mi corazón palpitando por lo que fuera que estuviera pasando. Había tenido una esposa, yo no sabía nada sobre ella, pero ella estaba en la habitación, ocupando los pensamientos de ambos en ese preciso instante. Yo también lo sentía. Sentía haberme enamorado de un hombre del que sabía tan poco.

—Lo digo de verdad —insistió, y tomó mi mano entre las suyas.

—Te agradezco la disculpa, pero ¿eso significa que no voy a recibir una explicación?

Él bajó la vista.

—Aún no estoy preparado.

Después de un segundo o dos, se levantó y salió del dormitorio.

¿No estaba preparado para besarme? ¿Para darme una explicación? ¿Para hablar sobre su pasado? ¿Para intimar con alguien? Me tiré sobre la cama y me quedé dormida.

A las cuatro de la madrugada me desperté con un fuerte dolor de cabeza y me acerqué hasta la cocinita en busca de un vaso de agua. En el otro extremo de la suite, Grant estaba sentado en el balcón con su libro encuadernado en piel en la mesa. Estaba demasiado erguido como para estar dormido. Di un paso hacia él y luego cambié de opinión y regresé a mi habitación.

Al día siguiente me desperté para descubrir un mensaje de texto de Grant. Decía así: «Cuando regresemos, me gustaría tenerte algún día en el barco».

A lo que respondí: «Y yo estaré lista cuando tú lo estés».

CAPÍTULO 16

Una semana después de nuestro viaje a Bangkok, al acabar mi turno de comidas en The Islander, fui en bicicleta hasta la Marina Real de Phuket y subí a bordo del *Imagine* por segunda vez.

Era un velero que quitaba el aliento. Un modelo Hallberg-Rassy de dieciséis metros de eslora, construido en Suecia, con cubiertas de teca dorada, pasamanos de acero inoxidable y un casco tan pulido que relucía como un diamante. Grant era su segundo dueño, aunque Quinn hablaba acerca del barco como si fuera suyo, alardeando orgulloso de cada detalle o aparato, incluyendo los dos cuartos de baño, el sistema de calefacción central y aire acondicionado, la lavadora-secadora, la máquina del agua, los cabrestantes eléctricos, el doble piloto automático y un completo «equipo electrónico». La cocina estaba equipada con un frigorífico, un enfriador de vino y un horno de gas.

—¡Aquí arriba! —gritó Quinn desde la proa cuando me vio llegar con mi bicicleta por el muelle—. ¿Estás buscando a una pareja de marineros, jovencita?

—¡Naturalmente! —Grant había mantenido su palabra y me había invitado a dar un paseo en barco. Aún teníamos que hablar de lo sucedido entre nosotros en Bangkok, pero yo no pensaba guardarle rencor ni añadir más presión de la necesaria sobre él. Lo único que podía hacer era controlar mis sentimientos y seguir adelante. Por mucho que quisiera una explicación de Grant, no sentía que él me la debiera.

Quinn estiró la mano y me ayudó a subir a bordo.

—Suelas de goma, espero —me advirtió.

—Voy perfecta —contesté señalando mis chancletas.

—Siéntate. —Hizo un gesto hacia uno de los bancos—. Tengo noticias para ti.

—¿Y eso?

—El tercer miembro de la tripulación nos ha fallado.

Mis ojos se abrieron como platos.

—¿Me estás tomando el pelo?

Negó con la cabeza.

—Para nada. Sucede continuamente. El tipo que contratamos encontró otro barco que salía antes. No quería esperar hasta enero.

—¿Estás bromeando?

—No.

—¿Me estás ofreciendo el trabajo?

—Sí.

Me senté y crucé los brazos.

—¿Y qué piensa Grant al respecto?

—Obviamente, él fue quien me dijo que te lo ofreciera. Eso, claro, si aún lo quieres. —Hizo una pausa—. ¿Y es así?

—Desde luego. —Sonreí—. ¿Qué le ha hecho cambiar de idea sobre mí?

Quinn pareció meditarlo un segundo.

—Él nunca puso en duda que pudieras hacer el trabajo. Creo que solo necesitaba un empujón extra.

—¿Debería darte las gracias por ello ?

Me guiñó un ojo y dio una palmada.

—Así que supongo que tendré que enseñarte todo esto.

Me hizo una rápida visita, señalando el camarote principal de Grant en la popa del barco, con su propio servicio (es decir, cuarto de baño). Luego me llevó de vuelta a través de la zona del salón hasta la proa, donde había otro cuarto de baño, un minúsculo habitáculo con literas y, justo a continuación, un dormitorio más grande donde dormía Quinn.

—Aquí es donde duermo yo —me explicó—. Y tú tendrás la habitación que acabamos de pasar, junto al aseo.

Eché un vistazo a su camarote y mis ojos aterrizaron en su cama.

—¡Qué colcha tan bonita! —exclamé, advirtiendo el cobertor doblado a los pies de la litera de Quinn.

—Mi chica, Bridget, la hizo para mí —contestó sonriendo.

—Mi madre también hacía colchas como esta. ¿Puedo? —pregunté mientras la levantaba de la cama y la desplegaba suavemente. Estaba hecha con retales, los había de la Universidad de Miami, o representando diferentes estados de Estados Unidos, como Georgia, Texas y Nevada, y otros más con rayas de colores o imitando cachemira.

—Son lugares donde hemos estado juntos y, cuando vuelva a casa, Bridget piensa añadir retales de todos los países de este viaje.

Volví a doblarla dándole un suave golpecito cuando estuvo sobre la cama.

—Me encanta que seas tan sensible —observé.

—Y a mí me encanta que tú seas tan encantadora. Lo digo en serio, Jess. Le he hablado a Bridget sobre ti y está deseando conocerte.

—Gracias, Quinn. Y yo estoy deseando decirle lo afortunada que es.

Él alzó los brazos.

—¡Cómo si no lo supiera ya! —contestó mientras caminábamos de vuelta hacia el salón para encontrarnos con Grant.

—¿Qué te parece? ¿Se ajusta a ti? —preguntó mientras ascendíamos por las escaleras a la cabina y él subía a bordo.

—Es precioso —respondí cuando se unió a nosotros, cargado con dos bolsas del supermercado.

Y también lo era él. El capitán de su barco. El rey del mar. No pude evitar maravillarme ante él y su barco.

—Gracias —dijo.

—Y estaré muy honrada de unirme a la tripulación.

—Gracias otra vez.

La cabina estaba cerrada con cristales para proteger el timón y los mandos de los elementos. Quinn y yo nos sentamos detrás de Grant en los bancos acolchados de color blanco que rodeaban esa parte del barco.

—Me dije que tal vez te apetecería dar una vuelta... Eso si tienes tiempo. Nada especial. Solo salir del puerto deportivo y subir un poco por la costa.

—Me encantaría.

Quinn se levantó, le quitó las bolsas a Grant y luego se detuvo.

—Espera un minuto. ¿Contar con Jess en la tripulación significa que estoy libre de las tareas de la cocina?

—No —contestó Grant.

—Estaré encantada de hacerme cargo de la comida —señalé.

—Te estoy tomando el pelo. Más vale que te acostumbres —me advirtió Quinn antes de agacharse para susurrarme al oído—: Y también que te acostumbres a las tareas de la cocina. —Soltó una carcajada y luego se escabulló escaleras abajo con las bolsas.

Grant puso los ojos en blanco.

—No dejes que te intimide.

—Nunca. Adoro a Quinn —confesé—. Y, además, estoy deseando asumir mis tareas por aquí.

—Bien, pues puedes empezar bajando del barco y soltando las amarras para poder navegar.

—¡A sus órdenes, mi capitán! —contesté con un saludo, saltando cautelosamente del barco al muelle, donde solté los cabos y los lancé a cubierta, liberando al *Imagine* de sus amarras.

—El puerto real tiene un canal largo, poco profundo y estrecho por el que tenemos que salir —explicó Grant mientras yo volvía a bordo agarrándome de la fina barra de acero y estirando mi pierna derecha hacia delante—, de modo que te pongo a cargo de leer los metros de calado mientras maniobramos para salir de aquí.

Lo miré como si estuviera loco.

—No te preocupes —continuó—. Yo te enseñaré. Ven aquí.

Me deslicé a su lado cerca del timón.

—Este aparato de aquí es el indicador de profundidad —dijo, señalando algo que se parecía a un pequeño reloj digital—. Da la medida entre la quilla, que es la pieza en forma de aleta debajo del casco que, en teoría, impide que volquemos, y el fondo del océano. Tu trabajo consistirá en decirme cómo los números van bajando para saber así si nos quedamos encallados o no.

—¿Qué sucedería si encalláramos?

—Que abriríamos un par de cervezas y esperaríamos a que subiera la marea.

—Eso no me suena mal.

—¿Preparada? —preguntó.

Asentí y comprobé la numeración en la pantalla.

—Estamos a diez pies —señalé.

—No necesito la lectura hasta que hayamos salido del muelle y del puerto deportivo.

Unos minutos más tarde estábamos fuera del muelle y Grant me pidió que leyera la profundidad.

—¡Cinco pies! —informé, y lo mantuve al corriente de cada cambio.

Tres pies

Dos pies.

Un pie.

Mierda. Estábamos encallados. Pude sentir cómo el barco se detenía suavemente.

—¿Qué demonios? —gritó Quinn desde abajo.

Grant me miró mientras daba marcha atrás y ponía los ojos en blanco.

Solté una risa antes de defenderme.

—Para ser justos, no dijiste a qué profundidad encallaríamos. —Me encogí de hombros.

En cuanto atravesamos el canal, Grant señaló que el viento parecía bueno y que apagaría el motor cuando las velas se hubieran izado.

—Si necesitas mi ayuda para izarlas, cuenta conmigo.

Quinn se rio mientras emergía desde el salón.

—Este viejo marino no iza las velas, Jess. Todo está automatizado, das a un botón y está hecho.

Sonreí.

—Mi barco perfecto.

Grant sacudió la cabeza.

—Es cierto, todo es automático, tampoco querríamos que Quinn se rompiera una uña, pero, si quieres, puedes ayudar a sacar la vela mayor. La vela tiene lo que se llama un sistema de mástil enrollado. Está doblada ahí y se desplegará cuando estés lista. Una vez izada, apagaremos el motor.

—Me encantaría hacerlo.

—Tan pronto como le dé al botón que suelta la vela mayor, tú agarrarás la driza y la pasarás por el cabrestante, Quinn te enseñará, y le darás un buen tirón para tensarla. Yo me ocuparé del resto. Después soltaremos el foque.

—¡Si te cansas de apretar botones, yo puedo hacerlo por ti! —gritó Quinn por encima de su hombro mientras ordenaba los cabos en cubierta.

—Estoy tratando de enseñarle unas cuantas cosas, sabiondo.

Le di un suave empujón a Quinn y luego grité a Grant.

—¡Tú ignóralo! ¡Yo estoy aquí para aprender!

Cuando la vela mayor estuvo desplegada, nos unimos a Grant en la cabina.

—¿Puedo soltar el foque? —le pregunté a Grant—. Si es tan fácil como apretar un botón, tengo todas las posibilidades de acertar.

—Claro. Solo hay que apretar el botón verde que dice «foque fuera» y eso permitirá desplegar la vela. Luego este otro botón de aquí controla el cabrestante que tirará del foque para que esté tenso. Dos pasos y ya puedes salir.

Contemplar el *Imagine* desplegar sus alas de lona era una magnífica visión.

Los tres nos movimos a merced del viento un rato y, aproximadamente a un kilómetro y medio de una pequeña isla llamada Ko Rang Yai, echamos el ancla. Quinn se había tendido en la proa con su gorra de béisbol sobre la cara.

—Tú eres propensa a dar abrazos, Quinn es propenso a las siestas —dijo Grant, y me reí.

—Pero parece dominar todo lo que ha estado haciendo, ¿no?

—Solo estoy bromeando. Hasta el momento ha sido mi mejor tripulante. Salvo para tocarme las pelotas, nunca se queja, es un trabajador incansable y la gente lo adora por donde quiera que vayamos. Ha sido estupendo tenerlo conmigo. No habría logrado hacer el último tramo del viaje sin él.

—¿Y eso por qué?

Grant lo consideró un segundo.

—Cuando estuve listo para abandonar Nueva Zelanda, después de una estancia larga allí, había perdido la motivación para continuar. Mi objetivo siempre había sido dar la vuelta al mundo pero, después de seis meses sin hacerme a la mar, me sentía desganado.

—¿Te hizo Quinn cambiar de opinión? —pregunté.

—A su manera, sí. Le había mandado un correo electrónico dos semanas antes de que presumiblemente tomara su avión y en ese correo le había contado más o menos lo que me rondaba por la cabeza y él voló una semana más tarde... y ocho días antes de la fecha en la que se suponía navegaríamos hacia Fidji.

—¿Te sorprendió? Tenía entendido que no os habíais visto antes.

—No nos conocíamos. Es amigo de una amiga, supongo que debió de contarle que tal vez no hiciera el viaje conmigo, porque yo estaba a punto de tirar la toalla o algo así, y ella le pidió que adelantara su vuelo y se reuniera conmigo antes para tratar de darme ánimos y terminar el viaje. Y como habrás podido advertir, en persona puede ser muy convincente.

—Así es él —coincidí.

—En cualquier caso, le estoy muy agradecido por todo lo que ha hecho por mí. A pesar de que es un viaje increíble para cualquiera, dejó un montón de cosas detrás, a Bridget y todo, por eso quiero asegurarme de que tenga una maravillosa experiencia.

Nos sentamos en silencio unos minutos.

—¿Te gustaría comer algo? —preguntó—. Antes de salir compré algunos quesos y pan.

—Un detalle. Tal vez dentro de un rato —sugerí, y me senté obligándome a morderme la lengua porque estaba deseando preguntarle por sus amigos... y su mujer, pero no parecía ser aquel el momento adecuado. Tal vez nunca lo fuera.

Grant se apartó del timón y se tumbó en el banco que estaba frente a mí. El sol estaba a nuestra espalda, brillando resplandeciente sobre la cabina mientras descendía.

Me enderecé en el asiento.

—Bueno, ¿y qué hacéis aquí para conseguir un poco de excitación?

Volvió la cabeza y arqueó una ceja.

—¿Excitación?

—Sí. ¿Qué es lo que os excita aquí fuera? ¿Es el viento en las velas, las cervezas al atardecer, el conocer a gente nueva, ver nuevos lugares? ¿Qué es lo que resulta más excitante cuanto estáis aquí fuera haciendo vuestro trabajo?

Grant se incorporó sobre un codo y me ofreció una de las sonrisas más amplias que le había visto hasta el momento. Simplemente se limitó a mirarme y asentir de forma peculiar antes de hablar.

—Te lo haré saber en cuanto lo descubra.

Cuando Quinn se despertó y se unió a nosotros en la cabina, insistí en bajar a la cocina y preparar una bandeja de quesos para todos. Corté unas rebanadas de pan, coloqué el brie y el cheddar curado en un plato y lo llevé todo arriba junto con tres cervezas frías.

—¡Por nuestra nueva tripulante! —brindó Quinn, y todos entrechocamos nuestras botellas.

Advertí los ojos de Grant observándome cuando miré hacia su lado.

Pasamos el resto del día en la isla, tumbados sobre la arena y jugando al voleibol. Grant y yo contra Quinn. Cada vez que me desplomaba sobre la arena tratando de atrapar la pelota, lo que sucedía a menudo, Grant me ofrecía la mano y me ayudaba a levantarme. Después de una hora, cubierta de arena y sudor, nos lanzamos al agua. Grant y yo permanecimos cerca de la playa y Quinn nadó un poco más lejos. El agua estaba tibia y casi cristalina cerca de la orilla. La visión de Grant buceando bajo ella y sacudiéndose el pelo al emerger me hizo contener el aliento. Tuve que obligarme a mirar hacia otro lado.

—Ven aquí —indicó, moviendo el agua con las manos.

Yo no era inmune a los encantos de los muchos navegantes que habían pasado por Phuket desde mi llegada. Había salido con unos cuantos y me había acostado con un par, pero nada serio. Ni siquiera me planteé encariñarme con ninguno, porque normalmente desaparecían tan rápido como llegaban. Y no es un juego de palabras.

Pero con Grant era diferente. Mis instintos primarios se habían despertado desde el instante en que lo vi y estaba más decidida que nunca a continuar a su lado el mayor tiempo posible. Quizá él no tuviera interés en mí. Quizá él tuviera una mujer en cada puerto. En cualquier caso, cuando estaba con él, yo me sentía viva y no me importaba si eso estaba bien o no. Lo único seguro es que mi corazón se aceleraba cuando él estaba cerca de mí y mis inseguridades colgaban sobre mi cabeza como el brillante rótulo de neón de un bar, proclamando mis vulnerabilidades para que todo el mundo pudiera verlas. ¿Acaso aquello no era un salto de fe?

Me adentré un poco más en el océano, dejando que el agua me llegara hasta la barbilla.

—Esta isla es preciosa.

Miró hacia la orilla y luego hacia mí.

—Sí.

Quinn apareció nadando justo cuando Grant se deslizó flotando cerca de mí.

—Estoy hambriento —anunció.

Había una minúscula cabaña que vendía sándwiches y refrescos en botellas de cristal y unas deliciosas brochetas de pollo especiado con maníes que te hacían la boca agua... Cada uno devoramos cuatro.

En el trayecto de vuelta, Quinn se quedó dormido en el salón y yo me senté con Grant junto al timón. Sus ojos más reconfortantes que sus palabras. Por la forma en que emanaba calidez, confianza y ternura con una sola mirada, podías adivinar que había tenido ese don toda su vida y había sido uno de esos niños que la gente llama un «alma reencarnada».

Horas más tarde, ya de noche, al regresar al puerto deportivo, me despedí de los dos con un abrazo y me monté en mi bicicleta. Mi corazón y mi cabeza estaban colmados mientras saboreaba la oportunidad de experimentar la vida en aquel hermoso barco, con un hombre igualmente hermoso. Mi mente era un nebuloso torbellino mientras pedaleaba de vuelta a casa.

Era casi medianoche cuando me arrastré hasta la cama y escuché un pitido en mi teléfono. Era un mensaje de texto de Grant que decía: «Tenerte a bordo es lo que me excita».

CAPÍTULO 17

Eran mis primeras Navidades lejos de casa y no, nunca lograría acostumbrarme a celebrar esas fiestas sin nieve. Una semana antes envíe los regalos a Caroline y a mi padre y solo los sellos me costaron más que los regalos. La mañana de Navidad me desperté con una inusual sorpresa: un desayuno casero hecho por la señora Knight. Había cocinado tortitas, huevos y beicon y me invitó a unirme a ellos en el patio trasero. Sobre la mesa había un regalito con una tarjeta con mi nombre.

Me llevé una mano al corazón.

—No tenían que comprarme nada.

—Oh, cielo, no es nada. Te lo prometo. Solo un recuerdo de Tailandia. He visto que no tenías ninguno en tu habitación.

Desenvolví el regalo.

—¡Mi propio Buda!

Una enorme sonrisa iluminó mi cara. Tailandia es un país tremendamente budista y totalmente leal a su monarquía. Allá donde mires, te encuentras alguna estatua de Buda o un retrato de su rey. De hecho, la Constitución del país considera una ofensa insultar públicamente al rey, por lo que siempre advierto a los recién llegados a la isla que tengan cuidado con lo que dicen respecto a la monarquía.

—Muchas gracias. Siempre he querido tener uno, pero aún no había encontrado uno con tanta panza. Este es perfecto —dije, y levanté la lustrosa estatua de oro a mi línea de visión.

En Tailandia, Buda está siempre presente, representado en cientos de distintas clases de estatuas, cada una con su propio simbolismo. En una de ellas, encarnando la simplicidad y el desapego a las cosas materiales, Buda se muestra sin ropa y sin ninguna joya. Sus cualidades de oírlo todo y saberlo todo están reflejadas en otro modelo, en el que se muestra con unas largas orejas y un chichón en la cabeza. Las figuras más comunes de Buda, llamadas mudras, lo muestran sonriendo, riéndose o haciendo distintos gestos con la mano... cada mudra tiene un significado diferente. En la figura que me había regalado la señora Knight aparecía más desmadejado que nunca con un gran bastón, semejante a un cetro, en la mano.

—Está sujetando un bastón de viaje. Para protegerte de cualquier mal durante una larga travesía —me explicó—. Queremos que tengas un viaje tranquilo.

A los Knight no les hacía demasiada gracia que hubiera solicitado un puesto en la tripulación, pero me apoyaron.

Estuve a punto de echarme a llorar.

—Muchas gracias. Me encanta.

Les di un fuerte abrazo y luego me escabullí a mi habitación y coloqué la pequeña figurita en mi mesilla de noche, confiando en que Buda no se mareara a bordo del *Imagine*.

Una semana más tarde, Niran, Sophie y yo nos reunimos con Grant y Quinn a bordo del *Imagine* y nos preparamos para navegar alrededor de las playas de la zona occidental de Patong, para celebrar el nuevo año juntos. Observar a Grant manejar su barco resultaba embriagador y me hacía sentir achispada como si acabara de beber una o dos copas de champán. Él gritó unas órdenes a Quinn y luego guio el *Imagine* hacia el viento y la bahía de Patong.

Patong es una ciudad festiva. A todas horas pasan cosas. Las jóvenes medio desnudas bailando alrededor de una barra en los bares son tan comunes como el alcohol. Quinn la describió como una Bourbon Street atiborrada de esteroides, explicando que aunque la prostitución es ilegal se tolera alegremente.

—Creo que Jessica debería manejar el timón, ¿no crees, viejo? —le propuso a Grant, dándole unas palmaditas en el hombro—. Después de haber suplicado para conseguir el trabajo, ¿por qué no ponemos a prueba sus habilidades pilotando?

Grant me miró y asintió:

—De acuerdo.

Salté de mi asiento y vi a Grant levantarse y ofrecerme el timón.

—Si quieres llegar a Patong, no deberías dejarme aún sola al timón —advertí.

Él se inclinó sobre mí y apretó un par de botones. Su pecho rozó mi hombro un instante y no pude evitar señalar —o más bien comentar— que olía deliciosamente.

—Hueles a naranja —dije, y oí a Niran soltar una carcajada detrás de mí.

Grant intercambió una mirada con Niran que no me gustó lo más mínimo. En cuanto volvió a atender los controles, miré a mi jefe, que me contestó con su expresión de «No me mires así».

—He puesto el piloto automático —explicó Grant—, de modo que a menos que viertas tu bebida sobre el cuadro de mandos, llegaremos sin ningún problema. —Se apartó de mí y se dirigió a la parte de abajo, pero se volvió cuando ya llegaba al salón para agregar—: Y si quieres una, aquí abajo hay naranjas frescas .

Era la Nochevieja de 2010. Era un día precioso, y la travesía estaba resultando muy tranquila. El viaje duró unas tres horas y Quinn solo llamó a Grant cuando estábamos a punto de fondear en la bahía entre docenas de otros yates allí reunidos para contemplar el enorme espectáculo de fuegos artificiales. Este subió a cubierta y comenzó a arriar el bote mientras Quinn aseguraba nuestra posición lejos de la orilla de la playa. Los cinco tomamos nuestras pertenencias para pasar la noche, subimos al pequeño bote y navegamos a motor hasta la playa, donde lo dejamos amarrado en un lugar seguro. No hay nada tan glorioso como las playas de la costa oeste de Tailandia: arena blanca, aguas cristalinas de color aguamarina, montañas y palmeras. El paraíso en su forma más pura.

Caminando ese día por la playa, me resultaba casi imposible imaginar que hacía exactamente seis años, en diciembre de 2004, la playa de Patong fuera una de las muchas de la costa oeste de Phuket y Tailandia arrasadas por el tsunami que devastó la mayor parte de la ciudad y mató a muchas personas. Aquella fue una de las áreas más damnificadas, pero parecía haberse recuperado. Esa noche de fin de año nadie habría adivinado la magnitud de los daños que la ciudad y su gente habían soportado. No, ese día sería una celebración y una noche que yo nunca olvidaría.

Quinn, a quien llamábamos nuestro director de crucero, había marcado en un plano los mejores clubes para que los visitáramos antes de terminar haciendo una hoguera en la playa a tiempo de ver los fuegos artificiales. Mientras seguíamos sus indicaciones a través de las atestadas calles, pensé en mi hermana Caroline y en cuantísimo se diferenciaban nuestras vidas. Le había enviado un correo electrónico deseándole un feliz año nuevo. Tal vez su vida no era lo que yo quería para mí, pero pensaba —y esperaba— que sí fuera realmente feliz.

Nos abrimos paso a través del jardín exterior de un bar y, gracias a que Niran conocía a uno de los gerentes, pudimos conseguir una mesa. Yo me senté en medio de Grant y Sophie. Una mujer que llevaba lo que parecía un pañal, pero que resultó ser el par de pantaloncitos de cuero blanco más pequeños que había visto nunca, con la parte alta de un biquini blanco y zapatos blancos de plataforma, estaba dando vueltas sobre una barra detrás de nosotros, hechizando a Quinn unos cinco minutos largos antes de que se decidiera a hablar.

—¡Una ronda! A cuenta del viejo marino, por supuesto. —Y agarró a Grant por las mejillas plantándole un beso en la coronilla. Este sonrió y todos nos reímos.

Sonaba la música y había risas y gente nueva pasando por nuestra mesa cada media hora. Nuestro camarero mantuvo un constante flujo de cócteles, cervezas y jarras de ponche durante horas.

Esa tarde regada con alcohol derivó en noche en un abrir y cerrar de ojos y, después de pagar la cuenta, nos dirigimos de vuelta a la playa con Quinn pasándole el brazo por los hombros a Grant, mientras Sophie y yo rodeábamos con los nuestros a un tambaleante Niran. Me quité las chanclas en cuanto alcanzamos la agradable arena, fresca y suave como harina de repostería. Quinn y Niran se alejaron para fumar y nos dejaron a Sophie, a Grant y a mí junto a la hoguera, donde las llamas iluminaban nuestros rostros bajo el oscuro cielo.

Había bebido demasiado. Y lo sabía por dos razones: una, apenas podía tenerme en pie y, dos, Grant me lo dejó claro al preguntarme sin parar si estaba bien y sin dejar de alentarme a que bebiera agua. Cuando me senté en la arena, estuve a punto de quedarme dormida al calor de la hoguera.

—¿Qué? —lo escuché preguntarme.

—No he dicho nada.

—Lo sé, pero me estás mirando fijamente.

—¿Sí? —repliqué, parpadeando.

—Sí —contestó, riendo.

—Es agradable verte reír —dije volviendo la cabeza hacia un lado.

—Gracias.

—¿Cuántos años tienes, Grant? Y no digas «¿Cuántos años crees que tengo?», no me gusta nada eso.

—No iba a decirlo. Tengo treinta y siete.

Doblé las rodillas y me senté con las piernas cruzadas, mirándolo. Todo en él me atraía: su voz, su actitud, la forma en que se pasaba la mano por el pelo cuando estaba pensando en algo; la forma en que su cuerpo se relajaba cuando cruzaba las piernas; la forma en que miraba y hablaba como un joven y condenado Indiana Jones...

El reflejo de las llamas bailaba en sus ojos, haciendo que me resultara difícil concentrarme en otra cosa, pero en el fondo de mi mente pensé en la oportunidad y la responsabilidad que me estaba dando —tripular en el *Imagine* con él— y no quería hacer nada que lo fastidiara. Bajé la vista justo antes de que hablara.

—Ya estoy rondando los cuarenta —suspiró, interrumpiendo mis pensamientos.

—Todavía eres un treintañero.

Puse los ojos en blanco y luego miré sus manos y pensé en su mujer. Me apenaba imaginarlo perdiéndola tan joven. Me pregunté si pensaría en ella cada segundo del día. ¿Acaso podía evocarla sentada junto a él delante del fuego? ¿Habría estado en Patong con ella? ¿Habría necesitado contratar a Quinn? ¿Lo habría conocido por aquel entonces?

Sophie se disculpó para buscar un cuarto de baño y Grant y yo nos quedamos sentados en silencio unos instantes. ¿Estaríamos los dos pensando en la misma persona?

—Hace tiempo que no te veo con tu libro —observé.

Se volvió hacia otro lado y continuó contemplando las llamas que chisporroteaban. Su sonrisa se desvaneció y sus labios se apretaron antes de ponerse en pie y decir que iba a dar un paseo.

—¡¿Grant?! —le grité—. ¡Espera! ¿Adónde vas?

Quinn y Niran aparecieron con un balde de cervezas justo cuando Grant se alejaba.

—¿Adónde va? —preguntó Quinn.

Enterré mi cara en las manos.

—No sé lo que ha pasado. Creo que lo he estropeado.

—Sí, lo has estropeado —añadió Niran.

Mi mente trabajaba a toda prisa.

—No me explico... Bueno, tal vez sí, pero creo que ya había estropeado las cosas con Grant. Creo que he debido de disgustarlo o algo así. Estábamos los dos sentados aquí y él estaba en silencio, mirando el fuego, cuando le pregunté por su libro.

—¿Por qué le preguntaste por el libro? —inquirió Quinn.

—No lo sé. Solo trataba de entablar conversación cuando caí en la cuenta de que ya no lo tenía con él. Estoy tan acostumbrada a verlo con él en todos lados que le pregunté por qué no lo llevaba esta noche.

Quinn sacudió ligeramente la cabeza y estiró el brazo para tomar una cerveza.

—Se pondrá bien.

—Y, por cierto ¿qué hay en ese libro? —pregunté. Quinn tomó la botella de cerveza, quitó la chapa y dio un buen sorbo con los ojos cerrados antes de abrirlos y responderme:

—No lo sé. Creo que perteneció a su mujer. Hay una hoja de papel dentro, siempre doblada. Lo he visto sacarla un par de veces y mirarla cuando no sabía que lo estaba viendo. Y no sé mucho más.

Se me encogió el corazón. Grant por fin se estaba abriendo a mí —a todos nosotros— y tratando de divertirse por un momento sin la tristeza que lo envolvía cada día, y yo me negaba a permitírselo. Bajé la cabeza ante la idea de haber arruinado otras vacaciones a aquel hombre.

Posé mi mano sobre la pierna de Quinn y le supliqué:

—Por favor, ¿puedes ir tras él? Me siento fatal. Ve a buscarlo y tráelo de vuelta al grupo.

—Te prometo que está bien. Volverá en un momento. Quizá haya ido al baño.

Diez minutos más tarde distinguí el modo inconfundible de caminar de Grant. Rápidamente me levanté y corrí por la arena para unirme a él antes de que llegara a la hoguera. Allí, de pie frente a él, en la arena y sin zapatos, se acentuaba aún más su diferencia de altura conmigo. Estiré el cuello para mirarlo a los ojos.

—Lo siento —comencé—. No pretendía disgustarte preguntándote por el libro.

Me miró.

—Quinn me ha dicho que pertenecía a tu mujer. No tenía ni idea. Nunca debí mencionarlo.

Su pasado era un misterio para mí. Más allá de que su mujer había fallecido, apenas sabía nada de su vida íntima. No sabía cuándo, no sabía por qué y no sabía cuánta carga llevaba todavía con él, pero sí sabía que me preocupaba por él y que lo último que pretendía era despertar su dolor.

Dio un paso atrás.

—No pasa nada, pero creo que ya he tenido suficiente por esta noche. Todos deberíamos regresar pronto al barco, podréis contemplar los fuegos artificiales desde allí. Estoy empezando a sentirme cansado —añadió antes de alejarse.

Permanecí inmóvil con los brazos caídos y la cabeza gacha mientras lo observaba caminar más allá de la hoguera y desaparecer en la noche. Di unos pasos tras él.

—Grant ha sugerido que volvamos al barco —le dije a Quinn cuando llegué a su altura y a la del resto del grupo.

—¿Para qué?

—No se encuentra bien —contesté.

—¿Cómo?

—Dijiste que se pondría bien, pero no es así. Lo he disgustado y ahora quiere marcharse.

Quinn suspiró y posó un brazo sobre mis hombros.

—Lo siento, Jess. Sea lo que sea que hayas dicho, él sabe que no pretendías hacerle ningún daño. Tal vez no esté bien ahora, pero lo estará —me aseguró y, acto seguido, retiró su brazo.

Justo en ese preciso instante, Sophie dio un salto poniéndose en pie y gritó:

—¡Llegamos justo a tiempo!

—¿Para qué? —pregunté.

Señaló hacia la orilla.

—¡Los farolillos!

Levanté la cabeza para ver por encima del círculo de gente sentada alrededor del fuego y observé a una multitud de niños corriendo por la playa, sosteniendo farolillos de papel que parecían globos. Uno a uno, fueron prendiendo la mecha del interior de los faroles, llenándolos de aire caliente y luego soltándolos hacia arriba en dirección al resplandor de la luna. Miles de farolillos flotaban por el aire, salpicando el oscuro cielo con un resplandor casi sobrenatural, como si alguien hubiera colgado de las estrellas docenas de luces de Navidad. Sacudí la cabeza incrédula y vi a Grant contemplando el asombroso esplendor un poco más lejos.

Tras el espectáculo de luces, escuchamos a alguien tocando la guitarra unos diez minutos y luego la muchedumbre de la playa empezó a revolverse, cada vez más excitada ante la expectativa de los fuegos artificiales. Grant se acercó hasta Quinn y le comentó algo antes de que este último nos hiciera una seña para marcharnos.

Una vez de vuelta en el barco, Grant se retiró a su camarote y no regresó. Al principio se hizo un incómodo silencio, Sophie, Niran y yo intercambiábamos alguna que otra mirada, pero, gracias a Dios, Quinn salvó la velada sacando matasuegras y sombreritos de papel. Aparte de disculparme con él y darle su espacio, no había nada más que pudiera hacer por Grant, de modo que los cuatro recibimos el año nuevo en la proa. Y en cuanto los fuegos artificiales comenzaron a medianoche, ya no cesaron.

~

Hacia la una y media de la madrugada, Quinn —vistiendo nada más que sus calzoncillos y un gorrito de papel— yacía sobre su cama roncando. Sophie estaba envuelta en una manta en el sofá del salón, Niran se había desmayado como un bañista borracho en la proa y yo permanecía acurrucada, medio dormida, bajo un jersey, en la cabina. Levanté la cabeza y me senté erguida cuando oí pasos y vi a Grant.

—Hola —susurré, y miré hacia el reloj del cuadro de mandos abriendo un ojo—. Te echamos de menos. —Doblé las rodillas sobre el pecho.

—¿Tienes frío? —preguntó.

—Estoy bien. Solo hace algo de fresco. Nada comparado a una noche de año nuevo en mi casa de Indiana, así que no me quejo.

Se sentó en el banco que había frente a mí. Vestía bermudas y camiseta. Se recostó sobre el almohadón, con las piernas estiradas hacia delante y los tobillos cruzados.

—Ven a mi lado —indicó, dando unos golpecitos con la mano en el hueco junto a él.

Observé su mano y luego mis ojos se cruzaron con los suyos antes de acercarme y sentarme. Él buscó en un cajón debajo del asiento y sacó una toalla de playa que envolvió alrededor de mis hombros antes de acercarme a él.

—¿Mejor? —preguntó.

Asentí, clavando los ojos en mis pies desnudos, mi corazón latiendo acelerado. Me tenía abrazada con mi mejilla presionando contra su pecho. Sí, la temperatura de mi cuerpo era definitivamente alta, pero aquel calor no tenía nada que ver con la toalla. Quise decir algo sobre lo que había sucedido unas horas antes, pero tal vez su marcha significara que quería dejar todo eso atrás. El silencio hizo que sintiera un escalofrío.

Su mano y sus dedos acariciaban suavemente mi brazo derecho justo por encima del codo y cada vez que se detenía mi corazón se saltaba un latido. Tragué para quitarme el nudo de la garganta y traté de reunir fuerzas para poder levantar la cabeza y mirarlo a los ojos. Necesitaba saber que las cosas estaban bien entre nosotros y que no había resentimiento. Sus ojos me dieron las respuestas: los ojos siempre dicen más que los labios.

Deslicé mi cuerpo hacia él ligeramente, enroscándome aún más en su abrazo. Él intensificó su apretón y continuó moviendo su mano de arriba abajo, haciendo desaparecer mis escalofríos. Cerré los ojos, conté hasta diez y volví a abrirlos antes de levantar la barbilla. Él inmediatamente bajó la vista hacia mí, dejó de mover su mano y me estrujó con fuerza, clavando las yemas de sus dedos en mi brazo. Me quedé paralizada. Estudió mis ojos y luego desvió la mirada, aflojando su abrazo.

Mi respiración se intensificó cuando acerqué mi mano hasta su mejilla, pasando mi dedo pulgar por su barba y volviendo su rostro hacia mí. Él movió su cuerpo, enredó sus dedos en mi pelo y se detuvo en la base de mi cuello. Justo cuando traté de inhalar, él se inclinó y presionó sus labios sobre los míos. Al principio fuerte y firmemente, luego de forma suave y exploratoria mientras se abría paso entre ellos con su lengua. Mi cabeza cayó hacia atrás y mi cuerpo hacia delante, entre sus brazos, mientras sus manos jugueteaban con mi pelo y la parte de atrás de mi blusa.

—¿Estás seguro de que quieres esto? —susurré.

—Sí —contestó sin dudarlo un segundo.

Me estaba levantando las piernas hasta el banco bajo el peso de su cuerpo, cuando oímos una tosecilla.

Ambos volvimos las cabezas al unísono cuando Niran hizo un gesto de querer pasar hacia el cuarto de baño. Grant se sentó muy recto y sonrió, y yo hice cuanto pude por fulminar al tailandés mirándolo con ojos muy abiertos mientras él se deslizaba por delante de nosotros y resoplaba. Impasible, me hizo un gesto reprobatorio con la mano y, sin querer, al bajar las escaleras, despertó a Sophie.

—Recuérdame que le dé un tortazo cuando vuelva a salir —comenté, mis ojos llenos de decepción.

Grant ajustó la toalla en mis hombros y sonrió.

—No será la última vez que te bese.

Me quedé inmóvil, desesperada por poder rebobinar y volver a vivir los últimos veinte minutos. Coloqué mi mano sobre la suya justo cuando Sophie me llamó desde abajo. Me levanté, le di las buenas noches y bajé al salón.

Eran casi las seis de la mañana cuando los últimos fuegos artificiales estallaron al tiempo que el sol asomaba por el horizonte.

CAPÍTULO 18

La mañana del 22 de enero de 2011 tenía preparadas mis bolsas de viaje y estaba lista para partir.

No estaba segura de con qué frecuencia podría comunicarme, de modo que antes de marcharme envié un rápido correo electrónico a Caroline.

Hola, guapa:

Mi extravagante excursión / aventura / viaje en barco empieza hoy. Solo quería escribirte para hacerte saber que estaré a bordo del *Imagine* varias semanas y presumiblemente solo podré comunicarme a través de correos electrónicos. Imagino lo que estás pensando, así que aquí van mis respuestas a todas tus preguntas:

Sí, tendré cuidado.

Sí, te escribiré lo más a menudo que pueda.

Sí, estoy muy emocionada.

Sí, pienso pasármelo fenomenal, gracias.

Yo también te quiero.

Jess

Me despedí de los señores Knight y les dije que no me esperaran hasta finales de febrero. Sophie tomó prestado el automóvil de Niran y me llevó hasta el puerto deportivo, donde Grant y Quinn estaban preparando el barco para zarpar.

—Diviértete y ten cuidado —me pidió, dándome un abrazo en el muelle—. Voy a echar de menos no tenerte por aquí, así que date prisa en volver, ¿de acuerdo?

—Lo haré. —Volvimos a abrazarnos—. Trataré de escribiros a ti y a mi hermana para contaros las novedades tan a menudo como me sea posible.

—Está bien, ten mucho cuidado —repitió, apoyando sus manos sobre mis hombros—. Estaré esperando tu regreso, cariño.

Me guiñó un ojo y me dio un último palmetazo en el trasero mientras le lanzaba un beso de despedida.

Cargué con una gran bolsa de viaje al hombro, y tomé mi mochila y me dirigí hacia el atracadero del *Imagine*. Una oleada de emoción me recorrió de arriba abajo cuando Quinn saltó del barco al muelle y agarró mis bártulos.

—¡Todos a cubierta! —gritó.

Subí a bordo y los saludé con sendos abrazos, reteniendo a Grant un par de segundos más que a Quinn.

—¿Estás lista? —preguntó Grant.

Asentí sonriendo de oreja a oreja.

Una vez a bordo, guardé las pocas pertenencias que había llevado conmigo en el pequeño armarito del cuarto de la litera y coloqué mi estatuilla del Buda viajero sobre la repisa del salón. Había una lavadora-secadora en el barco, pero los muchachos me habían pedido que llevara la menor cantidad de ropa posible. Un par de trajes de baño, un par de pantalones cortos, algunas camisetas, ropa interior, pijamas y mis cosas de aseo. Por aquellos días estaba muy morena, así que el único maquillaje que había llevado era brillo de labios y rímel. Quinn y yo compartíamos el baño, pero lo único que él tenía era un cepillo de dientes, una pastilla de jabón y una maquinilla de afeitar.

Después de deshacer mi equipaje, me reuní con los dos en la cabina. Grant estaba encendiendo el motor y Quinn anotando nuestra ruta.

—Y bien —comencé—, ¿cuál es el plan?

Grant miró hacia mí con una leve sonrisa.

—Hemos tomado la decisión de navegar hasta Langkawi, Malasia, antes de llegar al océano Índico. Solo está a un día de viaje, pero hemos calculado que ahorraremos casi mil dólares. El precio de la comida, la cerveza, el vino y el combustible en Malasia no tienen parangón y, a medida que nos acerquemos a Oriente Medio y al Mediterráneo, no volveremos a ver esos precios ni por la comida ni el alcohol.

—¿Hay algo que pueda hacer para ayudar?

—¿Qué te parecería un sándwich? —interrumpió Quinn.

—Tú contente, Quinn —dijo Grant.

Sonreí a Quinn. Era el tipo de hombre que necesitaba cerca a una mujer y yo estaba encantada. Levanté una mano para intervenir y desautorizar a Grant.

—Quinn, será un placer hacerte un sándwich.

—¡Solo lo he dicho porque sé que estará mucho más bueno si tú lo preparas! —gritó cuando me alejaba.

Bajé las escaleras pensando que era un buen momento para ir familiarizándome con la cocina. Sabía que la razón por la que estaba allí era básicamente para que ellos pudieran dormir cuando lo necesitaran, no mucho más. Lo menos que podía hacer era darles de comer.

Comprendí rápidamente por qué querían comprar comida y bebida, la nevera estaba prácticamente vacía. Situada justo al lado del fregadero, parecía más una campana protectora de quesos donde levantas la tapa de cristal y tienes que rebuscar para encontrar lo que quieres. Organizar la nevera se convirtió en una de mis primeras prioridades.

Me agaché y aparté a un lado algunas cosas hasta dar con un pan de molde, queso para sándwiches y mantequilla. Encima del fregadero había solo dos armarios. Uno con platos y tazas y el otro con un par de cacerolas y sartenes. Ambos tenían cierres especiales pare impedir que las puertas se abrieran cuando el barco estuviera en movimiento. La cocina estaba montada sobre un cardán, un mecanismo especial que se movía a la vez que el barco e impedía que una olla con agua hirviendo pudiera deslizarse cuando el mar estuviera picado. Era una cocina minúscula, pero no tuve ninguna duda de que podría acostumbrarme a trabajar en esas condiciones. Tal como Quinn había dicho, todo es mejor con un toque femenino.

Unté la mantequilla por ambos lados del pan y luego calenté otra cucharada en la sartén. Una vez estuvo caliente, dispuse las cuatro lonchas de queso entre el pan y tosté lentamente el sándwich en la sartén por los dos lados. Mis apetitosos sándwiches de queso estuvieron listos en cinco minutos y Quinn comentó al dar el primer bocado que eran un buen motivo de matrimonio. Nunca más volvió a prepararse otro sándwich.

Cuando llegamos a Langkawi para conseguir provisiones, atracamos en el muelle, nos registramos en el país y tuvimos que alquilar un vehículo para poder llegar hasta el supermercado.

—En este sitio acabaremos nuestras compras en un momento —le comenté a Grant.

Quinn se acercó a nosotros y susurró:

—Acabo de preguntar por el beicon. Solo se encuentra en el mercado negro.

Grant hizo un gesto de asentimiento.

—Un momento —dije en voz baja—. ¿Qué está pasando?

Quinn se acercó y comentó sigilosamente:

—Es un país islámico, no se puede conseguir beicon en el supermercado. Tendremos que escarbar aún más hondo para conseguir productos del cerdo, Jess. ¡Más hondo!

Me reí.

—¿De verdad necesitas beicon?

Retrocedió dos pasos y aseveró:

—Todo el mundo necesita beicon.

Tras encontrar al vendedor que suministraba cerdo en el mercado negro chino a aproximadamente un kilómetro del supermercado, regresamos al puerto deportivo y fuimos descargando las bolsas en cuatro viajes cada uno. Una vez a bordo, Quinn me suplicó que le preparara un sándwich de queso y beicon.

Tras un par de días con fuertes vientos navegando a través de Malasia, el *Imagine* quedó cargado hasta los topes con mil quinientos litros de fuel, diez cajas de cerveza, un montón de refrescos, zumos, comida enlatada, galletas, patatas fritas Pringles, beicon y mucho vino. Con la compra hecha, nos preparamos para una travesía de ocho días desde Langkawi a Galle, en Sri Lanka. Y a pesar de que yo estaría de regreso en Phuket en un mes, abandoné esa parte del mundo invadida por una mezcla de emociones. Para empezar, me entristecía dejar a los amigos y a mi familia adoptiva detrás. En segundo lugar, estaba ansiosa por comenzar la larga travesía a través del océano Índico hasta el mar Rojo. Y aunque me apetecía mucho visitar y disfrutar de Sri Lanka y las Maldivas, la emoción por el viaje —y una cama tan estrecha como una bañera— estaba empezando a pasarme factura con algunas noches de insomnio. Menos mal que teníamos vino.

Tras alejarnos de Malasia, la segunda noche, llegó mi primer turno de vigilancia. La noche anterior, me había sentado con Grant para hacerme una idea de lo que debía hacer, aunque tampoco era gran cosa. Estar pendiente de ruidos extraños, advertir algún movimiento extraño en el agua, mantener la vista y los binoculares preparados ante alguna eventual luz o pitido del radar. Aparte de eso, podía leer o ver películas en el reproductor portátil de DVD.

Pero esa primera noche no quise distracción alguna. Allí sola, rodeada del sonido de las olas chocando contra el casco, me sentía un poco nerviosa. Mantener la vigilancia suponía una importante responsabilidad y quería estar segura de hacerlo bien con el *Imagine.* Di las gracias porque hubiera luna llena esa noche y el océano pareciera un brillante e iluminado escenario. Gracias a su resplandor, podía atisbar a muchos kilómetros de distancia. De vez en cuando, comprobaba los controles y todo parecía estar como debía hasta que observé algo extraño en el indicador de profundidad. Dado que el aparato no medía a más de seiscientos pies, solo debería haber pequeños guiones en la pantalla en lugar de números cuando estuviéramos en alta mar —como sucedía esa noche—, pero de pronto el indicador empezó a registrar números, que fueron descendiendo rápidamente.

Doscientos pies.

Cien pies.

Cincuenta pies.

¡Diez pies!

El corazón se me salía del pecho. Los dos estaban dormidos, así que antes de correr a despertarlos, me acerqué al costado del barco para ver si podía ver algo. Cuando me incliné hacia delante, con mis manos fuertemente aferradas al pasamanos de acero, un delfín emergió del agua junto al barco. Solté un grito y observé cómo se hundía y volvía a emerger por el otro lado. Caí de rodillas, asombrada. Otros dos más aparecieron por la proa.

—¡Vosotros, pequeños granujas! —exclamé en voz baja y, luego, cuando los perdí de vista, corrí de vuelta al indicador de profundidad. Solo había unos pequeños guiones en la pantalla.

~

Al día siguiente, algunos de los patrones de otros barcos nos contaron que habían atravesado unas tormentas bastante desagradables un poco más adelante, de modo que tuvimos que virar nuestras velas y ponerlas en una posición fija para que el barco no se moviera y seguir flotando en esa posición un día más antes de continuar.

—Comprobar la climatología es lo más importante antes de emprender una travesía —me explicó Grant—. Esta noche todo parece estar bien, tampoco perfecto, y entraremos en la frecuencia de radio SSB para descargar los últimos informes meteorológicos por la mañana y los cotejaré con otros barcos que van por delante de nosotros.

Lamentablemente, debimos de dar con los últimos coletazos de una de las tormentas, porque esa noche tuvimos lluvia y un mar embravecido que me mantuvo despierta la mayor parte del tiempo. Alrededor de la medianoche hube de correr al baño y vaciar mi estómago.

—Me había parecido oír algo. ¿Estás bien? —escuché a Grant preguntar a mi espalda.

Me apoyé contra la pared y asentí.

—¡Maldita sea! Creí que ya me había acostumbrado al movimiento.

—Este es especialmente malo. Te traeré agua.

Grant regresó trayendo una botella de agua y se apoyó en el marco de la puerta para mantener el equilibrio.

—Ven —indicó, tendiéndome la mano.

Me tambaleé sobre mis pies y me apoyé en él mientras caminábamos de vuelta a mi habitación.

—Gracias por cuidar de mí.

—Es un placer.

—¿Te he despertado?

—No. Estaba levantado.

—Pero si es el turno de guardia de Quinn...

—Él está allá arriba, pero no soy muy dormilón.

Inhaló brevemente y me miró como si fuera a decir algo, pero no lo hizo. Recordé aquella vez en Bangkok cuando lo había encontrado a solas en el balcón en mitad de la noche.

Ladeé la cabeza y me deslicé bajo la manta, acurrucándome en mi litera.

—¿Tengo la cara verde? —pregunté.

Grant se arrodilló a mi lado, con nuestras caras a apenas unos centímetros.

—Sí. ¿Hay algo más que pueda hacer por ti? —dijo, retirando suavemente algunos mechones sueltos de mi cara.

—Cuéntame una historia.

Soltó una pequeña risa.

—¿Una historia?

—Sobre tu viaje. Me encanta escuchar las grandes aventuras de Grant Flynn.

—Veamos. Bueno, ya te hablé de la isla comestible de Dominica y de algunas de las gentes que nos encontramos allí. ¿Te he contado lo de los orangutanes y los dragones de Komodo en Indonesia?

Negué con la cabeza.

Grant se sentó en el suelo, pero mantuvo su brazo descansando sobre la parte baja de mi espalda.

—Muy bien. Veamos, ¿por dónde empiezo? Conocí a un hombre en Komodo que trabajaba para una reserva de dragones. Era todo un personaje...

Cerré los ojos y sonreí mientras él comenzaba su relato. El sonido de su voz consiguió que mi respiración se relajara, calmándome desde el interior y liberando la tensión de mi estómago, lo que me permitió quedarme dormida.

El mal tiempo retrasó nuestra llegada a Sri Lanka, pero diez días después de dejar Langkawi, llegamos a Galle y fuimos recibidos por lo que Grant y Quinn coincidieron en definir como las peores instalaciones portuarias que habían visto en su vida. El puerto era un asco. Los altos muelles de hormigón habían sido construidos para acomodar barcos comerciales, no veleros. Había perros vagabundos por todas partes, la basura lo inundaba todo y no había electricidad en el atracadero, lo que significaba no tener aire acondicionado para hacer frente a los casi treinta y ocho grados del exterior.

En cuanto nos asomamos a la cabina, fuimos recibidos por un estupendo agente llamado Marlon, quien se hizo cargo de la totalidad de las formalidades de aduana, como sucedía en casi todas partes. En la mayoría de los países los patrones únicamente tratan con el agente y luego es el agente quien trata con el resto de los funcionarios, pero en Sri Lanka no es así. Casi una hora después de que Marlon se marchara, dos funcionarios del país con aspecto malhumorado subieron a bordo del *Imagine* para darnos la «bienvenida».

—Que quieren ¿qué? —susurré a Quinn abajo en el salón mientras Grant trataba de hablar con los dos hombres en la cabina.

—Quieren sus regalos. Sobornos. Bebidas, cigarrillos, cualquier cosa que tengamos se la llevarán a cambio de dejarnos entrar en su país. Bastardos corruptos. —Se sacó el mondadientes de la boca y se inclinó hacia mí—. ¿Tienes algo que nuestros invitados puedan desear? —preguntó con un guiño—. ¿Cuánto por la jovencita? —añadió, citando una frase de *The Blues Brothers.*

Le di un puñetazo en el brazo y él se rio.

—Eres un bicho raro y tienes suerte de gustarme. ¿Habéis tenido que hacer esto en más sitios?

—No.

—¿Y qué quieren exactamente?

—Mierda gratis.

Grant apareció por las escaleras, poniendo los ojos en blanco.

—Encontrad algo que podamos darles a estos chupatintas y así echarlos fuera de mi barco.

—¿Tal vez les guste el beicon? —bromeé.

—Ni se te ocurra, mujer —advirtió Quinn.

Quinn consiguió convencerlos con una botella de ron y su contagiosa sonrisa. Aproximadamente una hora después, los tres estaban borrachos y Quinn los escoltó fuera del barco. Dado que se habían bebido sus regalos, no parecieron advertir que se marchaban con las manos vacías.

Quinn regresó de la oficina del capitán del puerto aproximadamente una hora después, masticando una tira de carne.

—Acabo de encontrarme con Angela y Adam —informó a Grant—. Supongo que llegaron hace un par de días. Dicen que el *Drunken Sailor* también está amarrado aquí y se preguntan si querríamos formar un convoy con ellos durante algunos días. Angela ha visto en los informes de la MARLO que un barco ruso de suministros acaba de ser capturado.

Grant bajó la vista pensativo.

—Sí, podríamos hacerlo.

—¡Genial! —contestó Quinn, reemplazando la tira de carne por el mondadientes—. Regresaré enseguida. —Antes de desembarcar se dio la vuelta—. Supongo que queremos dejar este lugar lo más pronto posible. ¿Un par de días?

—Un par de días —coincidió Grant. En cuanto Quinn se bajó del barco, se sentó a mi lado en el banco acolchado de la cabina. Me sonrió y posó su mano sobre mi muslo desnudo. Su tacto me provocó escalofríos por todo el cuerpo y erizó el vello de mi brazo. Nuestros ojos se encontraron y sonreí como hacía cada vez que captaba su atención.

—Sé que Sri Lanka no está en tu lista de lugares que se deben visitar, pero pensé que tal vez te apeteciera hacer un recorrido turístico.

—Me encantaría.

Me dio unas palmaditas en la pierna y se levantó.

—Haré que Marlon organice una visita para nosotros.

A la mañana siguiente, Marlon había organizado un pequeño safari en un todoterreno que dejó nuestros traseros doloridos después de rodar dando botes por el abrupto terreno en busca de la fauna salvaje. En un momento dado me vi literalmente lanzada sobre el regazo de Grant y él pasó sus brazos alrededor de mi cuerpo para impedir que me cayera hacia el otro lado.

—¿Vas a volver a marearte? —preguntó.

—¿Has alquilado este vehículo en particular por este motivo concreto? ¿Para ver cuántos baches me hacen vomitar?

Sonrió y sus ojos se clavaron en mis labios. Por un momento creí que iba a besarme, pero no lo hizo. Me levanté de su regazo y regresé a mi asiento.

—A tu juego se juega con dos jugadores—aseguré.

—¿Qué juego es ese?

Cuadré los hombros.

—Esta especie de flirteo, medio en broma o como quiera que tú lo llames. Y sí, estoy esperando a que me beses. Y sí, tú ya lo sabes. Y sí, puedo jugar duro para conseguirlo, así que ten cuidado.

Los ojos de Grant se iluminaron al igual que el resto de su cara.

—¿Eso es un desafío?

—Tú eres un desafío.

Me crucé de brazos y miré hacia delante.

Se inclinó sobre mi oreja.

—Cuando llegue el momento adecuado, Jess —dijo, y entonces le pidió al conductor que se detuviera un minuto—. Por favor, mírame —pidió una vez que estuvimos parados.

Me volví hacia él.

—¿Estás enfadada conmigo?

Negué con la cabeza.

—No, por supuesto que no.

—Bien, porque no pretendía tomarte el pelo. Y no quiero que te lleves esa impresión. Yo no soy así, te lo prometo.

—Lo sé.

—Me gustaría creer que soy demasiado viejo para eso, pero, puesto que lo estoy haciendo tan mal, obviamente, no soy nada experto. —Sus dedos acariciaron suavemente las puntas de mi cabello, haciendo que contuviera el aliento—. Me gusta mucho estar contigo. Has conseguido hacerme sentir... como si fuera yo mismo de nuevo... Y, simplemente, no quiero precipitar nada. Solo quiero disfrutar del tiempo que pase contigo sin más expectativas.

Abrí la boca para hablar, pero las palabras se negaban a salir. Quería ser cuidadosa con lo que decía, de modo que decidí callar.

—¿Te parece egoísta por mi parte? —preguntó.

Negué con la cabeza.

—No hay nada egoísta en ti —contesté—. Disfruto del tiempo contigo más que de cualquier otra cosa en el mundo. Y, para serte franca, siento una inmensa alegría en los momentos en que flirteas conmigo, de modo que la próxima vez mantendré mi boca cerrada.

—Bien, pues, para serte franco, te diré que hace mucho tiempo que no deseaba besar a alguien tan desesperadamente.

—Conozco esa sensación.

Grant pidió al conductor que continuara en lo que resultó ser uno de los paseos en automóvil más agitados de mi vida. Sri Lanka es una isla muy bulliciosa, con vehículos por todas partes. Sin embargo, las carreteras son «carreteras isleñas»: anticuadas, sinuosas y sencillamente aterradoras. La gente conduce muy rápido y se adelantan con descuidado abandono. De hecho, en un momento dado, nos encontramos en el centro de una fila de cinco vehículos con todos adelantándose unos a otros en diferentes direcciones. Mantuve las manos cerradas en puños la mayor parte del día.

—¡Y tú que te preocupabas por una pequeña tormenta...! —gritó Grant, aferrándose a la barra de protección por encima de su cabeza.

Nuestra siguiente parada fue un orfanato de elefantes que era más bien una especie de parque zoológico concebido como una atracción turística. No obstante, disfruté mucho al ver a tantos elefantes de cerca —alrededor de cuarenta en total—, algunos con apenas tres meses bañándose en el río y paseando.

Cuando nos disponíamos a salir, Grant me cogió de la mano.

—Esto no es una broma...

—Espera —lo interrumpí, posando mi otra mano sobre sus labios durante un segundo—. Si quieres tomarme la mano, por favor, tómala. Si quieres besarme, por favor, hazlo. Pero si no quieres, te prometo que no intentaré ver más allá ni te acusaré de jugar conmigo o tomarme el pelo. También te garantizo que seré receptiva, porque paso la mayoría de mis días deseando que hagas al menos una de las dos cosas.

Sonrió y nos tomamos de la mano en el camino de vuelta a aquel mortal todoterreno.

Apreté la mano de Grant y cerré los ojos durante casi todo el trayecto de regreso al puerto deportivo. Cuando llegamos a nuestro atracadero, me agaché y besé el *Imagine*.

—Nunca más te abandonaré por un vehículo de tracción a las cuatro ruedas —le prometí en voz alta.

Al día siguiente, abandonamos el puerto deportivo de Galle sin pena alguna para emprender una fantástica travesía de tres días de Sri Lanka a las Maldivas. Navegamos a favor del viento, por aguas tranquilas y cristalinas, con los cielos estrellados durante la noche y un flirteo intermitente. ¿Qué más podía pedir una mujer?

CAPÍTULO 19

Casi una semana después de dejar Sri Lanka, conseguí acostumbrarme por fin al vaivén del barco. Había dormido toda la noche de un tirón y me desperté con una energía y pasión por el agua renovadas. Podía oler a café recién hecho y, cuando salté de mi litera, vi que Grant y Quinn ya estaban arriba en la cabina. Pero antes de unirme a ellos, me obligué a sentarme y escribir un correo electrónico a Caroline. Sabía cuánto se preocupaba cuando no recibía noticias mías.

11 de febrero de 2011

Queridas Caroline y Sophie:

Prometo intentar escribir más a menudo. En cualquier caso, os cuento ahora que hemos pasado tres relajados días fondeados en la costa de la isla de Uligan, en las Maldivas.

Es casi una postal. No había visto un lugar tan bello en toda mi vida. No, Caroline, ni siquiera Fort Myers. Lo más extraño es que se trata de un país islámico conservador, así que las mujeres llevan todas burka, cuando deberían estar en biquini. Muy interesante. Además, el agua es transparente como el cristal y está llena de peces. Desde nuestro barco, hemos podido bucear entre peces ángel gigantes, pejepuercos y peces manta. Y desde la playa, estuvimos muy distraídos contemplando a un grupo de casi cincuenta delfines acróbatas.

Me encantaría que lo vieras algún día, Caroline. Lo digo en serio. Es el lugar más encantador, pacífico y pintoresco del mundo.

Un lugar maravilloso para enamorarse, por ejemplo...

Creo que podría pasarme el resto de mi vida aquí ganándome la vida haciendo trenzas, pero lamentablemente nos marchamos mañana, para continuar nuestra ruta hacia Omán y, finalmente, al mar Rojo. Grant dice que será una larga travesía de unos nueve días. Ya os hablaré del soñador capitán Grant más adelante.

Ahora estamos viajando junto con otros dos barcos con los que coincidimos en Galle en una especie de convoy para poder estar pendientes unos de otros. Cuantos más ojos, mejor. La fuerza de los números y todo eso. En fin, os mando todo mi amor a las dos. Os echo mucho de menos. Volveré a escribir pronto.

Jess

Al día siguiente, levamos anclas y abandonamos las Maldivas. Me tocaba hacer la guardia nocturna, aunque las aguas de esa zona eran las primeras que empezaban a ser realmente amenazadoras. Me eché una siesta tardía y Quinn me despertó al acabar su turno, media hora después de medianoche. Hacia la una de la madrugada, los dos hombres estaban dormidos. Podría hacer rezado una oración o dos. Por una travesía segura y una navegación sin problemas.

Durante un rato me entretuve viendo la película *Cuando Harry encontró a Sally* en el reproductor de DVD por cuadragésima vez hasta que me di cuenta de que estaba a punto de quedarme dormida. Lo apagué, me estiré un par de veces y luego abrí una Coca-Cola light antes de empezar a ordenar la cabina, siempre hecha un desastre después del turno de Quinn. Me acerqué a buscar algunas revistas de la repisa cuando de pronto el libro encuadernado en piel de Grant se cayó al suelo y la hoja doblada se deslizó de entre las páginas. Mis ojos se dirigieron hacia las escaleras para asegurarme de que no venía nadie, ¿quién iba a aparecer esa hora? Los dos dormían profundamente. Aun así, me detuve un instante, pensando que el ruido podía haber despertado a Grant, antes de recoger cuidadosamente el libro y la nota del suelo y mirar de nuevo a las escaleras. La costa estaba despejada, pero, por si acaso, me acerqué de puntillas hasta la proa con el libro y la nota en la mano y me senté con la espalda dando a la cabina. Durante unos cinco minutos sostuve el libro en mi mano, debatiéndome sobre lo que quería y lo que debía hacer.

Simplemente vuelve deslizar la nota en el interior, y coloca el cuaderno donde lo encontraste...

o...

Ambos parecen dormidos, un vistazo satisfará tu curiosidad y no hará ningún daño.

Afuera estaba oscuro como boca de lobo, pero, cuando estaba de guardia, siempre llevaba mi linterna conmigo, así que la encendí y abrí el libro.

Era *Emma* de Jane Austen.

Sonreí recordando que era una de las novelas favoritas de Caroline. Leí las primeras líneas en un susurro:

«Emma Woodhouse, bella, inteligente y rica, con una familia acomodada y buen carácter, parecía reunir en su persona algunas de las mayores bendiciones de la existencia, y había vivido cerca de veintiún años en el mundo sin apenas aflicción o tribulaciones».

Respiré hondo.

Una joven con suerte esa Emma, dije para mis adentros, pensando que la mujer de Grant también debió de sentirse afortunada en algún momento. Cerré el libro y lo dejé cerca de mí antes de centrar mi atención en el papel doblado de mi mano izquierda.

Era una hoja normal y corriente de papel blanco como de impresora y estaba muy gastado por los bordes. Pasé el pulgar por encima, preguntándome cuántas veces lo habría desdoblado y leído Grant los últimos dos años. Deseaba leerlo —desesperadamente—, pero no quería traicionarlo de ninguna manera. ¿Habría leído alguien más la carta? ¿Me daría alguna idea de qué clase de persona era él o solamente una prueba de lo indiscreta que yo era?

Rápidamente cogí el libro y la nota doblada y me dirigí a la cabina. Me detuve, dispuesta a guardar nuevamente el papel en el libro y colocar el libro de vuelta allí donde lo había encontrado cuando... desdoblé la hoja. Estaba mecanografiada, no escrita a mano como yo esperaba, y comencé a leerla apresuradamente, sin atreverme a mover más que los ojos.

Vas a odiarme por haber escrito esta carta, pero aun así voy a escribirla. No te culpo por no querer hablar de mi enfermedad, pero hay algunas cosas que deben ser dichas y, si no quieres escucharlas, tal vez puedas leerlas cuando estés preparado.

A pesar de lo bien que tú y todos los demás estáis intentando disimular, sé que me estoy muriendo. Tal vez tú también lo sientas. Sé que estás rezando para que las cosas cambien y yo pueda volver a casa, pero sé que eso no va a suceder. Siento la erosión extenderse dentro de mí. No siempre es dolorosa, pero siempre está presente. Mi mente y mi alma han hecho las paces con ella y ya no tengo miedo por mí, solo por ti. Mi dulce y cariñoso Grant.

¿Quién te rascará la espalda en ese punto justo en el centro de tu columna cuando te pique? ¿Quién pondrá en marcha el temporizador de la cafetera por haberte negado a aprender durante seis años? ¿Quién te comprará calcetines nuevos cuando los viejos tengan agujeros? ¿Quién te llevará un cuenco con helado por la noche?

¿Quién navegará alrededor del mundo contigo? ¿Quién te querrá tanto como yo?

Mientras permanezco aquí tendida, viendo el tiempo escaparse de mis manos, en lo único que puedo pensar es en ti. No te mereces esto y lo siento mucho, pero no lamento haber sido el centro de tu mundo... aunque solo haya sido por poco tiempo. Lo único que me atrevo a esperar es que tú estés bien. Que mi enfermedad no se cobre dos vidas en lugar de una. Y que no me recuerdes de esta forma. Por favor, no me recuerdes así. Sé que te costará reponerte de mi pérdida, pero no descansaré en paz hasta que sepa que vuelves a ser feliz. Ya echo de menos tu sonrisa, porque han pasado meses desde la última vez que la vi.

Por favor, emprende el viaje que soñamos hacer. Imagíname en el barco y yo estaré allí. Imagíname contigo en cada tramo del camino. Imagíname cuando mires el agua. Imagíname dando palmadas y saltando y sonriendo y animándote. Imagíname en paz una vez que regreses a casa sano y salvo.

Y en cuanto a lo que hagas después... solo puedo imaginarlo.

Mis miembros se habían quedado entumecidos mientras sostenía el papel en la mano, las lágrimas rodando por mis mejillas. Finalmente me llevé una mano a la boca para sofocar un ruidoso y extraño gemido que no logré contener en la garganta.

Doblé rápidamente el papel y lo coloqué entre las páginas del libro. Entre sorbetones, regresé a la proa y rompí a llorar. Nunca había sentido tantas emociones juntas en un solo momento: tristeza, simpatía, vergüenza... Las lágrimas caían a mis manos y a mi regazo. Era la cosa más hermosa y terrible que había leído jamás, ya nunca podría mirar a Grant de la misma manera. Sería un milagro si lograba mirarlo a los ojos al día siguiente. Él finalmente se había abierto a mí en Sri Lanka al reconocer que volvía a sentirse él mismo. Me odié por lo que acababa de hacer.

Cuando recuperé el aliento y me sequé la cara con las manos, regresé a mi puesto. Coloqué las revistas encima de *Emma* y juré no volver a afligirla o perturbarla de nuevo.

A las cinco de la madrugada, di un par de golpecitos en el hombro de Grant hasta que se volvió y se despertó para hacer su turno. Entonces me retiré a mi litera, exhausta.

CAPÍTULO 20

Cuando me desperté esa tarde, encontré a Grant al timón y a Quinn con un cuenco de sopa en la proa.

—Buenos días —saludó.

—Lo siento. No quería dormir tanto.

—Solo es mediodía.

Me senté junto a él en la cabina mirando por encima los boletines diarios. Todos los días recibíamos informes nuevos sobre cualquier ataque pirata que hubiera ocurrido en las últimas veinticuatro horas.

Grant miró hacia mí mientras los estaba leyendo.

—He recibido esos a primera hora de la mañana y la tendencia es desconcertante. Se han sucedido varios ataques muy cerca de la ruta que acabamos de cruzar. Uno tuvo lugar exactamente en el mismo sitio en que nos advirtieron hace tres días.

Levanté la vista de las páginas y traté de leer su expresión.

—Estás preocupado, ¿verdad?

—Me siento inquieto. Es tan vulnerable... —dijo, refiriéndose al barco—. Me asquean esas cosas.

Quinn se acercó hasta la cabina cuando vio que yo estaba allí.

—Buenos días, dormilona. No dejes que esos papeles te hagan palidecer —aconsejó, señalando los informes con su codo.

—Necesitamos estar alerta, Quinn —intervino Grant.

El aludido asintió.

—Sí, lo sé, y estamos alerta. Y, además, mantendremos nuestro convoy unos días más. Todos esos son barcos comerciales o militares, de modo que creo que estaremos bien, ¿no piensas tú lo mismo?

Miré hacia Grant, quien hizo un gesto de asentimiento.

Esa noche, temprano, cenamos pescado asado y ensalada *caprese* que preparé con algunos tomates frescos que habíamos comprado en un mercado callejero en Uligan. Después de recogerlo todo, Quinn echó una cabezada, pues le tocaba el turno de noche, y Grant abrió una botella de vino. Era una noche perfecta. No había viento, apenas una brisa cálida y solo se oía el agua salpicando contra el barco. Después de lo que le había hecho a Grant —aunque él no lo supiera— me había jurado controlar mis expectativas y dejar de añadir presión sobre cualquiera de nosotros. Nos sentamos juntos y hablamos y reímos, sin aludir ni hacer mención a nada de lo que sucedía entre los dos.

—He visto que has escrito a tu hermana un par de veces. ¿Cómo le va? —preguntó.

Me encogí de hombros.

—Como cabía esperar.

—¿Y eso qué significa?

—Significa que no sale demasiado. Se quedará en Indiana para el resto de su vida, pero es feliz allí. Antes de marcharme, había empezado a salir con un tipo que trabaja en un banco.

—¿No es una gran soñadora como tú?

Negué con la cabeza. Si Caroline tenía grandes sueños, yo no los conocía.

—¿Y algún otro familiar?

—Somos nueve en total.

Él casi se atragantó.

—¿Me estás tomando el pelo?

—No. Ahora mismo estás mirando a la número nueve. El error que continúa... repitiéndose —bromeé.

—Eres el error más adorable que he visto nunca.

—Gracias.

—Supongo que no debería hacerte demasiadas preguntas. Podrías quedarte sin sorpresas.

No me importaba hablar de mí misma, pero, comparadas con sus historias, yo apenas tenía nada que contar. Y, además, tampoco quería provocarle un profundo sopor con mis anécdotas sobre exhibiciones de ponis y partidos de fútbol del instituto. Lo único que quería escuchar eran sus relatos sobre su viaje alrededor del mundo y, lo más importante, qué tenía pensado hacer una vez que yo dejara el *Imagine* y volviera a Phuket.

Hablamos durante un par de horas, con los pies en alto, y la botella de vino fue bajando. Como he dicho, fue una velada perfecta, hasta que dejó de serlo.

Justo después de las diez de la noche escuchamos por la radio una llamada frenética de auxilio:

—*Mayday, mayday, mayday*. Aquí el yate a motor *Libra*, nuestra posición es 12 grados, 19 minutos norte, 63 grados, 55 minutos este, y estamos siendo atacados por dos barcos piratas sospechosos. Necesitamos ayuda. Cualquier barco por la zona que pueda proporcionar asistencia, por favor, que venga a socorrernos. Esquifes con múltiples piratas sospechosos están disparando... —Hizo una pausa. Grant y yo mantuvimos nuestros ojos pegados a la radio—. Han sonado disparos. ¡Cualquier barco militar por la zona, por favor, responda inmediatamente y proporcione asistencia!

Se me encogió el estómago. Grant y yo nos miramos a los ojos sin necesitar pronunciar una palabra y, segundos más tarde, vimos elevarse la primera bengala. El *Libra* no estaba demasiado lejos de nosotros. Grant tomó rápidamente el teléfono satélite.

—Despierta a Quinn —ordenó mientras marcaba.

Corrí escaleras abajo atravesando el salón e irrumpiendo en el camarote de Quinn.

—Quinn —susurré zarandeándolo suavemente por el hombro—. Vamos, despierta.

Él rodó hacia el otro lado tratando de apartarme como si fuera una mosca.

—Hemos oído una llamada de socorro de un barco carguero y Grant me ha pedido que te avise.

Se sentó de un salto y se golpeó la cabeza contra un saledizo.

—¿Qué?

—Se está produciendo un ataque muy cerca, acabamos de ver la primera baliza. Grant te necesita.

Quinn, con un ojo abierto, salió disparado hacia la cabina, y yo lo seguí arriba justo cuando una segunda bengala iluminaba el cielo. Los dos nos quedamos escuchando la conversación de Grant con el oficial de la MARLO mientras le informaba de nuestras coordenadas.

Entonces colgó el teléfono.

—Dice que el *Libra* es un carguero de bandera estadounidense y que están tomando medidas evasivas para disuadir a los piratas —nos explicó Grant. Luego señaló al radar.

—¿Como cuáles? —inquirí.

—Mira aquí. Como puedes ver, están moviéndose en círculo y dando erráticos giros para disuadirlos de lanzar sus escalas.

—¿Cómo era la llamada? —preguntó Quinn a Grant.

—Informaban de un ataque de muchos esquifes con disparos a menos de ocho millas al sur de nosotros.

Quinn tomó los binoculares.

Grant continúo:

—He llamado al Centro de Operaciones Marítimas de Gran Bretaña por el teléfono satélite para informar del incidente y darles también nuestras coordenadas. El oficial de guardia apuntó toda la información y me dijo que eso era todo lo que podía hacer de momento.

—¿Has avisado ya al *Destiny* y al *Drunken Sailor*?

—Aún no.

—¿Te ha podido confirmar si había alguna fuerza aliada en las cercanías? —preguntó Quinn.

—No. —Grant se encogió de hombros, pero la expresión de su rostro no mostraba la misma tranquilidad—. Me temo que estamos solos.

Al levantar la vista al oscuro cielo por encima de nosotros, sentí un nudo en la garganta. Que fuera medianoche hacía que la situación resultara mucho más ominosa que de haberse producido en pleno día. Todos nos quedamos pensativos en un incómodo silencio cuando uno de los barcos de nuestro convoy nos llamó a través de la radio de alta frecuencia. Era Angela desde el *Destiny*.

—Aquí el *Imagine* —respondió Grant al micrófono.

—¿Por qué lleváis activada la luz roja? —Su voz chasqueó a través de las ondas de estática.

—No la llevamos —contestó él.

—Estoy mirando desde mi proa y puedo ver una luz roja —insistió.

Los tres intercambiamos una mirada y entonces volvimos la atención a la oscuridad. No había ninguna luz roja en nuestro barco, pero debía de haberla en un barco que en ese momento se dirigía hacia nosotros. Justo por nuestra popa, una diminuta luz roja parpadeaba como una luciérnaga acercándose desde la posición de las ocho a toda velocidad.

Nuestros ojos lo observaron atentamente cuando de repente se hizo la oscuridad y desapareció.

—Esto no me gusta nada —admitió Grant—. Voy a llamar a MARLO.

Quinn apoyó una mano en mi hombro.

—Relájate, muchacha. Todo va a ir bien —aseguró.

Grant había comenzado a hablar:

—Oye, Chris, aquí Grant Flynn desde el *Imagine*. Estamos a solo ocho millas del carguero estadounidense *Libra*, que acaba de hacer una llamada de socorro, y nuestro radar muestra una embarcación sin identificar acercándose a nosotros de forma bastante agresiva.

Quinn y yo esperamos atentos, solo podíamos escuchar las partes de Grant en la conversación.

—Sí —contestó—. Puedo esperar.

Grant miró a Quinn.

—Está localizando a un buque de guerra estadounidense cercano. Me ha pedido que espere mientras trata de contactar con ellos.

—¿Lo ves, Jess? Un buque de guerra estadounidense. No hay nada de lo que preocuparse. La armada siempre salva la situación —afirmó Quinn tratando de tranquilizarme, pero mis manos no dejaban de temblar.

—Aquí sigo —respondió Grant al teléfono—. Eso es estupendo. Sí. Gracias. —Y colgó el teléfono—. Ha hablado directamente con el barco, el *Enterprise*, que se dirige hacia nuestra posición. Tan pronto como les sea posible enviarán un helicóptero. Les ha dado nuestras coordenadas —anunció, intentando sonreír sin despegar los labios.

Quinn bajó los binoculares, se sentó en el banco junto a Grant y emitió un estridente sonido.

—Me habéis despertado para nada.

Habíamos perdido la referencia visual de la luz roja y ya no distinguíamos ninguna señal de un esquife acercándose. Grant puso el *Imagine* a su máxima velocidad a fin de ir acercándose al *Enterprise*, a veinte millas de distancia, navegando a treinta nudos. Finalmente conseguimos contactar por radio con el *Enterprise*, que estimaron que nos alcanzarían en veinte minutos, lo que parecía una eternidad, pero solo el hecho de que estuvieran en alguna parte cerca resultaba increíble.

—La caballería viene de camino —comentó Quinn.

—¿Te han dicho algo más? —pregunté a Grant—. Me refiero al comandante de la MARLO.

Grant asintió.

—Solo un último consejo.

—¿Un último consejo?

—En caso de que seamos abordados, no debemos resistirnos, debemos mantener las manos arriba...

Mis ojos se abrieron como platos.

—Un yate privado no puede hacer mucho más que emitir una llamada de socorro y poner el motor a toda máquina con la esperanza de ganar tiempo hasta que llegue la ayuda.

—Fin de la partida —declaró Quinn y luego soltó una carcajada—. Estoy bromeando, chicos. Deberíais ver la expresión de vuestras caras.

—Déjalo ya, Quinn —dijo Grant.

—Ni me estoy resistiendo ni estoy levantando las manos, porque no ha pasado ni pasará nada. No pienso pasar la primavera en Somalia.

Sabía que Quinn se estaba comportando así para tranquilizarme. Él nunca habría reconocido estar preocupado, pero, sobre todo, creo que trató de mostrarse valiente para tranquilizarme y lo adoré por ello... Lo malo era que yo no me estaba tragando su farsa. Aproximadamente diez minutos más tarde, el *Enterprise* nos llamó por radio y dijo que nos tenían a nosotros y a los otros dos barcos del convoy localizados en su radar y que ya habían enviado un helicóptero para barrer la zona. El oficial también preguntó si no nos importaría que se situaran a nuestra popa una hora o más. Los tres nos sentimos aliviados y tremendamente agradecidos y Grant les preguntó en broma si no les importaría seguirnos todo el camino hasta Egipto. Al fondo de la transmisión, pudimos escuchar el ruido de la radio del helicóptero comunicándose con el *Enterprise*, pero no pudimos determinar si habían encontrado al esquife sospechoso o no. El informe que nos mandaron aseguraba que todo estaba despejado.

—Bien, eso es todo lo que necesitábamos saber. Me vuelvo a mi litera. Gracias por la emoción —remató Quinn antes de regresar abajo.

—Nuestro convoy se separa por la mañana, así que ha sido el mejor momento para que esto sucediera. —Grant me miró—. No suelo decir esto a menudo, pero me vendría bien echar un trago —sugirió, agitando la cabeza.

CAPÍTULO 21

Me escabullí escaleras abajo hasta la cocina, saqué dos cervezas de la nevera y regresé a la cabina con Grant. Era poco después de medianoche y Grant dijo que despertaría a Quinn a las dos de la madrugada, aquella noche no lo dejaría dormir un poco más.

Dio un buen sorbo a su botella y soltó un suspiro aún más largo de alivio.

—Debo ser sincero. Esta situación realmente me ha impactado.

—Y a mí también.

—Siento haberte puesto en esta situación. Por lo que sabemos, podrían haber sido pescadores merodeando o que simplemente pasaban cerca de nosotros, pero es mejor estar seguro que lamentarlo. No quiero que tengas miedo.

—¿Es habitual pescar a esta hora?

Negó con la cabeza.

—No es lo normal.

—Estoy bien, de verdad. Ha sido una situación muy tensa, pero me alegro de que todo se haya solucionado. ¿Crees que todo estará bien a bordo del *Libra*?

—Supongo que sí. De no ser así, estoy seguro de que habríamos oído algo. Los helicópteros cubren una zona muy amplia.

Grant fue a dejar la botella de cerveza en la abarrotada repisa y accidentalmente tiró la pila de revistas y su adorado libro de *Emma* al suelo. No pude evitar que mi mandíbula se abriera cuando la carta volvió a deslizarse fuera de sus páginas, como había sucedido la otra noche cuando estaba sola. Instintivamente, me agaché para recogerla y él me miró a los ojos cuando la dejé en su mano.

—Gracias —contestó.

No podía desviar mi atención ni mis pensamientos de la carta.

—Es una carta de mi difunta esposa, Jane —explicó como de pasada. Escuchar su nombre por primera vez me hizo contener la respiración—. Este era su libro preferido. Estoy seguro de que Quinn te lo habrá contado. Su pasatiempo favorito es tomarme el pelo con ello. Siempre me amenaza con tirarlo por la borda cuando lo despierto demasiado pronto.

Sonreí.

—No me había mencionado la carta —respondí. Pero yo la había leído. Quinn no necesitaba divulgar ningún secreto, porque yo había cometido tamaña intrusión en la intimidad de Grant que apenas podía perdonarme y suponía que, de descubrirlo, él tampoco lo haría.

Grant respiró hondo y me sonrió tímidamente antes de dejar de nuevo el trozo de papel en el interior del libro.

—No consigo deshacerme de él. Un poco extraño, ¿verdad?

—En absoluto. Para nada —le aseguré.

—Voy a llevar la carta y el libro por todo el mundo y luego los quemaré.

Lo miré inexpresiva.

—¿Y eso tampoco te parece extraño? —me preguntó.

Dejé escapar una risa nerviosa.

—No, Grant, no eres nada raro. De hecho, eres una de las personas más encantadoras, inteligentes, fuertes y normales que me he encontrado en mi vida y siento mucho que perdieras a tu mujer

—farfullé—. Ella... Jane... debió de ser muy especial para encontrarte.

—Gracias, Jess. Sí.

Me odié a mí misma por haber sido tan fisgona. ¿Por qué no podía simplemente volar por debajo del radar como Caroline solía decirme? Nunca aprendería.

—¿Cómo era ella? —pregunté—. Si no te molesta...

—No me molesta en absoluto. No mucha gente me pregunta por Jane. Supongo que debo de dar la sensación de no querer hablar del tema, pero no me importa hablar de ella. Jane era simplemente... una persona realmente buena. Ya sabes. Alguien en quien se podía confiar, amable, generosa. Una de esas personas de las que nadie puede decir una cosa mala. En las fiestas siempre estaba en el rincón más tranquilo, no le gustaban las multitudes, pero en el tú a tú podía estar hablando sin parar. Se sentía feliz solo por estar conmigo. Era muy lista y, cuando nos casamos, estaba estudiando en la Escuela de Enfermería. Descubrió que tenía cáncer de pecho justo después de graduarse. Lamentablemente, se lo encontraron demasiado tarde. —Hizo una pausa—. Hicimos todo lo que pudimos. Quimioterapia, medicamentos experimentales, medicina holística, pero murió a los dos años de ser diagnosticada.

Me sentí obligada a decir algo pero me quedé muda. Después de un par de segundos, las palabras «Lo siento mucho» escaparon de mis labios en un leve susurro.

Asintió.

—Gracias. Fueron momentos muy difíciles y aún la echo de menos, pero a ella no le gustaría que yo sufriera y no quiero malograr lo que existió entre nosotros mostrándome contrariado para el resto de la eternidad. —Esbozó una sonrisa—. Ya han pasado casi cuatro años desde que falleció.

Deseé con todas mis fuerzas poder estrecharlo en mis brazos, arrancarle su dolor y no soltarlo nunca. Las palabras que había utilizado para describir a Jane eran exactamente las mismas que yo habría empleado para describirlo a él. Bajé los ojos, pensando en la carta y en sus bonitas palabras. Debía decirle la verdad y, justo cuando levanté la cabeza y estaba a punto de confesar, mis ojos se inundaron de lágrimas.

Él me miró con una expresión curiosa.

—¿Jess? ¿Estás bien?

Negué con la cabeza y parpadeé, salpicando el pecho de mi camisa con las lágrimas.

Él, tan caballero como siempre, alzó mi barbilla con su dedo, buscó un pañuelo y me lo tendió.

—Eres muy dulce —dijo—, pero ahora estoy bien. De verdad.

Volví a negar con la cabeza y levanté ni mano durante un instante.

—He hecho algo terriblemente malo.

Él se sentó más erguido apartándose unos centímetros y preguntándome con los ojos.

—Quizá nunca me lo perdones —anuncié, secándome las mejillas.

—No creo.

—No, lo digo en serio...

—Jessica, ¿de qué se trata?

Cuadré mi barbilla y lo miré a los ojos —de un azul profundo, como el mar por el que navegábamos— para que pudiera percibir un destello de la vergüenza que estaba supurando dentro de mí.

—Leí la carta. La carta de Jane. La que acabas de meter en el libro.

Él sostuvo mi mirada y luego apartó la vista, soltando el aire por la nariz.

—La otra noche, durante mi turno de guardia, estaba tratando de ordenar las cosas y la carta resbaló del libro cuando moví la pila de revistas. Al igual que te ha sucedido hace un minuto. Cualquiera con un mínimo sentido del decoro la habría vuelto a guardar, pero no lo hice. —Hice una pausa—. Tú y yo nos hemos ido acercando y me preocupo tanto por ti que no pude evitar... Quiero decir, debería haber vuelto a dejarla en su sitio, pero no lo hice. Lo siento mucho, Grant.

Asintió y, al cabo de un segundo, se levantó. Lo observé mientras se acercaba a un lado de la proa del barco y se inclinaba sobre el pasamanos delantero apoyándose con los codos. Bajé la cabeza. ¿Qué más podía decir? Había hecho algo terrible, pero había sido sincera con él y ya no podía echarme atrás. Me quedé sentada y esperé a que él procesara mis palabras. El sonido del agua lamiendo el casco, normalmente reconfortante, me sacó de quicio. Después de casi cinco minutos, Grant regresó hasta donde yo estaba sentada.

—Lo siento mucho —repetí.

—Lo hecho, hecho está.

—He violado tu privacidad y tu último recuerdo íntimo con tu esposa y no puedes imaginar lo mal que me siento por ello.

Dio unos golpecitos a la tapa del libro y luego volvió a dejarlo en la repisa, remetido junto al cuadro de mandos para que no molestara.

—Esa carta es algo sagrado y, por mucho que parezca como si la guardarse como el santo grial, solo es una carta. Jane me escribió muchas cartas justo antes de morir. Si tú o cualquiera me lo hubiera pedido, se la habría dejado leer, pero... —Se encogió de hombros.

—La mayoría de la gente con un poco de decencia sabe respetar la propiedad privada sin comportarse como un completo e inoportuno intruso —interrumpí.

—¿Puedo terminar? —pidió.

Asentí.

—Pero... nadie se ha atrevido a preguntar. Hasta donde yo sé, tú no eres la primera en haberla leído a mis espaldas. He leído esa carta muchas veces y no es una lectura fácil, así que no creas que no entiendo cómo te sientes, pero, por favor, no te atormentes más por ello. Es algo pasado —continuó—. Como he dicho, no tengo muchas oportunidades de hablar sobre Jane, pero, cuando lo hago, siempre me siento mucho mejor, así que gracias.

Me sonrió y nuestras miradas se cruzaron. Si se hubiera inclinado hacia delante aunque solo fuera un milímetro, lo habría besado.

—Grant, solo tú podrías darme las gracias después de haber sido tan entrometida —dije, y lo abracé fuerte. Lo abracé con cada gramo de mi ser y con cada pedacito del deseo que había estado acumulando durante los pasados tres meses. Él rodeó mi espalda con sus brazos mientras hundía su cabeza en la base de mi cuello—. Eres bienvenido —susurré en su pecho.

Cuando aflojó su abrazo, me aparté lentamente. Ambos nos detuvimos cuando nuestras caras estuvieron a pocos centímetros de distancia. Mis ojos se fijaron en sus labios y en la sombra de su incipiente barba y sonreí antes de volver a acomodarme en mi asiento. Mi corazón latía acelerado cuando lo vi recostarse en los cojines y cruzar las piernas.

Pasó un brazo por encima del respaldo del asiento.

—¿Por qué no me cuentas algo de ti?

—¿Como qué?

—No lo sé. Algo personal de ti misma. Así estaremos igualados.

Inhalé por la nariz y bajé la vista a mis pies desnudos. No se me daba demasiado bien hablar de mí misma. Me interesaba más aprender cosas de los demás que divulgar las mías. Me volví hacia él. Ahora él tenía los brazos cruzados sobre el regazo y había un atisbo de sonrisa en su cara. ¿De verdad quería saber algo sobre mí o solo estaba siendo amable? Lo consideré un segundo intentando encontrar algo igualmente importante, pero todo en mi vida antes de Tailandia parecía banal. Excepto una cosa.

—No derramé ni una lágrima cuando mi madre murió —confesé, sacudiendo la cabeza ligeramente.

Él inclinó la suya hacia un lado.

—¿Cuándo falleció?

—Hace seis meses. Justo antes de marcharme de Indiana.

Me miró fijamente emitiendo un apenas audible «mmm...».

—¿Y te sientes mal por ello? —preguntó.

Lo sopesé un instante y dejé caer mi mirada hacia el suelo antes de responder:

—Supongo que sí.

Él apretó los labios.

—Ella nunca me entendió y nunca me quiso —expliqué.

—Eso lo dudo.

—No, de verdad. No lo digo por ganarme tu simpatía. Tenía cuarenta y dos años cuando me concibió y fui un embarazo no deseado. Me crio mi hermana mayor, Caroline, quien por cierto lloraba a lágrima viva en el funeral. —Hice una pausa—. La iglesia lo era todo en la vida de mi madre y, entre Dios, nueve hijos y mi padre, andaba siempre muy ocupada. Desde los veintidós, había tenido un hijo cada dos años y, entonces, cuando creyó que ya había terminado, dio a luz a mis hermanos gemelos, Andrew y Michael, con treinta y cuatro años. Y luego, ocho años después, nueve días antes de que mi padre tuviera programado hacerse una vasectomía, descubrió que estaba embarazada de mí. Un claro castigo por haber accedido a que él se hiciera la intervención.

Grant sonrió.

—Los rumores dicen que ella literalmente me entregó a Caroline el día en que nací diciendo: «Esta es para ti». Mi relación con ella fue como la que se tiene con un abuelo distante. Intenté con todas mis fuerzas llamar su atención, pero me asqueaba ir a la iglesia.

—¿Por qué?

Encogí los hombros y me detuve a pensar la respuesta. Nunca comprendí lo que mi madre veía en Dios. Su Dios no había salvado a mi tío Berty cuando contrajo cáncer de pulmón. Como tampoco había salvado a mi gato favorito de ser atropellado por un automóvil en la carretera, ni había permitido que mi hermana Caroline se quedara embarazada del bebé que tanto deseaba.

—Seguramente porque mi madre siempre estaba allí metida anteponiendo la Iglesia a su familia. Siempre decía que el trabajo de Dios nunca se acaba, pero al parecer un exceso de trabajo de Dios fue lo que le produjo un ataque al corazón.

Él me sonrió sin mostrar ni un ápice de compasión en su cara, algo que agradecí.

—Bueno —dije, alzando los brazos—, ya ha sido suficiente terapia por hoy.

Grant arqueó una ceja y ese gesto suyo hizo que yo tirara nerviosa del borde de mi blusa.

—No quiero resultar pesada, será la última vez que te lo diga, pero siento muchísimo haber defraudado tu confianza en mí. Me gusta mucho estar contigo y no quiero que haya resentimiento alguno entre nosotros —aseguré deseosa de expresarme con absoluta sinceridad.

—A mí también me gusta estar contigo. —Mantuvo sus ojos fijos en mí unos instantes más y luego los desvió hacia el radar.

—¿Puedo preguntarte algo?

—Sí —contestó.

—¿Has besado a alguien desde que Jane murió?

—Sí —respondió sin vacilar.

Asentí.

—¿Hay algo más que quieras saber?

Negué con la cabeza. Él se inclinó hacia mí acercando su cara a la mía.

—¿Eso te preocupa? —Sus ojos se entornaron—. ¿Crees que has sido la primera persona a la que he querido besar en estos cuatro años?

Mi cuerpo se puso rígido. Parecía como si nuestras mentes estuvieran conectadas, pero no pensaba hacer el primer movimiento.

—No —susurré—, pero siendo así, ¿puedo preguntarte por qué reaccionaste de esa forma en Bangkok?

Él desvió la mirada un segundo.

—Supongo que mis sentimientos me han tomado por sorpresa. Contigo siento cosas diferentes y eres una de las pocas mujeres con las que he deseado pasar mi tiempo.

Podía sentir su aliento sobre mi piel mientras hablaba.

—¿Por qué?

Lo consideró un segundo.

—Comprendo la decisión que tomaste de cambiar de vida para poder ver hecho realidad tu deseo de ver mundo. Establecerse en una ciudad extranjera con tan pocas comodidades no es una tarea fácil para una joven de pueblo. Y admiro lo que has hecho con tus alumnos y cómo tu rostro se ilumina cuando hablas de tu trabajo con ellos. Y uno advierte fácilmente lo agradecida que estás por estar viviendo tu vida.

Sus palabras me conmovieron.

Tragué saliva.

—Bien, entonces tienes suerte por tenerme atrapada en este barco las próximas semanas.

—Sí, tengo suerte —asintió antes de volver a recostarse en el asiento—. ¿Y qué me dices de ti? ¿Cuál es tu historia con los hombres?

Solté una carcajada.

—Esto podría curarte el insomnio. No creo que quieras saberlo.

—No habría hecho la pregunta...

Di un sorbo a mi botella antes de responder:

—En realidad, no hay mucho que contar. Mi única relación seria fue al principio de la universidad. Salí con un chico durante un año y medio. Después de eso, no pasó nada más. —Me encogí de hombros—. Estuve muy ocupada.

—¿Quién cortó la relación? ¿Tú o tu chico de la facultad?

—Fui yo.

—¿Por qué?

—Aquello no tenía sentido. Ninguno pensaba seriamente en casarse y no podíamos ser más diferentes, al menos en lo que respectaba a nuestras metas futuras. No era mal chico, pero no era para mí. Los únicos lugares a los que se planteaba viajar eran los estadios de fútbol.

—¿Los estadios? —Estiró las piernas y sonrió de nuevo, esta vez con más curiosidad mientras daba un sorbo a su cerveza.

—No estábamos hechos el uno para el otro. Su chica ideal debía darle tres hijos, saber preparar unos sabrosos macarrones a la cazuela y hacer los mejores álbumes de fotografías y recortes. No podíamos pegar menos.

—¿Por eso te mudaste? ¿Para escapar del lío y alejarte de los hombres del vecindario?

—Me mudé porque nunca quise quedarme en Indiana. La muerte de mi madre y la pérdida de mi trabajo terminaron empujándome a ello. Nunca hubo nada ni nadie que me retuviera allí, salvo yo misma y quizá Caroline. Estamos muy unidas.

—¿Es la hermana de la que has hablado antes?

—Así es. Caroline es como una madre para mí y fue muy duro dejarla, pero sin duda ella fue la única razón por la que me quedé tanto tiempo. Al final, lo único que ella quería es que yo fuera feliz, pero allí yo no lo era.

—¿Por qué no?

—No sabría decir por qué. —Me encogí de hombros y me detuve a pensarlo. No había nada en el condado de LaGrange que me atrajera. Sobre el papel, mi vida allí era buena. No era miserable, me gustaba mi trabajo y mis alumnos, pero siempre me sentí fuera de lugar. Como si estuviera esperando mi momento, aguardando a ser trasladada a otro lugar donde la gente no pusiera los ojos en blanco ante mi curiosidad y mi deseo de ver cosas y conocer gente nueva. Sin embargo, yo era una joven pragmática: debía cumplir con los pagos de un préstamo universitario y, como apenas tenía ahorros para poder cubrir esas curiosidades, aprendí a controlar mi entusiasmo, a volar por debajo del radar de la vida y esperar a que llegara el momento oportuno para perseguir mis sueños en lugar de andar siguiendo los sueños de felicidad de otra persona.

Respiré hondo.

—Tal vez «feliz» no sea la palabra adecuada —añadí—. Nunca me sentí cómoda. Y lo que he aprendido después de mudarme y vivir en Tailandia es que al final no estaba huyendo de algo, sino yendo al encuentro de algo. ¿Crees que tiene sentido?

Asintió.

—Indiana no es un mal lugar. De hecho, no pude haber nacido en una población más agradable. Los valores familiares, el trabajo duro y la cortesía aún siguen vigentes. Es un lugar donde los niños pueden jugar en la calle y la gente deja las puertas de sus casas sin cerrar, pero yo nunca encajé allí. —Me rasqué la nuca—. Mi madre nunca me dejó hacer nada más que regresar directamente a casa al terminar las clases. Cualquier interés que tuviera por salir de casa o participar en actividades que se salieran de lo normal la enfurecía. Apenas tenía amigos, todos vecinos, y mis hermanos más cercanos me llevaban ocho años, de modo que pasaba mucho tiempo sola, imaginando un futuro para mí. Nunca sentí ningún deseo por trabajar en nuestra granja y las únicas cosas que me interesaban eran aquellas de las que no sabía nada o nunca había experimentado.

—¿Te sientes feliz en Tailandia? —preguntó—. Hablas como si tuvieras altas expectativas para ti.

Pensé en su pregunta un instante y luego asentí:

—Así es. No sé exactamente cuánto tiempo me quedaré ni qué me deparará el futuro, pero estoy muy contenta con la decisión que tomé de trasladarme allí.

Ambos nos estudiamos un momento. Él tenía un codo apoyado en el respaldo del cojín y su cerveza en la otra mano. La energía que fluía de uno al otro era palpable. Fuegos artificiales sexuales y cinéticos estallaban a nuestro alrededor reclamando atención a bordo del *Imagine*. Él me había prometido la noche de año nuevo que me besaría otra vez. Si no sucedía pronto, quizá yo no sobreviviera a la espera.

Esa noche bajé a mi camarote y abrí uno de los cajones de debajo de la litera inferior para sacar la fotografía del viaje de novios de mis padres que Caroline me había entregado. Tal vez ella tuviera razón. Tal vez yo era más parecida a mi madre de lo que imaginaba. Tal vez mi madre nunca fue capaz de reunir el valor necesario para seguir sus sueños como había hecho yo. Observé detenidamente su imagen, tan joven y guapa y tan poco reconocible para mí, y empecé a llorar. Me habría gustado conocer a esa joven y yo estaba decidida a hacer que se sintiera orgullosa y a cumplir sus sueños por ella.

CAPÍTULO 22

16 de febrero de 2011

Querida Caroline:

Solo unas rápidas palabras para hacerte saber que seguimos bien. Grant dice que deberíamos llegar a Salalah, Omán, mañana a mediodía para hacer una corta parada de veinticuatro a cuarenta y ocho horas para reponer combustible y esperemos que también comida. Si no podemos aprovisionarnos allí, no nos quedará más remedio que comer mucha pasta y crema de cacahuete durante el siguiente tramo de travesía. Todo ello acompañado de patatas Pringles, naturalmente.

Aunque no ha sido una navegación espectacular —hemos tenido que utilizar el motor todo el tiempo para mantener un buen ritmo—, hasta el momento tampoco ha sido tan mala como Quinn o Grant auguraban. Los pescadores han supuesto el mayor problema. Están por todas partes y hacen que nuestros turnos de vigilancia sean mucho más ajetreados, ya que nunca sabemos si van a resultar una amenaza o no. La otra noche hubo uno que se acercó demasiado y nos inquietó, pero, gracias a Dios, con la ayuda de nuestro convoy (y de la armada estadounidense) pudimos prevenir la amenaza, que al final quedó en nada.

No quiero hablar demasiado sobre Grant, pero es un magnífico apoyo y estoy deseando contarte más cosas de él. Solo decir que hago todo lo posible para que mi corazón no vaya a la deriva.

Jess

La noche siguiente Quinn subió temprano a la cabina mientras yo estaba limpiando la cocina. Afuera llovía con fuerza y, cuando Grant apareció en el salón tras haber comprobado las jarcias, estaba totalmente empapado.

—Estás hecho una sopa. ¿Te traigo una toalla?

—Cogeré una de mi camarote —dijo, y se quitó la camisa mojada mientras se daba la vuelta y se alejaba.

Ver a esos dos hombres sin camisa se había convertido en algo habitual, pero esa noche, observar a Grant despojándose lentamente de la ropa mojada pegada a sus bronceados brazos me dejó sin aliento. Mi cuerpo se quedó inmóvil mientras mis ojos lo seguían por el corto pasillo que había hasta su camarote, donde se secó el pelo con una toalla y se enfundó una camiseta de algodón blanca. Cuando se dio la vuelta para regresar al salón, me cazó observándolo. Se paró en seco y nuestras miradas se cruzaron, fundiéndose durante lo que me pareció una eternidad. No hacían falta palabras. Mi expresión debía de mostrar todo lo que estaba en mi mente, porque extendió su brazo derecho hacia mí e hizo un sutil gesto de asentimiento. Tragué saliva y dejé el trapo de secar los platos en la encimera, sin apartar los ojos de su cuerpo. Mi deseo por él aumentó con cada paso hasta llegar al alcance de su mano.

Me guio al camarote principal y cerró la puerta. Apenas había espacio entre nosotros y la cama —tal vez treinta centímetros— y casi no entraba luz por las ventanitas de encima de la cama. En cuanto nos paramos, llevé mi mano libre a su mejilla. Él cerró los ojos un segundo y luego me besó las yemas de los dedos. Entonces me soltó y colocó las manos en mi nuca. Moví la cabeza hacia arriba para mirarlo a los ojos de nuevo y lo vi contemplando mi cuerpo.

—Creo que ha llegado el momento de ese beso —susurró antes de quitarse lentamente la camiseta seca que acababa de ponerse.

No había nada más que decir. Yo había perdido la necesidad de hablar cuando él extendió su mano y mi mente se recreó ante la idea de que mi ansiedad física por él por fin se vería satisfecha.

Él me cogió la mano y colocó la palma sobre su corazón. Su piel estaba húmeda y olía como el mar. Mis ojos pasaron del dorso de mi mano hasta su cara y, sin vacilar, se inclinó hacia delante y me besó. Sus labios eran suaves, áspera en contraste la barba que los rodeaba, y sus manos se cerraron sobre mi cuello mientras me separaba los labios con su lengua.

—Me dejas sin aliento —murmuró.

Dejé caer mis brazos, entumecida de deseo. Él presionó mi espalda contra el poste de madera de la base de la cama y nos besamos con absoluto abandono. Un momento después, me levantó, me tendió sobre el colchón y continuó explorando mi cuello y orejas con su boca. Mi respiración se intensificó cuando dejó caer su peso sobre mí y separó mis piernas para hacerse un hueco.

—Tu piel es perfecta. ¿No te lo ha dicho nadie? —Hizo una pausa mientras sus dedos acariciaban suavemente mis muslos.

Negué con la cabeza atrayéndolo hacia mí y guiando sus labios de vuelta a los míos.

Grant extendió sus brazos bajo mi cabeza mientras nuestras bocas permanecían pegadas la una a la otra y comenzaba a presionar sus caderas contra las mías. Podía sentir cómo su miembro se endurecía mientras cerraba mis ojos y arqueaba el cuerpo para encontrarlo. Él movió su mano alrededor de mi cintura tirando de mis pantalones cortos y yo lo ayudé a despojarme de ellos. Entonces se puso de pie y se quitó los suyos y, durante un segundo, se quedó desnudo delante de la cama, dando la sensación de ser demasiado grande para ese minúsculo espacio. Estaba oscuro, pero pude distinguir sus ojos iluminarse cuando me quité la braguita y la lancé al suelo. Diestramente, él volvió a colocar su cálido cuerpo sobre mí y me separó las rodillas de nuevo. Entonces puso una mano sobre mi pecho y se detuvo para mirarme.

—Nunca me he sentido así con nadie —confesé como si eso explicara mis acelerados latidos.

Levanté la barbilla y le tiré del pelo mientras se inclinaba y me besaba los pechos. Tiró suavemente de la parte de arriba del biquini con los dientes y me besó el pecho derecho. Aparté la cara y gemí, haciendo que presionara aún más fuerte entre mis piernas, que suplicaban desesperadas por sentirlo dentro de mí.

—Creo que ha llegado el momento —balbuceé, pronunciando las mismas palabras que él había dicho hacía un momento.

Esbozó una leve sonrisa y entonces me cogió de las muñecas con la mano derecha y las colocó por encima de mi cabeza antes de introducirse lentamente dentro de mí. Mi cuerpo se estremeció y luego se tensó para entregarse a él completamente. Él se movió con hábil precisión, manteniendo una mano sobre mis muñecas mientras con la otra se apoyaba en la cama y se abría paso, muy despacio al principio y con embestidas más rápidas y controladas después. Tenía la cabeza hacia abajo, concentrado allí donde nuestros cuerpos estaban unidos.

Finalmente me soltó los brazos y posó sus labios en los míos.

—Mantenlos así —dijo, y me faltó tiempo para obedecer.

Sus dos manos presionaban con fuerza sobre el colchón a los lados de mi cuerpo mientras me besaba, empezando por la barbilla, continuando por mi cuello y mis pechos antes de aumentar sus sacudidas hasta que se liberó y me atrajo aún más hacia él.

Apoyó la cabeza en mi pecho, que golpeaba como las olas, y luego llevó su boca a la mía. Nuestros cuerpos sudorosos y vibrantes.

Rodó sobre la cama y me colocó sobre él, envolviéndome fuertemente con sus brazos.

—Eres magnífica. Gracias —susurró.

Dejé escapar una risa.

—Gracias a ti.

Grant se volvió hacia la izquierda incorporándose sobre un codo mientras me depositaba a su lado. Acercó su otra mano a mi barbilla.

—Ven aquí.

Me incliné hacia delante.

—Un gran beso, pero no me vuelvas a hacer esperar tanto.

Él pasó sus dedos por mi pelo mientras nos mirábamos.

—Muchas gracias por lo que has hecho por mí.

—¿Que he hecho por ti? Tú eres el que ha hecho mucho por mí.

Me estrechó contra él y luego me soltó. Me miraba intensamente y sonreía. Me encantaba verlo sonreír.

—Tú has... ¿cómo podría explicarlo? Tú has traído la *excitación* de vuelta a mi vida.

Me besó de nuevo, mordiendo mi labio inferior con sus dientes.

Entonces se recostó contra la pared y yo estiré las piernas a su lado, mis miembros flácidos y relajados.

—¿Y qué te parecería otra ronda de excitación? —murmuré en su oído.

Paseó lentamente sus dedos desde mi hombro hasta la rodilla y luego me dio la vuelta para ponerme boca abajo. Se sentó y me colocó a horcajadas, doblando mis piernas con sus fuertes manos y haciendo que mi cabeza diera vueltas.

Se inclinó y me murmuró en el oído a su vez:

—Intenta relajarte.

—No lo estás poniendo muy fácil —musité.

—Chis —dijo y masajeó el interior de mis muslos y mi trasero con los dedos hasta que le supliqué que parara. Ya no podía aguantar más. Mi necesidad de él era explosiva. El peso de su pecho sobre mi espalda liberó el aire de mis pulmones y casi empecé a jadear cuando me penetró por segunda vez.

Mi corazón estaba condenado, pero aquella fue la mejor noche en vela de toda mi vida.

~

A las cinco de la mañana, me desperté al oír una especie de sorbetón y a punto estuve de gritar cuando abrí los ojos. Quinn estaba a los pies de la cama, sosteniendo un cuenco de cereales y luciendo una colosal sonrisa.

—Hola, muchachos —saludó.

Grant rodó sobre su cuerpo y gruñó.

Yo me incorporé tirando avergonzada de la fina sábana para cubrir mi pecho y me encogí de hombros. Nos había cazado, pero si a Grant no parecía importarle, ¿por qué debía importarme a mí?

Después de que Quinn se marchara, riéndose y sacudiendo la cabeza, tapé los hombros de Grant con la sábana, me vestí y salí. Me di una ducha rápida, me puse otros pantalones cortos y una camiseta sin mangas y me uní a Quinn en la cubierta justo cuando el sol estaba saliendo.

—Nos has cazado —confesé dejándome caer junto a él.

—No pasa nada, Jess. No te preocupes.

Terminó sus cereales y yo dejé que el viento acariciara mi rostro, espabilándome un poco antes de decir nada más.

—Me gusta, Quinn. Y mucho.

Se volvió para mirarme.

—Eso puedo verlo, pero no tienes por qué explicar nada... Todo está bien. Lo digo en serio.

—No estoy tratando de justificarme, aunque tal vez debería hacerlo, pero tú eres el único con el que puedo hablar de esto. —Me incliné hacia delante y le di unas palmaditas en la rodilla.

Quinn se rio.

—Está bien, de acuerdo. Podemos ser amigas. —Dejó el cuenco vacío de cereales a su lado, se sentó con las piernas cruzadas y dobló los brazos sobre su regazo—. Charlemos un poco.

Una sonrisa se extendió por mi rostro.

—Sé que eres leal a Grant, eso lo tengo muy claro, pero, si te pidiera que fueras completamente sincero conmigo y me contaras si ha tenido innumerables mujeres en esa cama, ¿me lo dirías?

—No.

Bajé la barbilla y arqueé las cejas.

—No ¿a qué?

—No, no ha tenido innumerables compañeras de camarote.

Mis hombros se relajaron.

—¿Ha tenido alguna?

—No puedo faltar al respeto a mi chico —afirmó, imitando a una supuesta confidente—, pero innumerables es un número excesivo.

—Tienes razón, está totalmente fuera de lugar que te lo pregunte. —Eché un vistazo hacia el agua, tan tranquila y en calma esa mañana. Exactamente como esperábamos—. Estoy convencida de que me va a romper el corazón —murmuré.

—Yo no sé nada de eso.

Volví mi atención a Quinn.

—No puedo evitarlo. Ya estoy demasiado implicada y, de alguna forma, me he convencido a mí misma que tener una parte de él, por pequeña que sea, es mejor que no tener nada. Quiero decir, ¿en qué estaría yo pensando? Yo regresaré a Tailandia y él continuará navegando por el Mediterráneo y contratando una nueva tripulación, ya que aún le queda casi un año de viaje, y solo Dios sabe qué tiene planeado hacer después.

—Mierda, eso duele. —Quinn descruzó las piernas.

Alcé mis manos al cielo.

—Debería haber sabido que no era buena idea dejarme arrastrar por esto.

—¿Puedo hacerte una pregunta?

—Pues claro —contesté.

—¿Alguna vez tus amigas dejan caer algún comentario o debo quedarme aquí sentado, asintiendo y chasqueando la lengua o lo que sea?

—Lo siento. Supongo que nosotras simplemente nos limitamos a hablar con la otra e interrumpir con nuestra infinita sabiduría. ¿Tienes algún buen consejo?

Quinn estiró las piernas hacia delante y se apoyó en sus manos.

—Mira, si te sirve de consuelo, lo que supongo que sí, creo que tú también le gustas.

—¿Te lo ha dicho él?

—No con tantas palabras.

—Entonces, ¿cómo?

—Los hombres lo sabemos. No necesitamos de charlas neuróticas como esta para saber cuándo uno está interesado por una mujer y yo te aseguro que él está interesado en ti. —Hizo una pausa para alzar una ceja e inclinarse hacia delante—. ¿Por qué él ha estado *en* ti, verdad? —Se rio, y le di una torta.

Grant se despertó y se unió a nosotros en la proa. Sentí cómo mis mejillas se sonrojaban cuando intercambiamos una mirada y sonreímos.

—¿Has dormido bien? —preguntó Quinn—. ¿O ha estado la cama un tanto agitada esta noche? —lanzó.

—¡Quinn! —Lo fulminé con la mirada, y entonces Quinn se levantó y dio unas palmaditas a Grant en la espalda mientras se alejaba.

Grant se sentó a mi lado, su pelo revuelto y la barba incipiente en perfecta armonía.

—Parece que va a hacer un día precioso —comenté.

—Así es —convino sin apartar la vista de mí.

Le sonreí, pero lo único en lo que podía pensar era en nuestro limitado tiempo juntos y en que quizá no volviera a verlo una vez que llegáramos a Egipto.

—Sospecho que andas dándole vueltas a algo —advirtió—. ¿Quieres hablar de lo que sucedió anoche?

Bajé los ojos y jugueteé con mis manos.

—Sí y no. Sí porque me muero por saber cómo te sientes, pero no quiero meter más presión. —Y levanté la vista hasta él—. Lo digo en serio. No soy ese tipo de mujer.

—¿Qué mujer?

Agité la mano delante de mí.

—Ya sabes, el tipo de mujer a quien le gusta que le pregunten «¿Qué estás pensando»? y la mimen después del sexo.

Soltó una carcajada.

—Está bien, entonces no habrá mimos.

—Y no es porque tenga miedo de hablar del futuro... o de la ausencia de él.

Él suspiró mirando por encima del pasamanos hacia el mar.

—Sí, yo también he estado pensando en eso.

—¿Lo has pensado? —dije levantando la voz.

—Sí.

Me coloqué el pelo detrás de las orejas.

—¿Y qué has estado pensando exactamente?

—Uf. ¿No acabas de decirme que no eras de las mujeres de «¿Qué estás pensando?»...?

Sacudí la cabeza.

—Está bien, de acuerdo. ¿Qué te parece si te cuento lo que *yo* estoy pensando? —propuse, y me senté derecha.

Había aprendido desde muy joven las recompensas y los peligros que entraña el decir lo que piensas. A veces ser muy abierta podía meterte en problemas, pero últimamente eso me ayudaba a descubrir y sentir cuál era mi situación real. Sola y por mi cuenta, en el otro extremo del mundo, en un barco en mitad del océano Índico con un hombre muy diferente a cualquiera que hubiera conocido hasta entonces. ¿Cómo podía lamentar decirle cómo me sentía?

Respiré hondo.

—Nadie te está juzgando—señaló.

—Estoy pensando que me gustas de verdad y que eres la persona más increíble que he conocido nunca y que no tengo nada que perder por decírtelo.

Él entornó un ojo.

—¿A qué te refieres con nada que perder?

—Me refiero a que no tengo miedo de abrirme a ti o de que se me rompa el corazón. —Aparté la vista—. Solo tengo miedo de no volver a verte.

Asintió de un modo que no alivió mis preocupaciones.

—Oh, Dios mío, yo *soy* de esas mujeres —susurré.

Él volvió a suspirar, pero no pareció molesto en lo más mínimo.

—Ojalá tuviera todas las respuestas, Jess, te lo digo sinceramente. Pero la verdad es que no sé exactamente dónde estaré dentro de seis semanas, aún menos dentro de seis meses. Tengo una agenda muy flexible y me permito muchos cambios y diversiones entre medias. —Hizo una pausa—. Pero no creo que este viaje vaya a ser la última vez que nos veamos.

—Espero que no.

Se inclinó hacia delante y me besó. Sabía a pasta de dientes y sostuvo la parte de atrás de mi cabeza mientras exploraba mi boca con su lengua, antes de apoyar su frente en la mía.

—¿Qué te parece si disfrutamos del tiempo que tenemos y nos preocupamos por la continuación de esta historia en otro momento?

—Trato hecho —contesté—, pero, solo para que lo sepas, me gustan los finales felices.

CAPÍTULO 23

Estaba soñando con Grant y conmigo. Estábamos en una casa. Debía de ser mi versión subconsciente de cómo creía que sería la casa de Grant, porque nunca había estado allí. Estaba situada en alguna parte de las montañas a los pies de una colina. La decoración era rústica aunque moderna. Superficies lisas, muebles empotrados, suelos de madera y una peculiar escalera de cristal que llevaba a un dormitorio principal abuhardillado. La cocina era limpia y despejada sin armarios en las paredes, solo estanterías flotantes para almacenar la vajilla blanca. Había unos cuantos electrodomésticos pequeños bajo las encimeras y yo estaba haciendo palomitas en el microondas. Nos disponíamos a ver una película y Grant me esperaba en un sofá grande de varios módulos cerca de la televisión y la chimenea.

Nos sonreímos el uno al otro mientras yo preparaba ese aperitivo en la cocina. Puse en marcha el microondas y al minuto oí el inconfundible ruido del pop-pop y me asomé para mostrarle el pulgar hacia arriba a Grant, pero, cuando miré, ya no estaba. Pop, pop, pop.

El sonido era real, pero todo lo demás no. Cuando desperté de mi sueño, aún podía escucharlo. Pop, pop, pop. Solo que esta vez eran disparos, cada vez más fuertes.

Y no era un sueño.

Para cuando abrí los ojos, había diecisiete piratas somalíes a bordo del *Imagine*.

DÍA 1

Es muy difícil describir mis emociones en aquel momento. Miedo, sorpresa o incredulidad apenas arañarían la superficie de aquello por lo que estaba pasando. Mi respiración era pesada y trabajosa por el terror de todo aquello, y la temperatura de mi cuerpo aumentó al instante, un calor tan turbador e intenso que a punto estuve de desmayarme. Físicamente no sabía cómo reaccionar. Mis ojos giraron despavoridos un segundo y mi boca se secó mientras reunía el valor para mirarlos. Todos sus rostros eran de muerte. Ojos oscuros y hundidos desprovistos de emoción.

Muchos estaban masticando khat, una droga sobre la que había oído hablar muchas veces y a la que, se decía, casi todos los miembros de las bandas somalíes eran adictos. Se trata de una hoja procedente de una planta africana que contiene un producto químico similar a las anfetaminas y que se utiliza como tabaco de mascar, la mantienen en la boca entre el carrillo y las encías.

El diablo había abordado el *Imagine*.

Un espantoso terror hizo que mis oídos se taponaran, como si estuviera en un avión, y me dio la sensación de que los hombres —algunos de ellos adolescentes— estaban intentando hablar conmigo a través de una lata vacía. Tres agitaban sus armas cerca de mi cara, tratando de que me moviera, pero no había adónde ir. El espacio estaba abarrotado por nuestros captores y mis piernas se hallaban dobladas debajo de mi cuerpo, con la cara contra la pared. Me resultaba imposible ponerme de pie porque mis miembros estaban petrificados. Al ver que no me movía, uno de ellos golpeó el lado izquierdo de mi cabeza con un arma. Me desmayé y tuve un momento de paz.

Me desperté para descubrir a dos de los hombres orinando sobre mis pies desnudos. Traté de gritar, pero había algo suave y húmedo en mi boca que me impedía hacerlo. Aparté mis pies de ellos y entonces continuaron haciéndolo sobre el suelo.

Estaba totalmente encorvada, sentada en el suelo del salón, y desesperada por saber dónde estaban Grant y Quinn. La sangre empapaba mi hombro, gruesa y oscura, sin duda por el golpe en la cabeza. Empecé a llorar y me golpearon de nuevo en el mismo sitio. Ese segundo culatazo me dejó ciega. Veía todo negro y traté de parpadear para apartar la oscuridad. Finalmente, recuperé una visión algo borrosa, y los vi. Grant y Quinn habían estado justo enfrente de mí todo el tiempo, solo que no había podido verlos hasta ese momento porque había demasiados hombres de pie entre ellos y yo. Los tres estábamos atados y sentados en el suelo del salón. Entorné los ojos tratando de distinguir sus caras. Quinn tenía la cabeza gacha y estaba inclinado hacia delante, sufriendo breves convulsiones. Su visión me provocó náuseas. Entonces miré a Grant. Me estaba observando directamente, con los ojos muy abiertos, un trapo sucio en la boca y los brazos atados a la espalda. Traté de leer su expresión, pero verlo atado y amordazado me estaba destrozando.

Comencé a temblar. No quería que volvieran a golpearme, pero no podía controlarme. Mi cerebro y mi cuerpo estaban en tal estado de conmoción que no sabían hacer otra cosa. Grant sacudió la cabeza ligeramente, su mirada intensa y sobrecogedora. Quería morir por sentirse responsable de esa situación. No tenía duda.

—¿Dónde estar dinero? —gritó uno de ellos—. ¡Tráelo ya!

Grant levantó la vista hacia él.

—Tenemos muy poco dinero a bordo.

—¿Dónde estar dinero? —insistió, golpeando con la culata de su arma en el suelo—. Encontrar ese *poco* dinero —ordenó a algunos de los hombres antes de volverse hacia Grant—: ¿Dónde está? ¿Tenéis dólares americanos y joyas?

Grant hizo un gesto hacia su camarote.

—Todo lo que tengo está ahí, en el primer cajón.

El hombre desapareció y regresó con tres mil dólares. Ese era todo el dinero en efectivo que Grant llevaba a bordo.

—¿Dónde está más? —Agitó el sobre en el rostro de Grant—. ¡Efectivo!

—Llevamos tarjetas. Tarjetas de crédito. Ese es todo el dinero en efectivo.

El hombre escupió.

—¡Mientes!

La conversación continuó hasta que el hombre empezó a gritar a Grant y ordenó a los otros que saquearan el barco —y así lo hicieron—. Lanzaron nuestros chalecos salvavidas por la borda, destruyeron nuestro equipo de emergencia y las bengalas, vaciaron cajones y repisas y se vistieron con las ropas de Grant y Quinn.

Volví la cabeza hacia la pared tratando a toda costa de ocultar mis lágrimas. Diez de los piratas continuaban abarrotando el salón, apuntando amenazadoramente con sus armas y desprovistos de toda compasión. El olor corporal era extenuante.

Quinn finalmente dejó de moverse y escupir, se había quedado dormido o inconsciente. Cuando el cuerpo humano soporta semejante trauma, resulta literalmente agotador para su sistema. Yo misma apenas podía mantener los ojos abiertos, pero me daba miedo cerrarlos. Grant intentó estirar las piernas, pero apenas había espacio. Justo entonces dos de los hombres empezaron a golpearnos los pies y las piernas con la punta de sus armas, moviendo despreocupadamente sus rifles AK-47 por aquel espacio tan reducido y empujándonos para que nos moviéramos.

Grant me hizo un gesto para que me levantara y luego le rozó con el hombro a Quinn. Este levantó la vista cuanto pudo, pero su cuello parecía incapaz de soportar el peso de su cabeza. Uno de los hombres le golpeó en las rodillas con el rifle e hizo una mueca de dolor. Luego el hombre volvió a repetirlo y continuó golpeándole en las rodillas incluso después de que se levantara.

—¡Levantarse ya! ¡Mover! —gritaban en un rudimentario inglés con un marcadísimo acento.

Me puse en pie tambaleante a la vez que mis compañeros y los piratas nos condujeron hasta mi cubículo apuntándonos con sus armas. El más pequeño de todo el barco. Nos obligaron a meternos en la litera de abajo y pronto los tres estuvimos hacinados en ese espacio que la víspera apenas era suficiente para acogerme a mí sola. Yo estaba en el centro y, cuando traté de hacer hueco para Quinn, este se echó hacia atrás. Lo miré a la cara. Había lágrimas en sus ojos y una mirada de desesperación. Le supliqué con los míos que no perdiera la esperanza.

«Te necesito. Por favor quédate conmigo», traté de comunicarle.

Él asintió. Entonces miró a mi ojo izquierdo y al lateral de mi cara y sacudió la cabeza.

¿Qué le habían hecho? El brillo de sus ojos había desaparecido. Era fácil advertirlo. Traté de tocarlo, pero mis manos no consiguieron alcanzarlo.

Mi ojo izquierdo debía de tener mal aspecto. Tenía las manos atadas, pero podía sentir mi párpado hinchándose con un ardiente escozor y unas dolorosas punzadas. El dolor era más soportable cuando tenía los ojos cerrados, de modo que los cerré y eché la cabeza hacia atrás. Grant presionó su pierna contra la mía y me volví hacia él. Sus labios se abrieron cuando comprobó el estado de mi ojo. Golpeó la cabeza contra la pared de detrás, sacudiéndola hacia delante y atrás. Le rogué silenciosamente que parara. Me preocupaba que nos castigaran por no habernos quedado quietos. Abrí la boca para decir algo. Él negó con la cabeza y me silenció.

Nuestra situación era realmente inconcebible, el peor de los escenarios posibles —aquello que nos habían asegurado que podría suceder pero que nunca sucedía— se había producido. La velocidad a la que nuestro destino había cambiado era inconcebible. Una noche me había ido a dormir, soñando con finales felices, y al día siguiente estaba prisionera, mi posibilidad de tomar aire mermada, mi garganta seca e irritada, mi cuerpo magullado y aguijoneado por sus metralletas. ¡Metralletas! Nunca en mi vida había estado bajo el mismo techo que un arma de cualquier clase y ahora tenía fusiles de asalto de reglamento en mi cara.

Mi cabeza se llenó de una mezcla de imágenes contradictorias. Por una parte, imaginaba todos los posibles y aterradores escenarios que podían ocurrir y, por otra, evocaba cosas que no tenían nada que ver con lo que me estaba sucediendo. Cosas como las plantas tomateras en el jardín trasero de los Knight, la tiza rota que pensaba reemplazar en el colegio o la presión de las ruedas de mi bicicleta. Sí, debía haber hinchado las ruedas antes de marcharme, por si la señora Knight necesitaba la bicicleta mientras yo estaba fuera, pero lo había olvidado.

Volví a cerrar los ojos y descansé la cabeza sobre el hombro de Grant, sintiendo casi inmediatamente su cabeza rozando la parte alta de la mía. Debí de quedarme dormida, porque había un joven, quizá de menos de veinte años, sentado en el umbral de la puerta cuando abrí los ojos. Iba fuertemente armado. Quinn y Grant seguían inmóviles junto a mí con los ojos cerrados. Miré fijamente al chico. Su rostro no era como el de los otros y, a pesar de las armas, no parecía una seria amenaza. Después de un segundo o dos, él me miró. No sonrió —ninguno sonreía nunca—, pero se levantó y se acercó a mí con un poco de hielo, que sostuvo contra el lateral de mi cabeza. Grant abrió lentamente los ojos y me miró espantado mientras el chico continuaba delante de mí, como si yo hubiera podido hacer algo.

Unos minutos más tarde llegó otro hombre y me señaló.

—Ven.

Grant inmediatamente trató de ponerse en pie negando con la cabeza.

—No, ella se queda conmigo.

Su desafío se encontró con una bofetada que lo lanzó de nuevo a la litera. Me encogí y empecé a temblar sin encontrar fuerzas para levantarme.

—¡Ven! —gritó.

Muy lentamente conseguí levantarme y caminar hacia él. Entonces me agarró del brazo y me arrastró hasta la cocina, donde me desató las manos.

—Cocinar arroz —ordenó, y se marchó, dejando a tres hombres sentados en el sofá del salón detrás de mí, con sus armas apuntando a mi espalda.

Me quedé petrificada mirando la pequeña superficie de los quemadores, temerosa de mover un músculo. Parpadeé, tratando de organizar mis pensamientos. No quería hacer nada que provocara su alarma. Miré lentamente por encima de mi hombro y levanté el brazo señalando hacia el armario por encima de mí.

—Cacerola —dije sin tener ni idea de si me entendían o no antes de sacar el recipiente más grande que teníamos. Tenía el tamaño justo para cocinar arroz o pasta para cuatro personas. Mantuve los pies en el mismo sitio y me agaché para sacar el paquete de arroz. Quedaba medio paquete. Vertí todo el arroz en la cacerola y esperé.

Y esperé.

Creo que debí de permanecer allí dejando ya que el arroz se enfriara al menos veinte minutos antes de que alguien se molestara en prestarme atención. Por fin, el hombre que me había ordenado hacer arroz regresó y me mandó preparar unos sándwiches. Esta vez se quedó y me observó mientras hacía nueve sándwiches de queso, con manos temblorosas. Cuando terminé, me ató de nuevo las manos a la espalda, me metió un trapo en la boca y me devolvió a mi litera.

DÍA 2

Mis propios vómitos me despertaron. El trapo debía de proceder del cuarto de máquinas porque sabía a gasóleo. Utilicé mi hombro derecho para intentar soltarlo de debajo de la mordaza que cubría mi boca y escupirlo en el suelo bajo la litera. Me incliné hacia delante todo lo que pude y noté que Grant intentaba poner su mano en mi espalda. Pude desplazar el trapo lo suficiente para liberar mi boca y dejarlo colgando de mi barbilla. Quería hablar con Grant, pero estaba demasiado asustada, de modo que mantuve el cuerpo hacia delante y traté de dilucidar cómo demonios habíamos acabado ahí.

Me parecía estar oyendo la voz de mi madre diciéndome todo lo que había hecho mal, como cuando era pequeña. Por entonces, demasiada cháchara acababa llevándome a la «silla de rezar», mirando al rincón, con dos rosarios alrededor de mi cuello. A Jesús le gustaban la paz y la tranquilidad, también a mi madre. Me sentaba allí tanto tiempo como quería y yo me dedicaba a arrancar trozos de pintura de la pared, porque mi madre nunca venía a controlarme. Nunca.

Ya en el instituto, mi toque de queda era a las diez de la noche. Y exactamente treinta segundos pasadas las diez, Caroline empezaba a llamar buscándome, tratando que nuestra madre no se enterara de mi rebeldía. Entonces un día, hacia la medianoche, mi amiga Sarah y yo estábamos en Hardee's, compartiendo unas papas fritas y mirando la puerta confiando en que algunos de los chicos de nuestra edad entraran. Cuando aparecieron, Sarah y yo los seguimos afuera hasta la parte trasera del restaurante y los vimos encender un porro.

—No, gracias —dije negando con la cabeza.

Uno de los chicos, Matt Anderson, entornó los ojos e inhaló.

—Pruébalo —me indicó, tendiéndomelo.

—Mi madre me mataría si se enterara. —Las palabras se me escaparon y Sarah puso los ojos en blanco, muerta de vergüenza.

Él miró alrededor y se rio.

—¿Acaso está aquí?

Sarah estiró el brazo y le quitó el porro. Se lo llevó suavemente a los labios y fumó.

—Adelante, Jess —me animó—. Sabes que quieres hacerlo. Tu madre te mataría por mucho menos, así que al menos disfruta con nosotros.

Matt se lo quitó y me lo ofreció, yo lo acepté.

—Si no puedes hacer nada bien, ¿por qué no hacer todo mal? —preguntó con un guiño.

Unos minutos después apareció la policía.

Todo el mundo salió corriendo excepto la marihuana y yo, y lo único que pude pensar fue que no habría una «silla de rezar» lo suficientemente grande como para expiar aquel desastre.

Caroline acompañó a mi madre —con los rulos puestos— a la comisaría. Al menos esta vez apareció ella. Mi hermana guardó silencio mientras nuestra madre me maldecía de todas las formas posibles de parte de toda la familia, la comunidad y Dios en las alturas. Fue tan brutal con sus admoniciones que el oficial que me había arrestado salió literalmente en mi defensa, diciendo que no me había visto fumar y que daba la impresión de que mis amigos habían huido a todo correr dejándome tirada. Incluso me aplaudió por haber hecho lo correcto y no haber salido huyendo.

Lo peor fue ver la decepción en el rostro de mi hermana. Decepcionarla era peor que cualquier rincón del infierno de esos en los que mi madre acababa de asegurar eran donde yo iba a terminar.

Ahora bajé la vista hasta la sangre seca de mis manos y pensé *Tal vez este sea mi rincón del infierno.*

Me senté entre los dos, ambos con los cuellos doblados debido a la litera superior. Quinn estaba mirando hacia la pared de su derecha, lejos de mí.

—¿Estás bien? —susurré a Grant.

Durante un momento se quedó mirándome y luego asintió.

—¿Hay algo que podamos hacer? —pregunté.

Negó con la cabeza. Olía a orina. Nos habíamos orinado en los pantalones durante esos dos días. Volví a cerrar los ojos y esperamos en silencio.

Un poco más tarde, el chico joven apareció con su AK-47 cruzado al pecho y una botella de agua. Sus ojos eran amables y no tan oscuros como los de los otros. Se acercó primero a Grant y le retiró el trapo que sujetaba el calcetín de su boca. Grant lo escupió al suelo y comenzó a toser y escupir la poca saliva que tenía. El joven aproximó la botella a los labios de Grant y lo dejó beber. Tragué el aire seco de mi garganta mientras mi cerebro suplicaba por un sorbo como un drogadicto suplica por la heroína. Mi garganta se tensó ante la mera visión de alguien bebiendo agua. Luego llegó mi turno. Miré al chico a los ojos antes de tragar todo lo que me permitió. Cuando terminé, él golpeó suavemente a Quinn en el hombro, haciendo que se sobresaltara.

—¿Mmm...? —Quinn masculló una palabra ininteligible y luego vio al chico. Al principio no se movió ninguno, entonces el joven pirata retiró la mordaza a Quinn.

—Acéptala —ordenó Grant, con voz ronca.

Quinn miró como si quisiera asesinar al chico que estaba allí con esa oferta de paz, pero en su lugar bebió el agua. ¿Qué otra opción tenía? Vació la botella y apoyó de nuevo la cabeza contra la pared.

Empecé a llorar. No quería llorar. De hecho, intenté con todas mis fuerzas no hacerlo, pero mis emociones estaban fuera de control. El chico se marchó y luego regresó con un pañuelo de papel para mí y me secó los ojos.

—Gracias —dije mientras se quedaba mirándome.

—De nada —contestó después de un segundo.

—¿Hay más agua? —preguntó Grant en voz baja, antes de hacer un gesto con la cabeza hacia la botella vacía—. ¿Crees que podríamos tener más agua?

—Iré a ver.

Se marchó y no regresó. En su lugar, aparecieron dos hombres armados en el quicio de la puerta aparecieron. Sentía mi cabeza dando vueltas. Mi mente y mi cuerpo acusaban el cansancio y la deshidratación. Apenas podía mantener los ojos abiertos.

—¿De quién ser barco? —preguntó uno de ellos. Llevaba una camisa naranja brillante y parecía estar al mando. No era muy fuerte ni poseía un físico amenazador, pero todos en el barco lo temían. Tenía la cabeza rapada y una cicatriz en la mejilla izquierda, y nos miraba con sus ojos oscuros con un completo y absoluto desdén.

—Mío —respondió Grant.

—¿Dónde haber más dinero?

No podía creer que estuviera empezando otra vez con ese interrogatorio.

—No hay más dinero en el barco.

El hombre nos estudió a cada uno. No estaba contento con la respuesta de Grant.

—Tú dar cincuenta mil dólares y marchamos. —Se encogió de hombros como si fuera nuestro colega.

Grant, Quinn y yo nos quedamos mirándolo. Ningún crucero llevaba esa cantidad de dinero y, si llevaba tanto, estaba segura de que los salteadores supondrían que había mucho más en otra parte al ver que alguien podía sacar tan fácilmente cincuenta mil dólares de golpe.

Grant se plantó.

—Déjenlos marchar y les daré el dinero.

El hombre miró a Grant como si hubiera dicho algo divertido.

—¿Ahora lo tiene?

—No lo tengo a bordo, pero puedo conseguirlo si los deja marchar. —Y me miró.

—Si no tener dinero a bordo, precio subir. —Sus ojos se posaron en Quinn y en mí—. Y ellos no van a ninguna parte. —Movió su fusil hacia Grant.

—Venir.

Grant vaciló.

—¡Ahora! —gritó el hombre.

Después de casi dos días con su largo cuerpo acurrucado en ese pequeño espacio, Grant trató de levantarse, pero se desplomó en cuanto lo intentó.

El jefe lo miró con ojos inexpresivos.

—¡He dicho mover, tú mueves! ¡He dicho venir, tú vienes!

Grant no se movió.

—Necesito saber que estarán a salvo.

El hombre nos miró de nuevo antes de hablar.

—¿Tú ser hombre de negocios?

Grant no dijo nada.

—Yo ser hombre de negocios también. —Se volvió y gritó algo en somalí al tipo que estaba junto a él antes de girarse hacia Grant—. Nosotros hacer negocio. ¡Ahora venir!

Golpeó a Grant en la cabeza con su fusil mientras uno de sus hombres le levantaba por el brazo y lo guiaba hacia fuera.

Mi desesperación creció.

El chico regresó sin el agua pero con hielo para mi ojo.

—Voy a desatarla para que pueda sostenerlo.

Me soltó las manos y me pasó el hielo, que estaba envuelto en papel higiénico.

—Gracias —susurré y, cuando el chico se dio la vuelta para sentarse en el umbral, inmediatamente metí uno de los cubitos en mi boca e introduje otro en la boca de Quinn, que no se había movido.

Sostuve el hielo contra mi cabeza y miré al chico.

—¿Cómo te llamas? —pregunté, y esperé casi un minuto hasta que respondió.

—Baashi.

—Yo soy Jessica.

—De acuerdo.

—¿Sabes cuánto tiempo estaremos aquí?

Negó con la cabeza.

—¿Sabes adónde nos dirigimos?

Volvió a negar con la cabeza.

—Gracias por el hielo —dije cuando trajeron de vuelta a Grant, que abrió mucho los ojos cuando me oyó hablar con el chico.

Baashi salió poco después.

—No hables con él —me advirtió Grant.

—Solo le estaba dando las gracias por el hielo.

—Mírame. —Respiraba agitadamente.

Lo hice.

—No tienen ninguna intención de ser tus amigos ni de ayudarte ni de mostrar un ápice de amabilidad. Quieren una recompensa. Fin de la historia. Por favor, Jess, a menos que te hagan una pregunta, no hables con ninguno de ellos.

—Está bien —contesté, asintiendo—. ¿Adónde te han llevado?

Miró hacia la puerta.

—El barco es demasiado sofisticado para ellos. No tienen ni idea de cómo manejar los controles, así que me han hecho hacerlo a mí. He intentado alterar el sistema de navegación y forzar más los motores para que uno de ellos se queme y ganemos tiempo. —Sacudió la cabeza, disgustado—. Han invadido nuestro barco con muy poco o ningún conocimiento de cómo utilizarlo y esperan que yo lo haga por ellos y los ayude. Hay un hombre al mando, pero responde a un poder superior. No deja de llamar por el teléfono satélite y decir Dios sabe qué al del otro lado. —Hizo una pausa—. Hay un interruptor de seguridad en el camarote principal bajo el colchón, junto a la esquina superior derecha. Es un dial rojo cubierto por un pequeño panel. Voy a intentar llegar hasta allí y detener los motores. Ellos no sabrán lo que sucede y no hay forma de restablecer su funcionamiento sin activar el interruptor. Eso al menos nos dará tiempo hasta que la armada pueda acercarse.

—Por favor, ten cuidado. Siempre tienen a alguien siguiéndote.

Se encogió de hombros y sacudió la cabeza.

—Ni siquiera sé cómo podré llegar allí, pero tendré cuidado.

—¿Adónde nos llevan?

—Me han hecho poner rumbo a Somalia. Están tratando de alcanzar su barco nodriza, que está a unos pocos kilómetros de la costa. —Suspiró—. Que lleguemos antes de que acuda la ayuda... no serán buenas noticias para nosotros.

DÍA 3

Esa mañana me desperté lentamente sin excesivos sobresaltos. Estábamos solo Quinn y yo en la habitación, Grant había salido de nuevo.

La idea de lo que podían haberle hecho provocó un escalofrío que recorrió toda mi columna vertebral. ¿Seguiría aún en el barco? ¿Lo habrían lanzado por la borda alejándose a toda prisa? ¿Lo habrían golpeado y estaría tendido en alguna parte, retorciéndose de dolor?

Quinn se despertó cuando empecé a moverme y Baashi apareció un minuto después. No tenía ni idea de qué hora del día sería, pero había luz en el exterior.

—¿Dónde está el hombre? —pregunté ansiosa, y miré al lugar donde solía estar Grant—. ¿Dónde está el hombre que estaba aquí?

El chico señaló hacia arriba. Quinn y yo intercambiamos una mirada.

Baashi sacó otra botella de agua.

—Tengo más agua —anunció.

Presionó la botella contra mis labios, bebí ansiosa e hice una seña a Quinn para que bebiera más. Al terminar, el chico se dio la vuelta dispuesto a marcharse.

—¿Baashi?

Me miró.

—¿Crees que podríamos tomar algo? Cualquier cosa.

—Lo preguntaré.

—Gracias —dije, y se marchó.

Hubiera querido odiarlo pero no podía. Me daba pena. Era evidente que había sido obligado a actuar contra su voluntad, al igual que nosotros.

Quinn deslizó su cuerpo junto al mío.

—¿Estás bien? ¿Te han hecho daño? Vi a esos cabrones golpearte.

—Yo estoy bien, pero me preocupa Grant. ¿Cómo ha podido sucedernos esto? —Ninguno de nosotros había tenido un instante para pensar en la cadena de acontecimientos que nos había llevado hasta ese destino.

Quinn intentó arquear la espalda donde tenía las manos atadas y giró el cuello. Sus ojos estaban rojos e inyectados en sangre.

—Yo estaba de vigilancia. Todo sucedió muy rápido. Vi dos esquifes que se dirigían hacia nosotros a toda prisa, esos malditos no iban a pensarlo dos veces. Desperté a Grant y él hizo una llamada de socorro a la MARLO y pidió ayuda por la VHF, pero antes de siquiera darme cuenta ya habían pegado su barco al nuestro y segundos después tenía un lanzagranadas apuntando a mi cara. —Su voz se quebró—. ¡Un jodido lanzagranadas en mi cara!

—Chis... —dije sacudiendo la cabeza y mirando hacia la puerta.

Él continuó su relato:

—Primero forcejearon para subir a bordo, pero mientras tanto los otros tipos que seguían en su barco continuaron apuntándonos con sus armas. En cuanto los primeros dos hombres nos abordaron, en cuestión de minutos ya estuvieron todos dentro. Entonces un segundo esquife se arrimó a la popa y más hombres nos abordaron. Uno de ellos comenzó a gritar al primer grupo, el cretino de la camisa naranja, creo. No conseguí entender una sola palabra. Era un caos absoluto. De pronto se pusieron a gritar y a soltar tiros apuntándonos con linternas a los ojos y moviendo las armas alrededor. Algunos parecían tan despistados y confusos como nosotros. No dejaban de preguntar cuánta gente había a bordo. Nosotros levantamos las manos y no intentamos ser unos malditos héroes ni nada por el estilo.

Me miró.

—Grant estaba muy preocupado por ti, Jess. Si alguno de nosotros hubiera podido advertirte o hacer algo, lo habríamos hecho. ¡Tú sabes que lo habríamos hecho! Y Grant también. No podía con ello.

—Lo sé, lo sé. Por favor, déjalo, no hay nada que pudierais hacer —alegué.

—Lo siento mucho. Solo quiero salir de este barco y volver con mi chica —aseguró, golpeando la pared con su cabeza.

—¿Cuánto tiempo transcurrió entre que viste por primera vez los esquifes y el abordaje del barco?

—Diez minutos tal vez —murmuró—. Fue todo muy rápido.

—Quinn, ¿estás seguro de que Grant pudo hacer la llamada de auxilio?

Asintió.

—¿Y qué le dijeron?

Suspiró. Su mente estaba en otra parte.

—Quinn, por favor. ¿Le respondieron? ¿Estás seguro que Grant pudo contactar?

—Estoy seguro —contestó, moviéndose nerviosamente a mi lado, tratando de conseguir un centímetro de comodidad con sus anchos hombros—. Al igual que la otra noche, hizo la llamada a la

MARLO y ellos dijeron que nos conseguirían un buque de Estados Unidos lo más pronto posible. Grant les advirtió de que no teníamos mucho tiempo y el tipo de la MARLO contestó que lo comprendía. Ahora mismo podría haber un barco ahí fuera mientras hablamos, no lo sé. Para cuando estos malditos nos abordaron, no había llegado, pero sé que MARLO ha comprendido la importancia de la llamada. Sé que él pudo contactar.

Descansé mi cabeza contra la pared a mi espalda e hice cuanto pude para colocar mis manos atadas en una posición que se adaptara a mi postura. Sentía el estómago vacío y tenso. Al menos Grant había podido hacer esa llamada de auxilio. No conocía el protocolo de piratería, pero agradecí que la armada hubiera sido alertada.

En ese momento de silencio y breve atisbo de esperanza, me acordé de mi hermana. Le había prometido enviarle un correo electrónico todos los días, no importaba lo corto y rápido que fuera, pero al haber olvidado enviarle uno el día anterior a que todo sucediera, debía de estar terriblemente preocupada. Me disgustaba muchísimo imaginarla tan inquieta.

No sé cuánto tiempo transcurrió antes de que Grant regresara, pero Quinn y yo estábamos sentados como dos solitarios cachorros en la oscuridad cuando él apareció. No tenía las manos atadas y llevaba una rebanada de pan. Detrás de él, tres hombres. Uno se deslizó por delante de Grant y también nos liberó de las ataduras. En cuanto mis muñecas estuvieron libres, a medida que la sangre fluía de nuevo con normalidad, sentí un agudo dolor correr por los brazos. Grant nos tendió rápidamente el pan, que devoramos, y luego se volvió a los tipos que había detrás de él.

—¿Puede subir ella a la litera superior? —lo dijo en inglés, pero señalaba con el dedo para tratar que lo entendieran.

Los tres se quedaron mirándome con dureza un buen rato, pero finalmente uno de ellos asintió.

—Sube aquí —me indicó Grant, y lo hice.

Dos de los piratas se marcharon, su compañero se quedó para vigilarnos con el fusil. Se apoyó en el quicio de la puerta, masticando khat. Un poco más tarde, estaba sentado en el suelo inconsciente.

—La armada está de camino —susurró Grant.

—¿Cómo lo sabes? —preguntó Quinn.

—Me han llevado a cubierta porque tenían problemas con el piloto automático: ya en la cabina, fingí estar en un apuro y, al manejar a el equipo informático, conseguí mandar un correo electrónico a MARLO. Unas dos horas más tarde, eché un vistazo al radar. Pude ver un barco aproximándose y, cuando miré al mar, pude avistarlo. Hay dos barcos y, en teoría, deberían alcanzarnos en un par de horas.

—¡Mierda! —soltó Quinn, sacudiendo la cabeza—. Y entonces, ¿qué? No van a pagar un rescate por nosotros.

Grant me miró.

—No lo sé, pero algo se me ocurrirá. Les he ofrecido transferirles el dinero, pero quieren millones —explicó, y entonces se acercó para asomarse a la litera superior y yo me incliné hacia delante para refugiarme en su pecho, temblando de miedo mientras él acariciaba mi espalda y me besaba la cabeza. Se apartó un poco y cogió mi cara entre sus manos, acariciando suavemente la hinchazón, ya no tan exagerada, de mi ojo con su pulgar.

—Lo siento mucho —musitó. Sus párpados cayeron pesadamente.

Asentí.

—Lo sé —musité a mi vez—. ¿Te han hecho daño?

Bajó la vista al suelo y negó con la cabeza.

—Estoy haciendo todo lo que han pedido.

—¿Y qué te han pedido?

—Solo que aumentara la velocidad y los ayudara a utilizar el teléfono satélite. El tipo de la cicatriz que está al mando tiene muy mal genio. Debemos asegurarnos de no contrariarlo en nada. Lo he visto golpear con su pistola a sus propios hombres.

Se me encogió el estómago. Grant me dio un rápido apretón y luego bajó para sentarse en la litera inferior.

Durante el siguiente par de horas, Grant negoció con ellos para que nos mostraran algo de respeto. Les había enseñado cómo activar el depósito de agua secundario y accedieron a que nos aseáramos —caras, bocas y manos—. En el fondo de mi mente, sabía que necesitaban mantenernos vivos para poder conseguir su objetivo y que si moríamos de hambre, habrían perdido el tiempo. En cuanto terminamos con nuestro aseo, nos enviaron de vuelta a las literas.

Justo después de la puesta de sol escuchamos gritos y una gran confusión en cubierta. Ya habían llegado.

DÍA 4

Por lo poco que pudimos entender, había llegado la armada y las negociaciones para nuestra liberación habían comenzado. El cabecilla de nuestros captores había aumentado la velocidad del motor y esa mañana Baashi no había aparecido con el agua. Al amanecer, nos arrastraron hasta el salón y allí volvieron a atarnos.

Uno a uno fuimos llevados arriba. Lo más probable es que tuvieran que pasearnos por cubierta para demostrar que estábamos vivos. Grant fue el primero.

—¡Tú! —El cabecilla señaló a Grant e hizo un gesto para que se pusiera en pie.

Grant consiguió levantarse lo más rápido posible, pero otro pirata lo empujó y cayó de rodillas. Dos hombres lo obligaron a quedarse así y otro le colocó una venda sobre los ojos.

—¡Ahora! —gritó el hombre.

Grant se recobró y lo empujaron violentamente escaleras arriba. En cuanto regresó, le destaparon los ojos.

—¡Venga! —señaló a Quinn.

Mi corazón dejó de latir al escuchar el sonido de su voz. Sus abruptas órdenes estaban llenas de odio. Quizá le gustaba tan poco como a nosotros estar allí.

También le taparon y lo empujaron por la espalda con un fusil forzándolo así a dejar el salón y subir las escaleras.

Conté hasta doce hombres de pie frente a nosotros allí abajo. El lugar había sido destruido. La basura, el hedor... Mi corazón se partió por lo que habían hecho con el precioso *Imagine* en solo unos días. Por toda la superficie habían vertido unos líquidos extraños y podían advertirse pequeñas salpicaduras de escupitajos y saliva debidos al khat por doquier. Restos de comida y desperdicios aplastados contra la moqueta y los sofás. Y la orina. De nuevo el olor a orina resultaba tan insoportable que me lloraban los ojos. Cuando nos guiaron por delante del hasta hacía poco impecable cuarto de baño, pude echar un vistazo al atascado retrete y a los fluidos que cubrían todo el suelo. La visión y el olor estuvieron a punto de volver a hacerme vomitar, pero, salvo unos pocos sorbos de agua y una rebanada de pan, ya no me quedaba nada dentro que expulsar.

Recliné mi cabeza cerca del pecho porque la peste en el salón era insoportable. Enterré la nariz en mi hombro lo mejor que pude y traté de inhalar el mínimo aire posible a través de mi boca. No había modo de poder permanecer allí mucho más tiempo sin marearme otra vez. Mi cuerpo empezó a temblar y a sentir náuseas cuando Quinn reapareció.

Vinieron a por mí en tercer lugar.

Cuando alcancé la parte superior de las escaleras, mis pulmones jadearon en busca de aire fresco. Me habían atado la venda de forma algo descuidada, de modo que pude alzar la barbilla y mirar por debajo. Distinguí el vasto mar abierto con el rabillo del ojo y quise saltar. La brisa del océano me envolvía, el océano era mi única posibilidad de libertad.

Eché la cabeza ligeramente hacia atrás y pude vislumbrar un enorme buque de guerra, pero su presencia me hizo sentir algo de esperanza. Bajé la barbilla y traté de sentarme en uno de los bancos. No podía regresar a ese salón. Los hombres tiraron de mí para levantarme, pero, aun así, forcejeé con ellos y me liberé. Milagrosamente, conseguí soltarme de sus garras.

—¡No se mueva! —gritó el cabecilla, pero lo ignoré—. ¡Atrapadla!

Moví la cabeza arriba y abajo, tratando de atisbar el agua de nuevo, y corrí de lado hacia la proa con las manos a mi espalda.

Con solo meterme en el agua todo iría bien. Los gritos detrás de mí no me parecían amenazantes en ese momento, sino más bien como el ruido de electricidad estática de una televisión encendida en la habitación contigua. Todo lo que debía hacer era escapar del barco.

Antes de sentir un fuerte tirón de pelo, durante un segundo el maravilloso olor a agua salada reemplazó el rancio hedor que impregnaba mi nariz.

Casi lo logré.

Todo mi cuerpo se tambaleó hacia atrás en un solo movimiento y caí con fuerza, golpeándome la rabadilla contra la superficie de cubierta. El hombre aún sostenía mi cabello entre sus manos y estaba tirando de mí de vuelta hacia la cabina. Sentí un intenso dolor cuando intenté ponerme en pie para seguir sus pasos. En cuanto regresamos a donde se encontraba el cabecilla, me arrojaron al suelo.

—Estúpida y maldita zorra.

Me dio patadas en las costillas y todo mi cuerpo se estremeció mientras me acurrucaba sobre mis rodillas.

Él se acercó a mi cara y gritó:

—¡Idiota! ¡Levanta!

—¡Por favor! ¿Podría quedarme aquí arriba? —imploré con una voz que apenas reconocí.

Volví a repetirlo mientras él me tiraba otra vez al suelo —allí no podían verme— y me pateaba tres veces más. Me hice un ovillo, mi cuerpo sufría convulsiones y yo, a pesar de que nadie escuchaba, trataba de decir algo.

—¡Ya basta! Déjala en paz. —Escuché la voz de Grant aunque no pude verlo—. Está mal. Deja que me la lleve. No va a ir a ninguna parte.

—No puedo volver allí abajo. —Mi voz se quebró en un débil murmullo hasta que tiraron de mí para ponerme de pie y me arrojaron escaleras abajo. Con mis manos detrás de la espalda, aterricé sobre mi cabeza y me desmayé.

El rostro de Grant fue lo primero que vi y, durante un instante, me sentí feliz. Él, aliviado al verme abrir los ojos, suspiró, pero entonces su expresión se endureció.

—¿Qué es lo que te dije? ¡Que no hablaras con ellos y, sobre todo, no discutieras con ellos! —Me recriminó severamente con un gruñido bajo mientras yo yacía en la cama del dormitorio principal y él se inclinaba sobre mí, agarrándome el codo—. ¿Has perdido la cabeza?

Sí, había perdido la cabeza.

—Te matarán, Jess. ¿No lo entiendes? —Sacudió la cabeza perplejo y luego me estrechó con fuerza—. No puedo creer que no te hayan disparado. Menos mal que estás bien.

Cerré los ojos y asentí mientras él acercaba su cara a la mía y susurraba subiendo la voz:

—No te mostrarán piedad porque no tienen *nada* que perder. ¿Lo entiendes? ¡Nada! No tienen dinero, ni esperanzas, ni promesas de una vida distinta de esta drogada y miserable existencia. —Hizo una pausa escrutando mis ojos distantes—. ¿Acaso no ves que tienen el mismo control sobre sus propias vidas que tenemos nosotros ahora mismo? Los han obligados a actuar. Han aumentado la velocidad y necesitan llevarnos a su barco nodriza antes de que nos alcance la armada. Si regresan sin los medios necesarios para conseguir un importante rescate, sus vidas y las de sus familias correrán tanto peligro como las nuestras. —Suspiró—. No ignores lo que te digo. Necesitas ser lo más invisible que puedas. Hazles olvidar que estás aquí. No podrás escapar. No podrás negociar con ellos. No podrás hacerte amiga de ellos. Ni siquiera de ese chico, así que no lo intentes. Haz *exactamente* lo que te dicen. ¿Me entiendes? —Me miraba con ojos muy abiertos mientras estudiaba mi rostro con desesperación, entonces soltó su apretón y bajó la voz—. Por favor, Jessica, por favor, dime que lo entiendes —suplicó.

Asentí de nuevo y él presionó su boca con fuerza sobre la mía y devoró mis labios como si fuera la última oportunidad que tuviera de besarme. No dudé que podría ser así.

Se levantó y miró hacia la puerta; entonces, cogió una toallita de papel con hielo que estaba tirada junto a mi cabeza.

Traté de hablar:

—Lo siento mucho. No sé en qué estaba pensando. No estaba pensando. Solo intentaba saltar. —Mi voz apenas era un débil susurro y rompí a llorar—. No quería regresar aquí abajo. —Hice una pausa para recuperar el aliento y Grant me secó los ojos—. Seré invisible. Lo prometo. —Mi voz se quebró mientras trataba de pronunciar las palabras sin sollozar—. Solo quiero salir de aquí con vida. —Me sequé la cara—. Estoy tan asustada... Asustada de lo que podrían hacerme... hacernos a todos. No dejo de pensar que van a violarme o mataros a los dos y luego violarme hasta matarme...

Grant echó la cabeza a un lado mientras sus ojos y su boca permanecían firmemente apretados, oyéndome hablar. Él también había estado pensando esas mismas cosas, en aquel momento fui consciente de ello. Mi cerebro no podía soportarlo.

—Estoy perdiendo la esperanza. Lo siento. —Tenía la garganta tan seca que apenas podía hablar y sentía calambres en el estómago por la inanición.

Él abrió los ojos, estrechó la parte superior de mi cuerpo entre sus brazos y me estrechó con fuerza.

—No voy a dejar que te suceda nada —aseguró, pero ambos sabíamos que era una promesa que no podía cumplir. No había podido salvar a su mujer, tampoco había garantías de que pudiera salvarme a mí, pero yo no pensaba desafiar su optimismo.

—Me alegro de que te hayan desatado —comenté.

—Solo para que te retirara del suelo y te alejara de allí.

—¿Qué nos va a pasar? —me atreví a preguntar.

Él me acarició el pelo.

—No lo sé —susurró en mi oído—. Sé que es duro, créeme, pero tienes que pensar en positivo. La armada sabe que estamos aquí, y quiero creer que van a hacer todo lo que esté en su mano para poner fin a esta situación.

Sacudí la cabeza.

—¿Y por qué no nos han rescatado aún? Llevamos así días. ¿A qué están esperando?

—No pueden hacerlo. —Alzó la voz ligeramente y miró temeroso por encima de su hombro—. No pueden intervenir si no sufren un ataque o ven que nos están haciendo daño.

—¿Por qué?

—¡Es así! —Inhaló lentamente y cerró los ojos durante un instante—. Es como cualquier situación con rehenes. No pueden irrumpir aquí, todos acabaríamos muertos. Deben seguirse ciertas reglas. Tienen que actuar sutilmente y, por nuestra propia seguridad, nosotros también, así que por favor... solo concéntrate en su presencia e intenta buscar cierta paz en tu cabeza. No te desesperes. Si esos pensamientos que tienes te conducen a la desesperación, eso podría llevarte a hacer algo que les diera motivos para matarte. Por favor, haz todo lo posible para relajarte.

Con mi cuerpo al borde de la deshidratación, las manos inutilizadas y sin comida, era el vivo retrato de la desesperación. ¿Cómo no iba a serlo? Mi cerebro empezaba a jugarme malas pasadas y era presa de pequeñas alucinaciones. Muchas de las imágenes que flotaban por mi mente eran de mi juventud. Montando en bicicleta por la carretera que llevaba a la granja de los Yodar para buscar huevos recién puestos, cepillando mi caballo y trenzando sus crines, dando de comer a los gatos del granero. Una ola de satisfacción me recorrió mientras revivía esos momentos —felices, hermosos, tranquilos y seguros momentos— que no había valorado hasta entonces.

Y luego estaba mi madre. Apenas recuerdo algún momento en que estuviera alegre, pero allí estaba justo a mi lado en el barco, asintiendo y sonriendo y rezando con su rosario de cuentas. ¿Acaso estaría rezando por mí? Después de todo este tiempo, ¿por fin había captado toda su atención? Cerré los ojos y sostuve su mano para rezar juntas. Los latidos de mi corazón se fueron acompasando y así pude sentirme algo más ligera. Mi idea de sabiduría, paciencia y entendimiento volvió a surgir con claridad y, por primera vez en la vida, comprendí que mi madre estuvo siempre —y siempre estaría— allí para mí.

Pensé en los gatos que solíamos tener en la granja y cuánto me gustaba que las hembras se quedaran preñadas y tuvieran crías. Mi padre construyó un corralito para que las madres descansaran y pudieran amamantar a sus recién nacidos. Yo solía sentarme allí durante horas a verlos dormir y comer y explorar, pero recordaba uno en particular con el que me sentía más cercana. Era un gatito macho, el último de la camada de seis en abrir los ojos y al que siempre le costaba más trabajo encontrar a su madre cuando tenía hambre. Se limitaba a sentarse y llorar con breves maullidos mientras ella permanecía tendida dando de comer a los demás. Nunca entendí por qué no se acercaba a él y lo ayudaba, cómo podía soportar escuchar sus dulces gemidos de pánico y no hacer nada, pero ella siempre estaba ahí para él y él siempre acababa encontrando la forma de alcanzarla.

Era así de simple. Ella siempre estaba allí para él, ella lo sabía y él también. Miré a mi madre y me disculpé por haber perdido la fe en Dios y en ella. Ella, simplemente, sonrió.

Grant me hizo tumbarme de lado y me frotó suavemente la frente.

—Trata de relajarte, ¿de acuerdo? Necesitas ponerte bien y ahora mismo el descanso es lo único que tienes para recuperar algo de fuerza.

—Lo intentaré.

Miró hacia la puerta y luego de nuevo a mí.

—Tengo una idea —susurró en mi oído—. ¿Qué te parece si te cuento una historia sobre mi viaje? Eso te gusta.

Mis ojos se llenaron de lágrimas.

—Gracias.

Se inclinó sobre mí y empezó a hablar, su voz baja y reconfortante.

—Para cuando Quinn y yo llegamos a Phuket, estábamos exhaustos. Acabábamos de soportar una larga y lluviosa travesía de cuatro días desde Malasia y no podíamos esperar a llegar a Tailandia. Habíamos oído cosas tan maravillosas sobre sus gentes y sus playas que estábamos ansiosos por poner un pie en suelo firme. Cuando atracamos en el puerto deportivo, nos quedamos impresionados por sus limpias y modernas instalaciones, también por los lugareños, la gente más amable que habíamos encontrado hasta el momento. —Me acarició el pelo—. Casi desde el primer momento, Quinn y yo decidimos que intentaríamos permanecer allí el mayor tiempo posible, ya que sabíamos que el siguiente tramo de nuestro viaje sería difícil. Después de una semana, descubrimos ese fabuloso y pequeño bar con parrilla llamado The Islander.

Miré su rostro y vi que sonreía.

—La primera noche que fuimos a cenar allí me fijé en una bonita joven rubia. Obviamente, aquella mujer no era nativa, pero atrajo mi interés desde el momento en que posé los ojos en ella. Se comportaba y se movía de una forma que parecía no tener preocupaciones en el mundo. Llevaba la cabeza muy erguida, sonreía a todo el mundo y recorría el local trabajando incansablemente. La noche siguiente me presenté al dueño y le pregunté quién era aquella joven.

Mis ojos se agrandaron.

—Me dijo que era una joven estadounidense que trabajaba a tiempo parcial en el bar y enseñando inglés en uno de los colegios. —Hizo una pausa para enjugar las lágrimas que me resbalaban por la cara—. Así que me fui a buscarla para saber más de ella y ver si le gustaban los cuentacuentos. Por supuesto, mi instinto no me engañó. —Me besó en la mejilla—. Aún era más hermosa de cerca. Y cariñosa. Y generosa. Y, por encima de todo, valiente.

Hice un gesto de asentimiento, indicando que haría todo lo que estuviera en mi poder para sobrevivir. Por él, por Caroline, por mi madre y por mí misma. Nuestros ojos se encontraron y me besó una última vez.

—Basta. —Escuché la voz del demonio por detrás de Grant.

Nos volvimos para encontrar al cabecilla en el interior del camarote con dos hombres.

—Sal —le ordenó a Grant y, en un segundo, desapareció a empujones y yo me quedé sola con el hombre de la camisa naranja. Parpadeé con fuerza y deslicé mi cuerpo lejos de él hasta la pared de detrás.

—No puedes huir a ninguna parte, idiota.

Sentí los latidos de mi corazón en mis oídos. No dije nada.

—¿Estás a cargo aquí?

Negué con la cabeza.

Él se inclinó más cerca y gritó.

—¿Eres una *jodida idiota*? —Su saliva salpicó mi frente—. ¿Lo eres?

Asentí convencida de que iba a morir.

—Eso está mejor. Yo estoy al mando y no soy idiota.

Se golpeó el pecho y gritó algo en su lengua nativa. Un hombre apareció con una banana y una botella de agua y se los pasó. Acto seguido se marchó, mientras el cabecilla se quedaba delante de mí comiendo lentamente la banana y luego se bebía hasta la última gota de agua. Cuando terminó, me tiró la botella vacía a la cabeza y se marchó.

En cuanto aquel hombre se fue, recordé algo que Grant me había comentado hacía unos días. Apreté los dientes y me senté derecha, con un extenuante dolor recorriendo mi cabeza y empañando mi visión. Eché un vistazo a la puerta y me bajé de la cama para situarme cerca de la esquina superior derecha del colchón. Mis rodillas crujieron cuando me arrodillé con la espalda dando a la cama y empujé el colchón a un lado. El sudor me resbalaba por la cara. Cuando conseguí desplazarlo, me di la vuelta y pude distinguir el panel. Luego traté de extender los brazos cuanto pude para colocar mis manos de forma que pudiera levantar la tapa. Mi hombro izquierdo estaba temblando cuando puse los dedos sobre el botón rojo y apagué los motores.

DÍA 5

Cuando los motores se apagaron cundió el caos, pero yo estaba sola en el camarote principal con las manos atadas a la espalda, así que durante un buen rato nadie se molestó en venir a controlarme. Solo confiaba en que Grant y Quinn no hubieran sufrido por ello.

Esa mañana me desperté con el sonido de una motora. Hacía tanto calor y había tal carencia de aire fresco en el camarote que las almohadas estaban empapadas de sudor. Se percibía gran actividad en la cubierta y pude escuchar a los hombres hablando y gritando: parecía como si algunos de ellos estuvieran dejando el *Imagine* para subirse en el esquife arrimado a un costado. Me moví hasta lograr incorporarme un poco y traté de mirar por una de las ventanitas. Distinguí cuatro pares de piernas bajando del barco. Todas de piratas. Notaba la cabeza como si me hubieran estado golpeando repetidamente con una sartén de hierro y cierta presión en mi oído izquierdo. El dolor de cabeza era tan intenso que incluso el más mínimo destello de luz me resultaba molesto.

Más allá del esquife, distinguí una pequeña lancha de la armada esperándolos. Las buenas noticias eran que habían empezado a negociar con la armada, pero ¿con qué fin? Todos sabíamos que querían mucho más de cincuenta mil dólares. Quinn les había escuchado hablar de una cifra de cuatro o cinco millones. Estados Unidos no pagaría esa suma. No negociaban con terroristas. Así que me vi obligada a suponer que de alguna forma, de algún modo, la armada estaba negociando nuestra liberación, pero después de haber pasado tantos días con esa gente, no podía imaginar cómo.

Cuando el esquife se soltó, tuve una mejor visión de los hombres a bordo y me sorprendió advertir que el cabecilla no estaba entre ellos.

Me giré hacia la puerta, desesperada por saber si Grant y Quinn estaban bien, y pensé en gritar sus nombres, pero en su lugar apoyé suavemente mi cuerpo contra la pared y mantuve los ojos cerrados, limitándome a respirar. Poco después, un hombre entró y clavó la punta de su fusil en mi pecho dejándome sin aire. Se rio cuando empecé a jadear.

—¡Vamos! —me gritó por encima de mis entrecortadas toses antes de volver a golpearme en el mismo lugar.

Vi las estrellas pero seguí su orden. La advertencia de Grant continuaba muy presente en mi cabeza.

No discutas con ellos. Sé invisible. ¡Haz exactamente lo que te digan!

Me tambaleé para ponerme de pie. Mis manos estaban entumecidas y mis hombros doloridos por llevar tanto tiempo en la misma posición, de modo que me tuve que morder la lengua para no gritar. Los hombres me agarraron por el pelo y me arrastraron hasta el salón. Cuando llegué, un sonido ahogado surgió de mi garganta. Sonó tan gutural y extraño que parecía el grito de un animal herido.

Hasta el funeral de mi madre, nunca había visto un cadáver, pero incluso sin heridas a la vista, era imposible equivocarse. Tres de los piratas estaban muertos. Tendidos sobre el suelo de la cocina, uno encima del otro. Baashi estaba el último, y si ya el hedor del salón había sido nauseabundo antes, ahora era insoportable. Solo uno de ellos tenía heridas visibles —un corte en la garganta—. Los otros dos, incluyendo a Baashi, simplemente eran cuerpos sin vida abandonados para pudrirse.

Me arrojaron al suelo a pocos centímetros de los cadáveres, donde me quedé medio sentada con los ojos cerrados hasta que mi cuerpo se dejó llevar por la conmoción. Respiración acelerada. Visión borrosa. Sudor frío. Mi cerebro se volvió impotente cuando finalmente abrí los ojos y miré hacia Baashi. Lo único que pude hacer fue gritar. Agudos y desgarradores gritos. ¿Por qué? ¿Cómo? ¿Por qué le habían hecho eso? Pude escuchar mi voz lanzando esas preguntas, pero no podía controlar lo que decía. Ni tampoco me importaba. Ningún otro pirata se molestó en mirarme. Sollocé, balanceando mi cuerpo. Los pies desnudos del chico eran pequeños y callosos, pero el resto de su piel tenía un aspecto joven y suave. Sus ojos estaban cerrados y su boca abierta, pero, aun así, a diferencia de los otros, tenía un rostro infantil. Sacudí la cabeza y pensé en su madre. Era más fácil imaginar a alguien queriendo a ese muchacho en algún momento de su vida que intentar comprender cómo alguien pudiera ahora querer a esos hombres desalmados que permanecían a bordo. Me dije a mí misma que si habían permitido que eso sucediera, yo también terminaría muerta. Los tres íbamos a morir.

Un momento después trajeron a Grant y a Quinn. Ambos tenían la cara cubierta por una barba incipiente y Quinn lucía un ojo morado.

Grant me chistó.

Ni siquiera me había dado cuenta de que seguía gritando.

Los tres nos miramos y luego bajamos la vista al suelo. Yo respiré hondo cuando vi que los dos estaban vivos y continúe sollozando suavemente. Aquellos días llorar era la única cosa que me producía cierto alivio. No estaba comiendo. No estaba bebiendo. No estaba trabajando, hablando ni pensando con claridad. No estaba a salvo y no estaba feliz. Sí, llorar era la única cosa que me recordaba que aún seguía viva.

—¿Sabes qué les ha pasado? —pregunté a Grant cuando los obligaron a sentarse. Ya no me importaba quién pudiera oírme.

Él sacudió la cabeza.

—Intenta relajarte, Jess. Sé que es mucho pedir. Solo inténtalo.

Cerré los ojos y me esforcé en calmarme.

Luego miré a Quinn, que me parecía irreconocible.

—Van a matarnos —le dije a Grant. Mi voz era serena y, al pronunciarlas, medité sobre mis propias palabras.

Pero mi vida acababa de empezar y aún no estaba preparada para morir. ¿Acaso estaba siendo castigada por ser egoísta? ¿Por querer más de la vida de lo que yo merecía? Nadie había muerto jamás por seguir sus sueños... ¿o sí? Caroline se sentiría muy decepcionada conmigo. Podría haberme conseguido otro trabajo allí en Indiana y yo estaría sana y salva, devolviendo los DVD a la biblioteca y gritando los números del bingo nocturno en la iglesia. Nadie en Wolcottville poseía un AK-47.

Grant miró hacia otro lado y no contestó.

—Ella tiene razón —convino Quinn, y empezó a toser—. Si a sus propios hombres les ha pasado esto...

Tres hombres aparecieron detrás de Quinn y, sin dejar de mirarnos un instante, arrastraron los cuerpos al camarote principal y cerraron la puerta.

—No les importan sus compañeros —dijo Grant en un susurro—. Solo les importa una cosa: ¡el dinero! Y si morimos, no conseguirán nada y no tendrán ninguna posibilidad de salir de aquí. Van a intentar utilizarnos para asegurar un rescate y su pasaje de vuelta a Somalia o a su barco nodriza. Si nosotros estamos muertos, ellos también.

Quinn consideró lo que Grant acababa de decir y luego se volvió hacia mí y me guiñó su ojo amoratado. Y con ese único gesto —ese destello de esperanza— todo volvió a estar bien en el mundo.

El barco estaba en silencio y mi madre había regresado para sentarse a mi lado. Yo había contemplado las fotografías de su luna de miel tantas veces que reconocí inmediatamente sus pantalones vaqueros acampanados y su larga melena rubia.

—¿Eres tú de verdad? —susurré, y ella sonrió—. Eres tú. *Este* es tu auténtico yo, ¿verdad? Como siempre quisiste ser.

No dijo nada.

—¿Qué sucedió? —pregunté.

Ella apartó la vista.

—Siento mucho que nunca consiguieras lo que querías de la vida. Creía que me odiabas.

Negó con la cabeza.

Yo bajé la vista.

—Si consigo salir de aquí, seguiré para siempre mi corazón y mis sueños... por ti. No volveré a creer que me odiabas. —Me tragué un sollozo—. Te quiero.

Ella me sonrió y pensé que no podía esperar para contarle a Caroline que había vuelto a ver a nuestra madre.

Casi tan pronto como nos dijeron que nos sentáramos, nos empujaron escaleras arriba hasta la cabina, donde nos volvieron a empujar contra uno de los bancos. El mismo banco en el que Grant y yo habíamos compartido nuestro primer beso. Una noche fea. El cielo estaba oscuro y unas amenazadoras nubes grises impedían que la luna pudiera brillar a través de ellas.

Una vez más, el aire fresco olía a libertad y miedo al mismo tiempo y me hacía recordar que aún era un ser humano. Nuestro destino estaba en manos de otros, eso no me tranquilizaba nada, pero me sentí ligeramente aliviada al distinguir las luces de los barcos de la armada bastante cerca.

En esa ocasión los hombres nos dejaron en la cabina cubierta en lugar de hacernos pasear hasta la proa como habían hecho la última vez. El espectáculo se había terminado, supongo —tal vez por mi fallido intento de huida—, pero no lograba comprender por qué nos habían sacado fuera. Ni por un instante me planteé que quisieran ser amables. Los hombres hablaban en su lengua nativa, y cuatro de ellos mantenían una acalorada conversación con el cabecilla.

Quinn y yo nos miramos. Apenas lo había visto aquellos dos últimos dos días. Conseguí mostrar un asomo de sonrisa cuando me clavó sus ojos. Su expresión en respuesta fue de tristeza y disculpa. Si hubiera podido abrazarlo, lo habría hecho.

Justo entonces dos de los hombres comenzaron a buscar algo frenéticamente. Empezaron a tirar todo lo que encontraban en la cabina, como si hubiera algo que aún no hubieran descubierto o destruido; miraron debajo del timón y sacaron las cosas de los cajones para lanzarlas por la borda. Desgarraron una pila de papeles y cuadernos de bitácora que estaban hacinados junto al panel y, sin pensarlo dos veces, arrojaron el libro de *Emma* y la carta que Jane tan cuidadosamente había guardado en su interior al mar Arábigo.

Quinn y yo volvimos la cabeza hacia Grant. Todos habíamos visto lo mismo. Mi cuerpo se precipitó hacia delante y mis pulmones se vaciaron cuando hice todo lo que pude por transmitirle mi consternación con los ojos. Él pasó la vista de mí a Quinn y luego, con un gesto apenas perceptible sacudió la cabeza, no quería atraer la atención de nadie. *Emma* se había ido. La señorita Woodhouse flotaba en el agua junto con un montón de papeles, mapas y diarios. Cerré los ojos y recé para que se hundiera poco a poco hacia el fondo con la carta en su interior.

Lo que sucedió a continuación me cambió para siempre.

A bordo de un barco bautizado con un nombre tan esperanzador y lleno de promesas sucedió... lo inimaginable.

CAPÍTULO 24

El esquife que había visto hacía poco volvía hacia nosotros, pero solo dos de los cuatro hombres que habían subido en él hacían el viaje de vuelta. La conversación entre los tipos de la cabina se caldeó aún más cuando los seis piratas que quedaban surgieron de bajo cubierta y caminaron hasta la popa del barco. Yo, agradecida por estar lejos del salón, mantuve la cabeza gacha y recé. Uno de los secuestradores sujetaba un lanzagranadas y no parecía demasiado contento al ver que solo dos de los cuatro piratas que habían partido en el esquife hacía un momento hubieran regresado del portaaviones de la armada. De hecho, empezó a apuntarlos y a gritar al hombre de la camisa naranja mientras el esquife se arrimaba al costado del *Imagine*. Obviamente, la armada había acordado algún tipo de intercambio por su cuenta

Grant se levantó.

—Dejad que hable con la armada.

Se quedaron mirándolo.

—Los motores están parados. Tienen a dos de vuestros hombres. Todos queremos volver sanos y salvos a casa, ¿verdad? Dejad que hable con la armada —repitió—. Si me permitís hablar con ellos, puedo conseguir que os devuelvan a vuestros hombres.

El cabecilla sostuvo el teléfono satélite en la oreja de Grant mientras el hombre con el lanzagranadas los miraba fijamente a ambos.

—Aquí Grant Flynn. Sí, somos tres. —Hizo una pausa y nos miró a Quinn y a mí—. No muy bien. —Volvió a callarse para escuchar—. Quiero que mis amigos salgan del barco, entonces daré la orden de transferencia. Sí, eso es lo que digo.

El cabecilla comenzó a gritar a Grant en su lengua nativa.

—Ellos quieren a sus hombres de vuelta —dijo al aparato—. Intercambiaré mi tripulación por sus hombres. ¡Y la operación debe hacerse rápidamente! —vociferó Grant mientras apartaban el teléfono de él.

—¡No intercambio! Manden nuestros hombres de vuelta con barco. ¡Solos! ¡Nadie más va a ninguna parte! —gritó el cabecilla al teléfono satélite antes de lanzarlo al agua.

El otro, el hombre del lanzagranadas, comenzó a chillar al cabecilla agitando su arma y apuntando repetidamente al esquife. Yo empecé a balancearme hacia delante y atrás mientras continuaban gritándose el uno al otro. Cerré los ojos con fuerza y recé para que llegaran a un entendimiento. No lo hicieron.

Los otros cuatro piratas corrieron abajo mientras el hombre con el lanzagranadas se acercó al estrecho pasillo de la cubierta junto a la cabina, alzó su arma, apuntó a uno de los dos buques de guerra y disparó.

—¡Mierda! —escuché exclamar a Grant cuando se arrodilló a nuestro lado—. Están disparando a la armada. ¡Permaneced agachados!

Lo que siguió fue un completo y absoluto caos.

Inmediatamente después de que estallara la granada, sonaron disparos abajo y el cabecilla desenfundó su arma automática y disparó al pirata rebelde del lanzagranadas antes de soltar una ronda de tiros, algunos hacia abajo, otros a la cubierta y otros al aire. El hombre al que había disparado cayó por la borda y se hundió en el agua. Ahora había dos piratas en el esquife, desarmados y sin saber qué hacer, y doce más aún a bordo del *Imagine*, solo nueve vivos. Grant, Quinn y yo nos aplastamos contra el suelo de la cabina y Grant cubrió mi cuerpo con el suyo.

—Manteneos lo más pegados al suelo que podáis —nos advirtió a Quinn y a mí y ambos asentimos—. ¡No os mováis ni un milímetro! La armada está aquí. Puedo verlos, algunos disparos han sido suyos. ¡Permaneced agachados! —nos gritó.

En pocos segundos, una lancha apareció junto al *Imagine*. Pude oír el rugido de los motores. Estaban gritando órdenes a través de un megáfono y nuestros captores corrían por todas partes mientras los disparos continuaban. Varios, al menos cinco de ellos, soltaron sus armas y se acercaron hasta el extremo de la proa para dejarse caer de rodillas con las manos en alto en señal de rendición. Un somalí que se negó a tirar el arma fue abatido de un tiro en la cabeza por un tirador de la armada y cayó al océano. El resto de los secuestradores empezaron a cruzar disparos con las fuerzas navales estadounidenses.

Mi cuerpo se balanceaba cada vez más rápido. Hecha un ovillo y con los ojos cerrados, sintiendo el cuerpo de Grant cubriéndome, yo rezaba. «Oh, Dios mío; oh, Dios mío; oh, Dios mío...», repetía una y otra vez. Mis extremidades empezaban a entumecerse y pude sentir que mi circulación se detenía, pero sabía que no debía incorporarme. Traté de mover la pierna para poder aguantar mejor cuando mi rodilla resbaló en un charco. Cuando abrí los ojos, bajé la vista y descubrí un reguero de sangre oscura formándose a mi lado. Levanté la cabeza y vi que venía justo de mi lado, donde el cuerpo de Quinn se había desplomado.

—¡Quinn! —grité—. ¡¡¡Quinn!!! ¡No!

Grant se sentó derecho en un instante; su cara totalmente pálida. Se acercó hasta Quinn, pero había olvidado que llevaba las manos atadas, así que se giró para colocarse delante de mí y, dándome la espalda, me gritó:

—¡¿Puedes ver el nudo, Jess?! ¡¿Puedes darte la vuelta y soltarme?! ¡Ahora!

No podía ver nada. Las lágrimas empañaban mi visión.

Grant retorció el cuello por encima de su hombro.

—¡Tienes que intentarlo y liberarme! No parece que esté muy apretado. ¡Hazlo, Jessica! —Yo temblaba descontroladamente.

Me di la vuelta y con nuestras espaldas pegadas conseguí liberar a Grant. Él se precipitó sobre Quinn, le soltó las manos y lo incorporó. Había sangre por todas partes. Su camisa estaba empapada y parecía como si se hubieran vertido litros de pintura roja por el suelo de la cubierta, salpicándolo todo a su alrededor.

—¡Quinn! ¿Aguanta, colega! ¿No se te ocurra dejarme, de acuerdo? Te necesito, hombre. —La voz de Grant sonaba chillona y animosa, pero la cabeza de Quinn rodaba de un lado a otro. Grant le arrancó la camisa, hizo una bola con ella y la apretó con fuerza contra el pecho de Quinn—. La armada está aquí, Quinn. Ya están aquí. Nos están rescatando, así que no te atrevas a pensar en hacer algo que no sea permanecer conmigo. Bridget está esperando noticias tuyas y podrás llamarla hoy, Quinn. ¡Hoy! La armada tendrá un teléfono para que puedas llamar a Bridget y decirle que volverás a casa pronto. ¿Puedes oírme, amigo? Aguanta un momento, hazlo por ella, Quinn. ¡Por favor!

Mis manos estaban aún atadas, tanto física como mentalmente. El tiempo para nosotros tres parecía moverse a la velocidad de un caracol, pero a nuestro alrededor todo era un completo pandemónium. En un intento de alcanzar el esquife y escapar, dos de los piratas habían saltado por la borda, pero la armada había enviado a una segunda lancha desde el barco, con lo que parecían diez hombres armados a bordo. Vi cómo disparaban su artillería hacia el esquife y lo hundían antes de que los dos hombres pudieran alcanzarlo. Después cesó el fuego. La mayoría de los piratas todavía continuaba en la proa con las manos en la nuca.

Volví a mirar a Grant, que intentaba desesperadamente que Quinn dijera algo. Tragué para quitarme el nudo de la garganta, me arrodillé entre la sangre y apoyé mi frente sobre el cojín acolchado del banco, diciendo una oración por Quinn: «Oh, Señor, por favor, sálvanos. Por favor, haz que los tres salgamos de este barco con vida...».

La voz de Grant interrumpió mis pensamientos:

—¡Aquí arriba! ¡Aquí arriba! Le han disparado. ¡Necesitamos un médico ya!

Dos oficiales y un médico corrieron hacia Quinn y Grant se levantó para dejarles espacio. Se llevó una mano a la boca y empezó a recorrer el pequeño espacio que había al final de las escaleras. Totalmente cubierto por la sangre de Quinn. El médico se puso en marcha con rapidez, tumbó a Quinn y le practicó una reanimación cardiopulmonar. Parecía estar vivo, pero no podía estar segura. Pude advertir un mínimo movimiento bajo sus párpados y su cabeza moverse sin que lo forzaran a ello. Un tercer oficial apareció con un equipo más grande de primeros auxilios y ayudó a intentar detener la hemorragia.

Grant y yo nos miramos por fin a los ojos. Con las manos detrás del cuello, su expresión era totalmente desquiciada. Un segundo más tarde, cuando advirtió que mis manos aún seguían atadas a mi espalda, corrió a mi lado, me soltó y me rodeó con sus brazos.

—Quinn no, Jess. Quinn no.

Me estrechó con fuerza y se desmoronó. Su cuerpo se estremeció junto al mío y ambos lloramos y rezamos y suplicamos que Quinn sobreviviera.

Nuestros captores fueron saliendo del barco y llevados al buque de guerra de la armada, con las manos a la espalda sujetas con esposas, Grant y yo pasamos de un infierno personal a otro. Los tres hombres de la armada que habían hecho todo cuanto estuvo en su mano para salvar a Quinn se sentaron lentamente e intercambiaron una mirada. Entonces el oficial al mando se volvió hacia nosotros. Bastó que negara con la cabeza para que recibiéramos el mensaje: Quinn había muerto.

CAPÍTULO 25

Me senté inmóvil con los brazos caídos hasta que alguien habló.

—Tenemos que sacarlos a ustedes dos de este barco y proporcionarle atención médica inmediata, señor —dijo uno de los hombres a Grant—. Su pierna no tiene buen aspecto.

Me enjugué los ojos y miré la pierna de Grant. Era un milagro que aún estuviera en pie. Su pantorrilla, totalmente desgarrada, dejaba a la vista el tejido muscular y una herida sangrante. Se apoyó en la silla del capitán y permitió que los hombres pusieran un vendaje provisional en ella. No parecía afectarle el dolor. Su rostro continuaba inexpresivo, sumido en la desesperación de haber perdido a Quinn. El dolor de su pierna no era nada comparado al dolor de su pecho.

Un oficial se arrodilló a mi lado.

—Señora, necesito que venga conmigo. ¿Puede decirme su nombre?

Aparté los ojos de Grant y miré a los de nuestro salvador. Mis oraciones habían sido escuchadas. Todo lo que había esperado y rezado para que sucediera durante los últimos días estaba justo delante de mí, hablándome suavemente y preguntándome mi nombre. Balbuceé unas palabras.

—¿Jessica? —Hizo una pausa—. ¿Jessica? —repitió—. Yo soy Noah y estoy aquí para ocuparme de usted, así que no hay nada de lo que deba preocuparse. ¿Puede ponerse en pie por sí misma?

Me concentré en su rostro fuerte y fiable. *¿De verdad no hay nada de lo que deba preocuparme?*, me pregunté.

—¿Y qué pasa con Quinn? —susurré, luchando para contener más lágrimas y señalando hacia su cuerpo sin mirarlo.

Noah sostuvo mi mirada.

—Volveremos más tarde a buscarlo y nos ocuparemos de todo, pero ahora mismo tenemos que sacarlos de este barco y asegurarnos de que se encuentran bien.

En ese momento, imaginé a Bridget en Miami, contando los días que faltaban para una vuelta a casa que ya no tendría lugar. Treinta y seis horas había sido el mayor periodo de tiempo que él había estado sin hablar con ella o enviarle un correo electrónico. Debía de estar terriblemente preocupada. Sus peores pesadillas se habían hecho realidad y sus oraciones no habían sido escuchadas.

—Necesito buscar una cosa —le dije.

Él negó con la cabeza.

—No puedo dejarla bajar allí. Deje que yo la busque y se la traiga. Necesitamos sacarla de aquí. ¿De qué se trata?

—Está abajo, en el camarote de proa. Es una colcha. Necesito dársela a Quinn. Le pertenece, sé que a él le gustaría tenerla.

Estudió mi cara durante un momento y luego transmitió mi petición a un compañero. Unos minutos más tarde, un hombre de los SEAL surgió desde el salón con la colcha que Bridget le había confeccionado a Quinn.

Noah volvió a hablar:

—¿Qué le parece si la llevamos nosotros para que no se ensucie?

Asentí y me puse en pie mientras él, en un ágil movimiento, tiraba de mi cuerpo. Miré hacia Grant, ahora roto por el dolor. Su cabeza colgando sobre el respaldo de la silla, mientras le entablillaban la pierna.

—¿Puedo despedirme de Grant? —pregunté.

—Irá justo detrás de usted.

—Está bien —convine y lo seguí hasta donde su lancha estaba amarrada a nuestra popa. Dos hombres llegaron rápidamente a mi lado y me sacaron del *Imagine*. Me cubrieron con mantas térmicas y me ofrecieron una botella de agua. La bebí de un trago. Unos cinco minutos después, tendieron a Grant sobre una camilla y lo transportaron hasta la lancha.

~

En cuanto estuvimos en el portaaviones de la marina estadounidense *Enterprise*, un equipo de oficiales y médicos de la armada nos atendió. Me separaron de Grant y me dieron una ducha y comida y tanta agua como pude beber. A continuación, me llevaron a un camarote con dos camas gemelas y aseo. Me informaron de que el *Imagine* estaba en muy mal estado, pero que las fuerzas navales enviarían a algunos de sus hombres a bordo por nosotros y que harían todo lo posible por intentar recuperar cualquier objeto personal que no hubiera sido destruido o profanado. También me dijeron que nos traerían el portátil y cualquier otra cosa que pudiera salvarse.

Estaba sentada en una de las camas, sola, en lo que me pareció un extraño e interminable momento, cuando una oficial llamada Audrey apareció con unas cuantas toallas limpias.

—¿Dónde está Quinn? —le pregunté.

—Creo que está en el quirófano. Su pierna necesitaba puntos.

—No, no, ese es Grant. Quinn también iba con nosotros, pero él no consiguió sobrevivir. —Hice una pausa y me tapé la boca un instante—. ¿Podría decirme si lo han sacado del barco?

Ella sonrió como disculpándose.

—Deje que mire a ver qué puedo averiguar.

Cuando me quedé de nuevo sola, me acerqué al ojo de buey. El *Imagine* estaba al otro lado del barco, de modo que lo único que pude ver fue el inmenso y hermoso océano que había contenido tantas promesas y emociones para nosotros apenas unos días antes. Atrapé una de las toallas que Audrey había dejado y lloré silenciosamente por Quinn y también pensé en mi madre, en cómo toda su vida había conservado la fe yendo a la iglesia y rezando a Dios para que protegiera a sus seres queridos; en cómo había invertido tanto tiempo y energía en adorarlo, incluso a costa de dedicárselo a su propia familia. ¿Dónde se había metido Él esta semana? ¿Cómo podía haberle sucedido algo así a alguien como Quinn? ¿Cómo podía Dios permitir que le hubiera sucedido eso? Mi corazón latía dolorido pensando en el intento fallido de Grant por salvar a su amigo. Su forzado entusiasmo en aquellos últimos minutos en que había recurrido a todo, le había hablado de la presencia de la armada y de nuestro inminente rescate... de Bridget. Ansioso por lograr que Quinn lo escuchara y regresara del oscuro agujero por el que se estaba deslizando. ¿Dónde estaba Dios en aquel momento?

Di un respingo cuando oí un golpe en la puerta.

—Pase —contesté después de recuperar el aliento.

La puerta se abrió y apareció Noah.

—Disculpe que la moleste, señora, pero quería ver cómo estaba y traerle esto.

Llevaba la colcha en la mano. Balbuceé un débil «gracias».

—Por favor, llámeme Jessica. —Mi voz sonaba temblorosa.

—Sí, señora. —Se sentó en la cama frente a mí y colocó respetuosamente la colcha a su lado. Me dejó llorar hasta que pude parar. Su presencia me resultaba reconfortante y, además, le debía mi vida.

—¿Han podido capturar a alguno? —Mi estómago se revolvió solo por evocar sus rostros, tanto de los muertos como de los vivos.

—Sí, señora, así es.

—¿Dónde están?

—Han sido conducidos al calabozo.

Mis labios se curvaron hacia abajo.

—Y luego ¿qué?

—Y luego permanecerán ahí hasta que nos digan dónde debemos trasladarlos. Después los detendrán y los someterán a juicio por sus actos.

Sacudí la cabeza. Lo que quiera que les fuera a suceder no podría hacer justicia a Quinn ni a su familia, ni tampoco traernos el menor consuelo a Grant y a mí.

Noah se sentó en silencio conmigo, sin hacer ningún intento de continuar la conversación.

—Gracias —susurré.

—No hay de qué —respondió—. Cuando esté lista, nos gustaría que nos proporcionara un relato completo de lo que les ha sucedido a usted y al señor Flynn. —Su voz era suave y amable—. Y a Quinn.

Asentí.

—¿Podría enviar primero un correo electrónico a mi hermana?

—Puede llamarla si lo prefiere.

Me sentí muy aliviada al oírlo.

—Gracias —dije y cerré los ojos durante un segundo, suspirando—. ¿Y qué pasa con la familia de Quinn y su novia? ¿Quién va a llamarlos?

Se rascó el cuello.

—Cualquier cosa que usted y el señor Flynn hayan pensado hacer nos parecerá bien. No es una llamada fácil.

Supuse que Noah tenía experiencia al respecto. También imaginé que Grant querría hablar con la familia de Quinn y con Bridget.

—¿Qué pasará con su cuerpo?

—Le presentaremos nuestro respeto aquí mismo, en el portaaviones, y su cuerpo será dispuesto en un ataúd. Luego, dependiendo de los deseos de la familia, podemos darle sepultura en el mar o bien trasladar el féretro a su ciudad natal.

Bajé la vista al suelo. Quinn no se merecía regresar a casa en un ataúd. Él era mucho más que un cadáver. Era la luz de muchas vidas. Quise explicarle a Noah lo divertido que era estar cerca de Quinn. Cómo hacía que todas las mujeres se sintieran bellas y los hombres, únicos. Nunca juzgaba a los demás, solo quería que todo el mundo lo pasara bien y fuese feliz. ¿Por qué alguien que amaba tanto la vida podía haber sido privado de ella tan pronto?

Noah se levantó.

—¿Le gustaría venir ahora conmigo y llamar a su hermana?

—¿Noah? —Levanté la vista.

—¿Sí?

—¿Podría por favor llevar esta colcha junto a Quinn? —le pregunté tendiéndosela.

Él asintió.

—Por supuesto. Me aseguraré de que permanezca junto a él en todo momento.

—Gracias.

CAPÍTULO 26

Me encontraba en una estancia sin ventanas detrás de un oficial que llevaba una camisa verde y estaba sentado ante un panel con miles de botones, interruptores y distintos diales. El hombre parecía demasiado joven como para que le hubiera dado tiempo a aprender cómo funcionaban todos y cada uno de esos controles. Además, frente a él también había cinco teléfonos. Le di el número de mi hermana y esperé. Unos segundos después estaba hablando por sus auriculares.

—Buenas tardes, señora, aquí el suboficial Harris de la marina de Estados Unidos. Tenemos a su hermana Jessica aquí con nosotros y le gustaría hablar con usted —indicó, y pude oír a Caroline gritar al otro lado de la línea.

El oficial Harris apretó un botón, levantó uno de los cinco auriculares de la consola y me lo pasó. Las lágrimas me resbalaban por las mejillas antes de que pudiera pronunciar una sola palabra.

—¿Caroline? —dije con voz entrecortada.

—¡Jessica! ¡Oh, Dios mío! ¿Dónde estás? ¿Quién era ese hombre? ¿Te encuentras bien? He estado muy preocupada.

Me llevé una mano a la boca y contuve las lágrimas. Escuchar su voz era a la vez reconfortante y difícil.

—Estoy bien. Ahora estoy a salvo. Nos ha sucedido una cosa terrible.

—¿Qué ha pasado? ¿Estás segura de que te encuentras bien?

—Sí, de verdad. Ahora estamos con la armada, a bordo de un portaaviones por la costa de Omán, creo. Nuestro barco fue atacado. —Apenas le había hablado de la amenaza de los piratas somalíes antes de partir porque no quería que se preocupara, pero Caroline no era nada tonta. Me contó que había hecho algunas investigaciones por su cuenta y me suplicó que lo reconsiderara.

Ella jadeó al otro lado de la línea y comenzó llorar.

—Por favor, no te preocupes —le supliqué—. Siento haberte asustado tanto.

Podía escuchar su fuerte respiración.

—No sé qué habría hecho si te llega a pasar algo. He estado como loca comprobando mi cuenta de correo cada cinco minutos. Ni imaginas el alivio que resulta escuchar tu voz. Estoy tan contenta por saber que te encuentras bien... ¿Me prometes que estás bien?

—Sí —respondí—, pero no puedo decir lo mismo de Quinn. —Mi garganta se tensó mientras trataba de encontrar las palabras.

—¡Oh, no! —exclamó—. ¿Qué ha pasado?

No podía hablar. Simplemente sacudí la cabeza y me froté los ojos.

—¿Jessica?

—¡Lo han matado! Unos minutos antes de que nos rescataran. Quinn ha muerto. Se ha ido. ¡Oh, Dios mío, Caroline! —Sentía nudos en el estómago. ¿Sería capaz algún día de decir esas palabras sin romperme?

—¡Cuánto lo siento! —dijo lentamente, y luego hizo una pausa—. Esto es insoportable. Siento tanto que hayas tenido que vivir eso... ¿Y qué pasa con Grant?

Noah me pasó una caja de pañuelos de papel y me sequé la cara.

—Está bien, creo. Sufre una herida en la pierna y no lo he visto desde hace horas, pero está vivo. Hizo todo cuanto pudo por salvar a Quinn. Todos hicieron cuanto pudieron. —Mi voz se alzó como si tratara de convencerla de algo.

—¡Oh, Dios mío, Jessica! No puedo ni imaginar por lo que has pasado. Por favor, vuelve a casa. Necesito verte la cara. ¿Cuándo volverás a casa?

Miré hacía Noah, que aún seguía ahí.

—No sé cuál es el plan.

—Quiero que salgas de ahí lo antes posible. Ya está bien de esas aventuras temerarias. Es hora de que vuelvas a casa.

—Te llamaré en cuanto sepa algo.

Nos despedimos y me alegré de haber podido darle un poco de alivio. Entonces, pedí que llamaran a Sophie.

—¡Jessica, Dios mío! Hemos oído el nombre del barco en la televisión —explicó Sophie—. ¿Estás herida?

Comencé a llorar de nuevo.

—¡Oh, cariño! —exclamó con una voz más suave—. ¡Oh, cielo, ¿estás bien?! Me alegra muchísimo oír tu voz...

Respiré hondo.

—Grant y yo estamos bien, pero Quinn... está...

—¡No!

Durante un instante nos quedamos las dos en silencio.

—Ahora no puedo hablar de eso. Lo siento mucho, de verdad, ha sido muy duro.

—Déjalo. Oh, Dios, no pasa nada, cariño. —Estaba respirando entrecortadamente.

—Sophie, ¿podrías acercarte a casa de los Knight y decirles que estoy bien y que los llamaré en cuanto pueda? ¿Podrías pasarte hoy y hacer eso por mí?

—Voy de camino. Dalo por hecho. ¿Cuándo vuelves?

—Aún no lo sé. Primero tenemos que llevar a Quinn a casa.

—Te echo de menos, cariño. Por favor, cuídate.

—Yo también te echo de menos. ¡Y a Niran! —Ahora estaba sonriendo a través de las lágrimas, casi riendo—. Por favor, dale un beso y un achuchón de mi parte.

—Así lo haré.

En cuanto devolví el teléfono al oficial Harris, pedí ver a Grant.

Noah me guio por una escalera interior, dos plantas más arriba, hasta la enfermería. Llamó un par de veces a una puerta metálica gris y fue recibido por un médico. Intercambiaron unas palabras y luego se apartaron para dejarme pasar.

Los ojos de Grant ya estaban clavados en la puerta cuanto entré. Me detuve un momento y luego corrí hacia él. Estaba tumbado en una cama de hospital con la pierna en alto, pero, por lo demás, intacto. Hundí la cabeza en su pecho y él me acarició el pelo. En cuanto recuperé el aliento, me levanté y me incliné sobre él para besarlo. Posé una mano en una de sus mejillas y saboreé la calidez de sus labios.

—¿Estás bien? —pregunté.

Asintió.

—Estoy tan contenta...

Grant sacó un brazo para cogerme la mano y Noah me acercó una silla y luego se marchó.

—¿Qué me dices de ti? —preguntó.

—Estoy bien. He hablado con mi hermana. Me han dejado llamarla. Estaba preocupadísima, obviamente, y contentísima de tener noticias mías.

—Eso es estupendo.

Acaricié la mano de Grant con mi pulgar mirando nuestros dedos entrelazados. Nos quedamos en silencio un momento hasta que volví a hablar:

—Tenemos que llamar a Bridget.

Grant frunció el ceño.

—Sí —dijo tratando de mantener el control.

—Es tan horrible, Grant...

Mi voz se quebró.

—Lo sé.

—Él no merecía morir.

—No, no lo merecía. Ninguno de nosotros merecía lo sucedido. Ojalá pudiera arreglar todo, rebobinar y empezar de nuevo, borrando todo lo pasado, pero no puedo. No he hecho otra cosa en las últimas veinticuatro horas más que pensar en ti y en Quinn. No tengo palabras para expresar lo mal que me siento por haberos expuesto a esta situación.

Nuestros ojos se encontraron y le apreté la mano.

—Pero debemos seguir adelante —continuó—. Tengo que llevarte a casa y encargarme de Quinn, de su funeral y su familia.

—No quiero volver a casa. Quiero quedarme contigo.

Él ladeó la cabeza, la mirada gacha.

—Tu hermana y tu familia se merecen tenerte de vuelta con ellos. Sana y salva.

—Mi hermana necesitaba saber que estaba bien y ahora que lo sabe se repondrá rápidamente. No pienso dejarte.

Noah apareció con dos oficiales.

—Disculpen. Siento mucho interrumpir, pero necesitamos hablar con ustedes cuanto antes. Debemos hacer un informe y contactar con los familiares de Quinn.

—Sí, por supuesto —contestó Grant antes de dirigirse a mí—. Ya lo hablaremos más tarde.

Noah acercó una silla de ruedas a la cama y ayudó a Grant a sentarse. Todos abandonamos la enfermería y montamos en un ascensor que nos llevó de vuelta a la sala de comunicaciones, donde había llamado a Caroline y Sophie. Noah le preguntó a Grant cuál era el apellido de Quinn.

—Asner. Quinn Asner. Es de Miami. Vivía con su novia.

—Bridget —añadí.

Noah asintió.

—Nos gustaría intentar contactar primero con sus padres o la familia. ¿Les parece bien?

—Estoy de acuerdo —convino Grant—, pero no sé dónde viven ni cómo localizarlos. Creo que deberíamos empezar por Bridget. Y me gustaría ser yo quien hablara con ella. —Tragó saliva.

Puse mi mano en el hombro de Grant. Él sabía demasiado bien lo que era perder alguien a quien querías; sin duda no solo sentía la responsabilidad de informarle de la muerte de Quinn, sino también cierta empatía con ella. Como si fueran miembros de un club privado al que nadie querría unirse.

Mientras estábamos hablando, el suboficial Harris estaba tecleando y en cuestión de segundos tenía en su pantalla el teléfono de la casa de Quinn.

—Tenemos el número, señor —informó a Noah.

Este se volvió hacia Grant.

—¿Necesita más tiempo?

Grant negó con la cabeza y marcaron el número.

Era más de medianoche en Miami. Casi en el último pitido, alguien contestó.

—¿Bridget? —preguntó Grant. Solo podíamos oír su parte de la conversación.

—Aquí Grant Flynn.

Hizo una pausa para escucharla.

—Eh, sí, por eso llamo.

Nueva pausa.

— La semana pasada sufrimos un... El, eh, barco fue atacado... —Se frotó la frente, su codo descansando en el reposabrazos de la silla de ruedas—. Nos tuvieron cautivos durante cinco días y, ayer, justo cuando la armada acudía en nuestro rescate, dispararon a Quinn. No consiguió sobrevivir.

Me incliné sobre su silla y oí a Bridget repitiendo las palabras «no» y «¿qué?». Grant apoyó la cabeza en las manos y la dejó terminar su lamento. Quería saber qué había sucedido. Quería conocer hasta el último detalle de los últimos días de Quinn y Grant se lo contó. Evitó las partes más duras, no contó nada sobre el sufrimiento de Quinn a manos del demonio y lloró con ella durante casi treinta minutos. En un primer momento, Bridget se quedó conmocionada, pero al final de la llamada dijo que quería ser ella quien le diera la noticia a su madre.

—Lo llevaremos a casa —fue lo último que Grant le dijo.

Acto seguido, le tendió el auricular de vuelta al suboficial Harris y respiró hondo.

—¿Hay alguien más con quien quiera contactar, señor Flynn?

—No —contestó, negando con la cabeza.

Al terminar, Noah nos llevó arriba hasta la cubierta principal, donde nos esperaba una mesa bien dispuesta.

Grant miró la comida y luego apartó el plato.

—Esto no está bien. Estar aquí. Toda la semana. El barco. Todo.

—Lo sé. —Mis manos estaban cruzadas en mi regazo.

—No puedo dejar de pensar qué hubiera pasado si... —Se recostó sobre la silla—. No debería haberos expuesto a ninguno de los dos a esta situación.

—Basta. No puedes hacerte eso.

—Esta vez ha sido mi culpa. Ha sido una situación de vida y muerte que podría haber controlado y la jorobé.

Cuando Jane estuvo enferma, él también debió de sentirse con las manos atadas, pero aquello estaba fuera de su alcance. Antes, durante y después. Ella estaba enferma y su enfermedad lo dominaba todo. No había dinero en el mundo, ni elecciones personales, ni medicación experimental que hubieran podido cambiar su situación. Él lo sabía y finalmente había aprendido a convivir con ello. Tenía que hacerlo. Pero ahora, tal como podía ver en sus ojos, se sentía responsable por lo que nos había sucedido a Quinn y a mí.

—Ninguno de nosotros debía haber estado en ese barco ese día. Es todo culpa mía. —Tensó la mandíbula estirando el cuello.

—No te hagas eso a ti mismo. Por favor, Grant. Si es culpa de alguien, es mía. Yo fui quien se ofreció voluntaria y te suplicó formar parte de la tripulación.

Él presionó las yemas de sus dedos sobre su frente y cerró los ojos justo cuando Noah se acercó a nuestra mesa.

—Discúlpenme —dijo—. Me gustaría comentar un par de cosas con ustedes, ¿puedo?

—Por supuesto. —Grant levantó la vista hacia él y asintió.

—El médico le ha dado el alta y nos gustaría llevarlos a usted y a Jessica de vuelta a Estados Unidos tan pronto como sea posible. Si todo sale bien, podríamos meterlos en un avión a primera hora de la mañana.

—¿Y qué pasa con Quinn? —preguntó Grant.

Noah se frotó la barbilla.

—No llevamos ataúdes en el barco, de modo que debemos esperar a que llegue la próxima entrega de suministros militares para disponer de uno. Nos hemos adelantado y ya hemos mandado la solicitud, debería estar aquí en un par de días.

Grant me miró.

—No pienso marcharme sin él.

Asentí suavemente.

—Pero si tú quieres volver con tu hermana, yo lo entenderé...

—No pienso marcharme sin ti —declaré.

Tanto Grant como yo miramos a Noah, quien expuso:

—Lo entiendo y, si ambos están dispuestos a esperar, les enviaremos en un vuelo a todos juntos.

—Gracias —dijo Grant en voz baja.

—¿Hay algo más que pueda hacer por ustedes? —se interesó Noah.

Miré a Grant, tan derrotado y descorazonado. Nada es peor que un capitán cuyas velas han quedado súbitamente deshinchadas por falta de viento. Apoyé mi mano en su antebrazo y luego me volví hacia Noah y negué con la cabeza.

CAPÍTULO 27

—¿Estás seguro de que no quieres llamar a tu familia?

Grant sacudió la cabeza.

—¿Puedo preguntar por qué?

Él suspiró y se rascó la nuca.

—No quiero que se preocupen. —Me miró—. Suelo escribir un correo electrónico a mis padres una vez al mes y apenas escribo alguno alguna vez a mis amigos. Nadie está buscándome y me gustaría que continuara siendo así. No merecen este estrés añadido.

Asentí. De modo que pretendía regresar a su barco y navegar ¿como si nada hubiera sucedido? Mi mente se debatía confusa tratando de entender cómo podía no informar de todo aquello a su familia ni a sus amigos. Cómo un suceso tan perturbador en la vida —y tan destructor, en suma— podía pasar inadvertido a la gente que se preocupaba por él. Mantuve mi boca cerrada por respeto, pero su actitud no me parecía nada bien.

~

Pasamos dos días interminables a bordo del *Enterprise* de Estados Unidos. El médico había recomendado a Grant que intentara mover su pierna lo menos posible, así que me sentaba con él en su habitación la mayoría de las tardes y noches. En cuanto supe nuestro plan, hablé con Caroline los dos días y se organizó para reunirse con nosotros en Miami, que era donde la armada finalmente nos enviaría junto con Quinn. Cuando el féretro llegó, comenzamos a desear estar ya de vuelta a casa con nuestras familias.

La mañana de nuestra partida, subí las escaleras hasta la cubierta de la pista de aterrizaje vestida con la ropa que me habían dado. Una camisa azul pálido, unos pantaloncitos caqui, una gorra de béisbol de la armada y unas zapatillas deportivas que me había prestado una de las oficiales. Grant iba detrás de mí. Había abandonado la silla de ruedas y se apoyaba en una muleta. Había mucho ruido en la cubierta. El viento y el sonido del océano hacían difícil escuchar a nadie. Cuando llegué arriba y me asomé al exterior, me sentí embargada por la emoción. Todo el mundo a bordo —cientos de hombres y mujeres— habían formado un improvisado pasillo que llegaba desde un extremo a otro de la cubierta, hasta donde esperaba el avión.

Noah se volvió hacia nosotros.

—Honores militares por Quinn. Todo el mundo ha venido a presentar sus respetos.

Las lágrimas me resbalaban por la cara mientras éramos conducidos al final del pasillo, donde estaba el cadáver de Quinn. Seis miembros de la guardia de honor portaban el ataúd, mientras un séptimo iba delante presidiendo la comitiva. Todos vestidos con sus uniformes de gala.

—Estamos a punto de comenzar —anunció Noah.

Al cabo de un segundo, escuchamos una voz por los altavoces:

—¡Atención!

Todas las personas presentes en cubierta se pusieron firmes, las manos a los lados, los puños cerrados. Mi corazón palpitó mientras caminábamos detrás de la guardia de honor. Grant había decidido dejar su muleta a un lado y marchaba cojeando. A medio camino de aquel pasillo, me cogió la mano. Cuando alcanzamos el avión, escuchamos anunciar la orden de «¡Posición de descanso!» y todos se quedaron con los pies separados y las manos a la espalda. Esperamos y vimos cómo cargaban el féretro de Quinn en el avión. Me enjugué las lágrimas, solté la mano de Grant y lo abracé. Él agachó la cabeza hundiéndola en mi hombro y pude sentir su cuerpo temblar. Me besó en la frente y se giró para tenderle la mano a Noah.

—No tengo palabras, amigo mío —le dijo.

—Ni falta que hacen. Solo lamento que no pudiéramos hacer más por Quinn. Todos lo sentimos muchísimo.

Grant miró hacia aquella impresionante multitud.

—Gracias.

Noah se volvió hacia mí.

—Señora, que tenga un feliz vuelo de regreso a casa.

Sonreí lo mejor que pude y lo sorprendí cuando me acerqué a él y lo rodeé con mis brazos.

—Gracias, Noah. Por todo.

Él me dio unos tímidos golpecitos en la espalda.

—De nada.

Grant me palmeó en el hombro y luego leyó mi rostro para asegurarse de que estaba preparada para subir al avión que nos llevaría de vuelta a Estados Unidos.

CAPÍTULO 28

Volamos hasta una base aérea de la armada en Turquía, donde cambiamos de avión para emprender un vuelo de tres horas hasta Alemania. Grant y yo fuimos inseparables durante aquel viaje, pero ninguno de los dos estaba muy hablador. Nos dimos la mano y yo apoyé mi cabeza en su pecho la mayor parte del trayecto. Él durmió durante casi una hora, pero yo me sentía demasiado nerviosa como para echar siquiera una cabezada. Pensé en Quinn y en el *Imagine*, y mi corazón se resquebrajó ante los sueños rotos de Grant y el futuro destrozado de Quinn. Todo había sucedido tan rápido que me costaba asimilarlo. Un momento antes yo me enamoraba en un velero en medio del océano Índico y, al siguiente, estaba en un vuelo militar de vuelta a Estados Unidos. Mi pecho se encogía de dolor por tantas razones diferentes que de no haber estado pegada a Grant, no estoy segura de haber podido sobrevivir a la tortura mental que me estaba infligiendo a mí misma. Y entonces empecé a cuestionar todo. ¿Regresaría a Tailandia? ¿Me abandonaría Grant y continuaría con su vida? ¿Me vería obligada a regresar a Indiana con Caroline? ¿Cómo podría abandonarla de nuevo y darle ese disgusto? Y, lo más importante, ¿cómo podría vivir sin Grant?

Él se despertó de un respingo cuando comenzamos a descender y me miró.

—¿Estás bien?

Asentí y me atrajo con fuerza a su lado.

Ya aterrizados en Alemania, nos condujeron hasta los pabellones de oficiales de la base y nos informaron de que pasaríamos la noche allí y cogeríamos un vuelo a Estados Unidos por la mañana. Nos dieron habitaciones separadas, pero yo nunca llegué a ir a la mía. También nos ofrecieron una cena, ropa de recambio, chaquetas de invierno y botas; después, nos retiramos a la habitación de Grant.

—Me voy a dar una ducha —anuncié.

—¿Puedo acompañarte?

Asentí.

Abrí el grifo y dejé que el agua se calentara. Ambos nos desvestimos y yo vacilé sin apartar los brazos de delante de mi cuerpo.

—Eres la visión más hermosa del mundo —susurró él.

Me cogió suavemente la mano y ambos entramos juntos en la ducha y, salvo su adoración por mí, todo el universo desapareció por un momento. Yo me metí la primera bajo el chorro y me mojé el pelo sintiendo que me rodeaba la cintura con sus manos y luego me aparté con cuidado, pensando siempre en no hacerle daño en la pierna. Admiré los músculos de su espalda mientras él levantaba la cara hacia la ducha y se pasaba las manos por el pelo, dejando que el agua le cayera por la cabeza y los hombros. Una vez mojado, cogió el champú y se volvió hacia mí. Vertió unas pocas gotas en sus manos y me hizo un gesto para que me acercara.

—¿Puedo lavarte el pelo?

Asentí y me di la vuelta. Él me besó desde los hombros a la barbilla por ambos lados y luego masajeó mi cabeza y las sienes con las yemas de sus dedos. Susurró mi nombre y yo gemí cuando sus manos se deslizaron por mi cuello y mis pechos haciendo movimientos circulares y acariciándolos mientras me besaba suavemente detrás de las orejas. Apoyé una mano en la pared para no perder el equilibrio y entonces él me dio la vuelta y me levantó llevándome hasta el banco alicatado que estaba en el extremo de la ducha.

—He estado deseando besarte y contemplarte demasiado tiempo —dijo, con sus labios cerca de mi oído.

Se deslizó junto a mí y me besó las puntas de los dedos y los brazos y muslos. Luego hizo una pausa y puso una mano en mi cara.

—Has sido muy valiente —murmuró bajito, y luego cerró los ojos y apoyó su frente contra la mía—. ¿Estás empezando a cansarte de ser tan valiente?

Negué en la cabeza.

—Nunca.

El agua caía sobre nosotros mientras Grant se arrodilló con cuidado y me separó las piernas con las manos para luego trazar suaves círculos con los dedos en mi entrepierna antes de introducirlos en mí. Me sujeté a su pelo húmedo mientras movía su mano dentro y fuera de mi cuerpo, girando los dedos hasta hacerme gritar. Mis manos se deslizaron hasta su cuello y sus hombros, sentí la flexibilidad de sus músculos a medida que me acercaba más a él y acogía su tacto. Cerré los ojos y eché la cabeza hacia atrás, colgándome de él y luego liberándome de todo lo que llevaba dentro.

Nunca imaginé que pudiera enamorarme tanto sometida a tanta presión. Antes de atreverme siquiera a soñar, siempre me había imaginado a mí misma teniendo un cortejo totalmente convencional. Unas cuantas cenas románticas salpicadas con algunas películas y alguna reunión familiar. Y ahí estaba yo —recién liberada de la muerte como si hubiera sido una simple pelea con el matón de la escuela—, enamorada y fuera de control. Mi adoración por él era inmensa y nuestro cortejo era cualquier cosa menos convencional. Quería cuidar de él y animarlo a liberarse de sus propios demonios, que intuía que habitaban en lo más profundo de su mente y no sabía cuáles eran.

Después de unos suspiros, él tiró de mi cintura hasta sus labios, besó mi estómago y me tendió sobre el suelo de azulejos de la ducha. Llevé su boca a la mía e inhalamos uno del otro a través de la espesa cortina de agua. Grant se colocó rápidamente sobre mí penetrándome despacio y con cuidado, concentrándose en lo único de lo que nos habían privado: el placer. Me fundí debajo de él y mi mente se desconectó de todo excepto de su cuerpo moviéndose dentro de mí. Mis hombros presionando contra el suelo de la ducha, mientras él continuaba imparable. Sus movimientos eran decididos pero meticulosos, su mano sujetándome la nuca, protegiéndola.

De pronto su cuerpo se sacudió y cayó hacia delante. Rodeé su espalda con mis brazos abrazándolo como si me fuera la vida en ello. Yacimos allí tumbados, jadeando juntos, mientras el agua resbalaba sobre nosotros y lentamente ambos fuimos recobrando el aliento. Él me besó con suavidad en los labios y se sentó, pero yo apenas podía abrir los ojos. Entonces se inclinó hacia delante y cerró los grifos de la ducha antes de cogerme de las manos y tirar de mí. Nos abrazamos como si nada pudiera interponerse entre nosotros. Ni siquiera el agua.

—Te necesito desesperadamente —susurró.

—Yo también te necesito.

Permanecimos así, nuestros cuerpos desnudos entrelazados, permitiéndonos mimarnos el uno al otro un último momento, hasta que él se apartó y se puso en pie apoyando todo su peso sobre una pierna. Nos secamos y nos pusimos el pijama que nos habían dado antes de meternos en la cama. Exhaustos.

Había mucho de lo que hablar, pero intuía que ninguno de nosotros sabía por dónde empezar. Primero debíamos hacer frente a la familia de Quinn y presentar los respetos que merecía. Miré hacia Grant, que estaba examinando su teléfono después de haberlo recuperado justo antes de dejar el portaaviones. Apenas podía mantener los ojos abiertos.

—¿Grant? —susurré mientras me vencía el sueño.

Se volvió hacia mí.

—¿Sí?

—Te quiero —dije, y me quedé dormida dos segundos después.

A la mañana siguiente, cogimos un vuelo de nueve horas hasta la base naval de Norfolk, Virginia, y aterrizamos en suelo estadounidense hacia las tres de la madrugada. Nos recibió un hombre que me recordó a Kevin Pacay en *Sospechosos habituales*; después, nos condujeron a nuestras habitaciones y nos dieron algo de comer.

—Soy Walter Morgan, del Departamento de Estado —se presentó—. Vamos a dejarlos para que se adapten a la diferencia horaria, pero, si les parece bien, nos gustaría poder meterlos en un vuelo civil al mediodía rumbo a Miami. —Hizo una pausa—. Hemos contactado con la familia Asner y estarán en el aeropuerto para recibir el féretro, junto con su hermana, señora Gregory. —Añadió mirándome a mí.

—Gracias —dije.

—De esa forma, mañana deberían poder acostarse a la hora correcta. Sé lo agotador que pueden ser los ajustes horarios. —Pasó una hoja del cuaderno que sostenía—. Muy bien. Entonces, cuando aterricen en Miami, serán recibidos por un miembro del Departamento de Estado que los llevará directamente con la familia Asner, tal como han solicitado, y luego podrán marcharse. ¿Tienen alguna pregunta?

—Mi barco —preguntó Grant—. ¿Sabe algo de su paradero?

Walter se rascó la cabeza y volvió a comprobar sus papeles antes de levantar la vista.

—Déjeme ver qué puedo averiguar.

—Gracias —dijo Grant.

—Volveré dentro de un rato, pero, por favor, háganme saber si puedo hacer algo por ustedes —añadió antes de salir de la habitación.

La habitación de invitados en la que estábamos esperando parecía la de cualquier hotel barato. Dos camas dobles, una cocinita en una de las paredes, una moqueta de rayas y una mesa de madera con la silla a juego.

—Supongo que deberíamos tratar de dormir algo —sugerí, y Grant asintió.

Se sentó en una de las camas y encendió la televisión mientras yo me lavaba la cara y cepillaba los dientes. Cuando terminé, me uní a él en la cama.

—¿Algo interesante? —pregunté. Había pasado mucho tiempo desde la última vez que alguno de los dos había cambiado canales en un televisor.

—Sobre todo publicidad y basura. Hay una manta con mangas que he pensado que te gustaría.

—Parece muy cómoda.

Grant se inclinó y me dio un beso.

—Voy a darme una ducha rápida.

—Hay un neceser con productos de aseo para ti.

Después de su ducha, nos metimos en la cama y tratamos de dormir un poco, pero una hora después aún seguíamos despiertos.

—¿Grant?

—¿Sí?

—¿Es mal momento para que te pregunte qué va a suceder en cuanto estemos en Miami? Me refiero a después de habernos reunido con la familia de Quinn y todo eso.

Grant se giró hacia un lado, colocó un mechón de mi pelo detrás de mis orejas y después posó sus labios en mi frente un buen rato antes de apartarse.

—No lo sé —susurró.

—Temía que dijeras algo así.

Frunció el ceño.

—No es que no haya pensado en ello. He estado preguntándome por el barco y estoy seguro de que tendré que ir a que recuperarlo en algún momento. También he estado pensando en el viaje, ya sabes, si debía seguir con él o aceptar la derrota. Obviamente, no voy a volver a navegar por el océano Índico, pero si consigo recuperar el barco podría continuar desde Egipto...

—¿Con qué tripulación?

—No es difícil encontrar tripulantes, Jess.

—¿Así que seguirás adelante como si nada hubiera sucedido?

Negó con la cabeza.

—No, no como si nada hubiera sucedido, pero ¿qué debería hacer? ¿Qué deberíamos hacer?

Eso es lo que yo ignoraba. Sabía que Grant no era insensible respecto a Quinn y yo no quería ponerme a la defensiva porque, egoísta, yo estaba más preocupada por perderlo que por ninguna otra cosa. Si algo tenía claro es que Quinn habría deseado que Grant terminara su viaje y su sueño de navegar alrededor del mundo. Y entonces recordé que no había querido contactar con su familia después del rescate. Tal vez quisiera continuar con su vida. Tal vez con la muerte de su esposa ya había sufrido lo suficiente para toda una vida y se había resignado a no mirar nunca atrás sin importar lo que pasara. Pero ¿quería mirar hacia delante?

Me levantó la barbilla.

—Oye, mírame. Voy a tener que tomar una decisión pronto y dejarte es un factor importantísimo. Quiero que lo sepas. Abandoné mi vida, o lo que quedaba de ella, para reconstruirla y cumplir algo que siempre había querido hacer... al igual que tú. —Se pasó la mano por el pelo—. Ahora, no puedo hablar por ti ni decirte qué debes hacer, pero haré todo lo que pueda para asegurarme de que esa gentuza, esos asquerosos cabrones somalíes, no desbarate los planes que tenías para ti. Los sueños que tenías.

Respiró hondo y continuó:

—Tú, Quinn y yo hemos tenido una malísima experiencia. Y lucharé el resto de mi vida contra la culpa que siento por lo sucedido. Por Quinn y por ti. Si hay algún consuelo en todo aquello, debería ser el haber aprendido que no debemos permitir que esta tragedia marque nuestro futuro. Si este suceso cambia tu forma de ser y te catapulta de vuelta al lugar que tanto ansiabas dejar, nunca me perdonaré. —Se incorporó sobre un codo—. No quiero que me hagas ninguna promesa, pero, por favor, no dejemos que esto arruine la vida que siempre has querido para ti. No podría vivir con eso.

Me obligué a sonreír.

—Y yo no puedo vivir sin ti.

Soltó un pequeño suspiro por la nariz.

—Sé que suena un poco dramático y añade una nueva presión que ahora mismo no necesitas, pero antes incluso de que dejáramos Tailandia, ya estaba preocupada por tener que despedirme de ti al final del viaje. —Su rostro era inescrutable—. No es ningún secreto lo que siento por ti y, por mucho que quiera continuar con mi vida en Phuket, no seré feliz allí ni en ninguna parte sin ti.

No se me escapaba que él no me había respondido la otra noche cuando le había dicho que lo quería. Pensé en ello al instante de despertar la mañana siguiente. Y aunque no lo dije esperando contestación, no pude evitar preguntarme lo que realmente sentía por mí.

Me besó.

—Bueno, lo último que quiero es que seas infeliz.

~

Unas horas más tarde, nos despertamos con un golpe en la puerta. Me dio un susto de muerte y necesité unos minutos para comprender dónde estaba y qué hora era. Lo primero que pensé fue en

Quinn. Estiré el cuello y miré al reloj que estaba en la mesilla de noche junto a Grant: las diez menos cuarto de la mañana. Sentí un fuerte dolor de cabeza cuando volvieron a llamar a la puerta. Salí de la cama y caminé hasta la puerta.

—¿Sí? —pregunté con una débil vocecilla.

—Soy Walter Morgan, señora Gregory. Necesitamos que estén preparados y afuera en treinta minutos.

—Está bien, gracias.

Grant estaba despierto y estirándose cuando me di la vuelta.

—Nos esperan en media hora.

Hizo un gesto de asentimiento antes de hablar.

—Ven aquí.

Me senté junto a él en la cama. Estaba desnudo, con solo la sábana cubriéndole de cintura para abajo, y se lo veía magnífico. Bronceado y fuerte, hermoso y vivo.

Posé mi mano en su pecho.

—Hoy va a ser un día muy duro, Grant.

—Sí, así es.

—Todavía no me hago a la idea de que estoy de vuelta en Estados Unidos y a punto de volver a ver a mi hermana. Vivir en Tailandia ahora parece tan distante...

Me estrechó con fuerza y yo apoyé mi cabeza sobre su corazón.

—Va a ser un día difícil, eso seguro. Es justo lo que he estado pensando, en tener que enfrentarme a Bridget y a la familia de Quinn, y en lo que voy a decirles. ¿Qué puedo decir para suavizar siquiera un poco su dolor? Eso si se dignan a mirarme.

Me senté erguida para mirarlo a los ojos.

—Solo sé tú mismo. Ellos comprenderán al instante lo buena persona que eres y lo mucho que esto te duele. No van a culparte. No pueden.

—Sí pueden —contestó en voz baja.

—Lo que quiera que hagan o como quiera que actúen está fuera de tu control. Tú solo expresa cómo te sientes de la mejor forma que puedas, eso es lo único que podrás hacer. Quinn sabe lo mucho que te preocupabas por él y lo afortunados que somos por estar vivos. Él nunca, nunca, te habría culpado por lo sucedido y eso es lo único que importa. Él es lo único que importa.

Grant apretó los labios y asintió.

En cuanto nos vestimos y recogimos nuestras cosas, Walter Morgan, junto con un suboficial de la armada, nos condujo hasta el aeropuerto internacional de Norfolk, donde nos subimos al vuelo 453 de Delta Sillines con destino a Miami.

Cuando aterrizamos, nos pidieron que permaneciéramos en el avión hasta que todos los pasajeros hubieran salido y entonces una mujer, vestida con una falda tubo azul marino y una blusa blanca de manga corta y zapatos de tacón, nos recibió en el avión.

—¿Grant Flynn y Jessica Gregory?

—Sí —contestó Grant.

—Soy Dana Williams, de la Dirección Nacional de Seguridad y Transporte. Encantada de conocerlos. El personal de tierra está retirando la pasarela y acoplando la escalerilla para que podamos salir al exterior. Los llevaré hasta una de las salas de nuestro personal situada en la planta inferior del aeropuerto, donde sus familias están esperándolos.

Grant no tenía ningún familiar esperándolo, solo Quinn.

En cuanto la escalerilla estuvo dispuesta, seguimos a Dana hasta la pista y, desde allí, a una sala con dos puertas, donde finalmente pudimos quitarnos los abrigos. Era agradable volver a estar de vuelta en un clima cálido.

—Si no les importa, esperen aquí un momento —indicó Dana.

Unos dos minutos más tarde, mi hermana Caroline irrumpió por la puerta.

CAPÍTULO 29

Corrí a los brazos de Caroline y la abracé como si no la hubiera visto en años. Olía a hogar e inhalé su aroma como una droga. Caroline sollozó y rio y me miró de arriba abajo como si nos viéramos por primera vez.

Volvió a abrazarme y luego se apartó, con sus dedos aún aferrando mis hombros.

—No puedo creer que seas tú. Te he echado tanto de menos, cariño... Tu pelo está tan largo y rubio, Jess. Estás guapísima. —Se llevó una mano a la boca—. No puedo expresar lo maravilloso que es tenerte aquí, frente a mí. —Miró al hombre que estaba a su lado un tanto incómodo.

—Bienvenida a casa —dijo él—. Menudo alivio.

Bajito, corpulento, calvo y con unas lentes con montura de alambre, Allen Halos tenía todo el aspecto del banquero que era. Amable y educado, tenía tan poco sentido del humor como pelo. Caroline había comenzado a salir con él una semana después del funeral de nuestra madre. Yo solo lo había visto dos veces, pero estaba contenta porque tuviera a alguien.

—Gracias —respondí.

Grant se acercó desde detrás de mí y se presentó.

—Yo soy Grant. Jessica me ha hablado mucho de ti —confesó y extendió su mano derecha, pero Caroline lo atrajo hacia ella y, en su lugar, lo abrazó, todavía sollozando.

—Gracias por mantenerla a salvo y devolvérnosla de una pieza —repuso—. No puedo expresarte lo preocupada que he estado.

Grant sacudió la cabeza y arrugó el ceño.

—Por favor, no me des las gracias. Yo fui quien la puso en peligro, quien lo siente.

—Mmm... —murmuré y le di unos golpecitos en el hombro a Caroline para que lo soltara—. Creo que Grant y yo necesitamos encontrar a la familia de Quinn, nos reuniremos con vosotros más tarde, ¿de acuerdo?

Ella me cogió la mano, apretándola con fuerza.

—¿Tienes que hacerlo? —susurró.

—Sí, pero volveré. Te lo prometo.

Justo entonces vi que Grant desviaba su atención hacia dos enormes ventanales que daban a las pistas y los cinco vimos el féretro de Quinn saliendo del avión.

Caroline mostró una tímida sonrisa al mirar primero a Grant y luego a mí.

—Por supuesto. —Se sonó la nariz con un pañuelo—. Lo entiendo. Estaremos esperándote aquí cuando termines. Por favor, tomaos todo el tiempo que necesitéis.

Grant y yo miramos hacia Dana.

—Síganme —indicó, y eso hicimos.

Nos llevaron a una estancia más grande situada al otro lado del vestíbulo. Cuando entramos, había seis personas esperándonos y yo rompí a llorar en cuanto los vi.

—Lo siento mucho. —Levanté una mano para taparme la cara cuando una joven a la que reconocí a la primera se acercó a mí. Abrí los brazos para acogerla y nos abrazamos.

—Lo siento muchísimo, Bridget. No sabes cuánto lo siento.

Ella lloró en mi hombro y luego se apartó haciendo cuanto pudo para mostrar una expresión valiente. Me cogió de la mano mientras seguíamos a Grant hasta donde estaban los padres de Quinn y su hermano sentados, junto con la madre de Bridget y una mujer que se puso en pie y corrió a los brazos de Grant tan pronto como lo vio.

Era pequeña y rubia como yo, unos diez años más joven que él, también como yo. Iba impecablemente vestida, tan bien arreglada que bajé la vista a mi deforme polo azul de la marina y mis pantalones caqui y retrocedí. Sus cejas estaban perfectamente perfiladas, su cabello irreprochablemente peinado, sus sandalias de diseño sin una mota de polvo y sus uñas, de manicura francesa, clavándose en la espalda de él. Ella se estremeció suavemente cuando se abrazaron. Grant acarició su nuca antes de apartarse y acercarse a los padres de Quinn. Se agachó delante de sus sillas. Yo di unos cuantos pasos más, aún sosteniendo la mano de Bridget mientras aquella rubia misteriosa permanecía al lado de Grant.

Los padres de Quinn lo saludaron con un gesto de asentimiento. En ese momento no lloraban, pero habían llorado muchísimo. Un matrimonio sencillo con ropa corriente. El padre de Quinn parecía que acabara de regresar de un día de pesca y su madre llevaba los mismos zapatos grises de cordones que mi madre solía calzar. ¿Cómo hay que vestirse para recibir el féretro de tu hijo en el aeropuerto? Impensable arreglarse para un momento así.

El padre de Quinn puso su mano en el hombro de Grant.

—Gracias por traerlo de vuelta a casa.

Cerré los ojos y luché para contener las lágrimas.

Grant asintió y entonces silenciosamente se desmoronó. Clavó un codo en su rodilla y hundió la cabeza entre sus manos. La mujer rubia le acarició la espalda hasta que él levantó una mano para detenerla.

—Así no era como quería traerlo de vuelta a casa —balbuceó las palabras y luego se sorbió las lágrimas—. Llevo días pensando en qué podría deciros, pero no tengo palabras para expresar mi pena. Quinn era incomparable. Siempre estaba ahí para mí, con una sonrisa y algún chiste, nunca olvidaré la influencia tan positiva que ha tenido en mi vida.

Se volvió con los ojos empañados y se levantó para mirar a Bridget. Estaba a punto de hablar, pero se limitó a bajar los brazos derrotado. Mi corazón se rompió una y otra vez por él y por todos quienes ocupábamos aquella estancia.

Grant volvió a sorber y se secó la cara con el dorso de la mano.

—Bridget, él te quería muchísimo. —Hizo una pausa—. Ya sé que lo sabes, pero también deberías saber que estabas siempre presente cuando hablaba, pensaba y soñaba. No quiero hacerte las cosas más difíciles, solo quiero que sepas que eras la luz de su vida y estuviste con él hasta el final.

Ella me soltó la mano y abrazó a Grant.

—Gracias. —La oí decir bajito; luego, se apartó y puso sus manos en los hombros de Grant—. Tienes toda la razón. Él era una fuerza positiva incomparable y no habría querido vernos a todos tristes. —Hizo una pausa para secarse las mejillas—. Lo único que él quería era levantar el ánimo de la gente, no aplastarlo. Cuando penséis en él, debéis recordarlo así. Sé que lo haréis.

Grant asintió.

Bridget se apartó y Grant me tomó de la mano, pero por alguna razón no me pareció correcto, de modo que me solté disimuladamente.

—Jessica —dijo Grant—, ella es mi cuñada, Marie. —La mujer rubia se acercó—. Marie, Jessica. Estaba en el barco con nosotros cuando nos atacaron.

La hermana de Jane me sonrió y asintió.

—Me alegro tanto de que estés a salvo... —confesó en voz baja, y luego miró a Grant—. Que ambos estéis bien.

Grant se dirigió a mí:

—Marie y Quinn eran amigos. Trabajaron juntos hace unos años cuando Quinn fue becario en la emisora. Marie es presentadora de noticias en Fort Lauderdale.

—Ya —convine, y volví la cabeza a un lado—. Siento mucho tu pérdida. —Mis palabras surgieron tan forzadas y carentes de compasión que apenas reconocí mi propia voz. Sacudí la cabeza—. Yo... esto ha sido tan duro... No sé qué decir. Simplemente es terrible y Quinn fue tan increíble... —Empecé a llorar y Grant me rodeó con sus brazos.

—Ya está. No pasa nada.

Me solté y Marie me acarició el brazo con la mano.

—Has pasado una terrible experiencia. Todos sentimos lo que habéis vivido. No puedo ni imaginarlo. —Hizo una especie de chasquido con la lengua y sacudió la cabeza—. Es inconcebible un horror así.

—Sí —asentí.

Dana apareció en la habitación con otras dos personas.

—Cuando ustedes nos digan, nosotros ya estamos listos. No hay prisa —anunció.

El hermano de Quinn entrelazó su brazo con el de su madre y siguieron a Dana al exterior, con Bridget y su madre detrás. Yo cogí del codo a Bridget cuando pasó a mi lado y las dos nos miramos a los ojos.

—Solo quiero que sepas que tu colcha está con él.

Se llevó una mano al corazón.

—Gracias —susurró, y salió.

Grant buscó mi mano de nuevo y vi los ojos de Marie fijarse en nuestros dedos entrelazados. No quería herir sus sentimientos volviendo a soltarme por segunda vez, pero no me sentía cómoda.

—¿Podemos sentarnos un minuto? —nos preguntó.

—Por supuesto —contestó Grant, y nos sentamos frente a la mesa donde había estado la familia de Quinn.

Marie suspiró y lo miró como si fuera un niño.

—¿Por qué no has llamado a nadie? —inquirió.

Grant bajó la vista a sus manos, ahora cruzadas en su regazo, y se encogió de hombros.

—No lo sé.

Ella me echó un rápido vistazo y luego volvió de nuevo su atención a Grant. Pensé en excusarme y regresar junto a Caroline, pero intuía que él me necesitaba allí con él.

—¿Quién te lo dijo? —preguntó Grant.

—Cosas así aparecen en las noticias, Grant —empezó Marie—, pero un íntimo amigo de Bridget colgó algo en Facebook y un amigo mutuo me preguntó por Quinn, sin saber que él te conocía.

Grant se frotó la frente y apoyó los brazos en la mesa.

—Lo siento mucho, de verdad. Debería haber llamado.

Ella se inclinó hacia delante y posó una mano en su brazo.

—Estuvimos terriblemente preocupados, pero sobre todo queríamos estar aquí por ti. ¿De acuerdo?

Él asintió.

—Tienes que dejar que tu familia esté contigo. Para lo bueno y para lo malo —dijo ella, y luego se recostó en el asiento—. Me disgusta tener que preguntarlo, pero ¿tienes algún plan sobre lo que harás a continuación?

Mis oídos se aguzaron.

—No, en realidad, no. Jess y yo vamos a volver a reunirnos con su familia y quiero asegurarme de que se ocupan de ella y... —Su voz se desvaneció durante un segundo—. Donde quiera que ella decida ir allí será donde me encuentres.

CAPÍTULO 30

Al día siguiente, me desperté y encontré a Caroline luchando con la cafetera de última generación instalada en la pared de la habitación del hotel. Grant aún seguía dormido, de modo que cerré cuidadosamente la puerta detrás de mí. La suite del Mandarín Oriental de Miami tenía dos dormitorios —uno para nosotros y el segundo para Caroline y Allen, ninguno de los cuales se había alojado nunca en nada mejor que un hotel de la cadena Double Tree Hilton—. La decoración era de un moderno estilo art déco y la habitación daba al mar de la zona de cayo Brickell.

—Estaba intentando hacer café y esperar en el balcón hasta que alguien se levantara, pero esto parece como salido de *La guerra de las galaxias* —señaló Caroline.

—Entonces seguro que Allen sabrá cómo utilizarla —bromeé, y ella sonrió como muestra de asentimiento—. Creo que es una máquina expreso. Simplemente podemos pedir un par de tazas de café.

—Todo esto es excesivo. Grant no tenía por qué hacer esto por nosotros.

—Tiene algún contacto o vínculo con estos hoteles. Estuvo trabajando en el negocio de los viajes durante muchos años... Todavía trabaja en ello, por eso consigue las habitaciones gratis o muy baratas. Creo.

Ella me miró, esperando que le diera más detalles de él, pero tampoco yo tenía demasiados.

—¿Nos sentamos fuera? —sugirió.

—Claro —convine, y a continuación llamé al servicio de habitaciones antes de deslizar sigilosamente las puertas de cristal y salir a las losas de mármol del suelo del balcón—. ¿Prefieres el sofá para dos o el enorme sillón intimidante? —pregunté.

—Escogeré el sofá para dos —respondió, y yo me dejé caer en la enorme silla naranja brillante del tamaño de un Volkswagen Escarabajo.

Nos sentamos en silencio un momento, disfrutando de la vista, antes de que yo me decidiera a hablar.

—¿Qué quieres saber?

Ella se aclaró la garganta.

—Allen dice que no debería presionarte ni someterte a un interrogatorio, pero no he podido dormir pensando en todo lo que has pasado y en qué planes tienes a partir de ahora. —Me miró a los ojos—. Creo que es hora de que vuelvas a casa.

—He podido volver sana y salva. ¿No es eso lo que importa?

—Sí, pero me pongo mala imaginando lo que habéis tenido que pasar. No dejo de imaginar lo peor y solo quiero estar segura de que cuentas con la ayuda que necesitas de ahora en adelante... si es que necesitas ayuda. Me refiero, por ejemplo, a la clase de tratamiento médico que te han prescrito. ¿Has hablado con algún psiquiatra? ¿Han capturado a aquellos hombres? ¿Qué se ha hecho con ellos? —Se detuvo para leer en mi rostro—. ¿Te parezco horrible por querer saber estas cosas?

Negué con la cabeza.

—Y, Jessica... —Se sentó al borde del asiento y se inclinó hacia delante—. Puedo ver que estas enamorada de la cabeza a los pies de ese hombre. ¿Siente él lo mismo por ti? ¿Cuáles son sus intenciones? ¿Dónde estaba hoy su familia?

El café no pudo llegar en mejor momento.

Presioné mis palmas contra los muslos y bajé los ojos durante un instante.

—Creo que sabes que no voy a volver a casa contigo —empecé, y entonces la miré a los ojos.

Ella se cruzó de brazos.

—¿Dónde vas a ir entonces? ¿Vuelves a Phuket?

—Sí, al menos de momento. Quiero decir que allí tengo una vida y ese siempre ha sido mi plan. Enrolarme con Grant durante un mes y luego regresar a Phuket. Tengo dos trabajos que me gustan y también tengo amigos. Y eso sin mencionar mis posesiones inmateriales. No me veo capaz de abandonar ese lugar, ni tampoco lo deseo.

Ella se quedó mirándome.

—En cuanto a que estoy enamorada de él, sí, sí lo estoy, pero decir «de la cabeza a los pies» es quedarse corto. —Me hundí en la silla.

Caroline suspiró.

—Por favor, no te disgustes —le pedí—. Hemos sufrido una experiencia inenarrable, pero Grant y yo hemos conseguido salir de ella vivos y a mí no me hicieron tanto daño. Ni me violaron. Sé que eso es lo que estás pensando. Mi mayor sufrimiento ha sido la pérdida de Quinn. —Sacudí la cabeza—. Era tan fantástico, Caroline, de verdad... Una de las personas más auténticas con las que me he topado en mi vida. Y aunque no lo conocía desde hacía demasiado tiempo, me cuesta mucho comprender lo injusto que su muerte ha sido para él y para todo el mundo que lo quería.

—He dedicado muchas de mis oraciones a su familia y continuaré haciéndolo.

—Gracias.

Ella descruzó los brazos y se inclinó hacia delante.

—Sé que eres una mujer adulta y que no quieres ni necesitas una hermana mayor que te diga lo que debes hacer, pero me preocupo por ti. —Se forzó en sonreír—.¿Crees que no me gustaría tenerte de nuevo en casa trabajando para Allen en el banco o en alguno de los colegios cercanos? Pues sí, me encantaría, pero no soy tan ingenua como tú crees y sé que esa no es una opción para ti.

—Te lo agradezco.

—Bien, y yo te agradecería que hicieras todo lo posible para mantenerte a salvo. Es todo lo que pido. —Hizo una pausa—. Voy a casarme con Allen.

Mis ojos se abrieron como platos y tuve que morderme la lengua para disuadirla de que no lo hiciera, como me pedía mi primer instinto. Entonces comprendí que eso era lo que Caroline quería.

—Si tú eres feliz, yo soy feliz. Y si Allen te hace feliz, lo querré más de lo que puedas imaginar —dije y sonreí. ¿Puedo decirte algo?

—Por supuesto.

—Prométeme que no intentarás ver nada más allá o pensar que he perdido la cabeza más de lo que crees que ya lo he hecho.

—Te lo prometo.

—Mamá estuvo conmigo en el barco. —Hice una pausa—. Joven, exuberante, la mujer de la luna de miel en Nueva York.

Caroline parpadeó pero no dijo nada.

Me froté el lóbulo y desvié la vista.

—Para ser sincera, entre tú y yo, creí que iba a morir. Tal vez algún día, si quieres, te cuente los detalles de lo sucedido, pero aún no me veo capaz. Dicho esto, hubo un momento, tal vez más de uno, en el que estuve convencida de que mi último aliento lo daría en ese barco. Y, en esos momentos, mamá se me apareció. —Me aparté el pelo de la cara—. No habló, pero me *dijo* que me quería y que estaba orgullosa de mí.

Los ojos que Caroline brillaban por las lágrimas cuando volví la vista hacia ella.

—Ella nunca me había dicho eso antes —añadí.

Un segundo después, la puerta corredera de cristal se abrió y Grant apareció por ella.

—Parece que vuestro café ha llegado —comentó—. ¿Interrumpo algo?

—No, lo siento. No quería despertarte —me disculpé y a continuación me levanté—. Deberíamos haber estado pendientes de la puerta.

—No pasa nada. Estaba despierto y encantado de encontrarme con una cafetera recién hecha.

Los cuatro tomamos café juntos antes de que Caroline y Allen tuvieran que marcharse. La ayudé a recoger sus cosas y luego los acompañamos al vestíbulo para coger un taxi.

—Gracias, Grant, por tu generosa hospitalidad y por cuidar de Jessica —dijo Caroline, y le dio un abrazo.

—Ambas cosas han sido un placer.

Despedirme de mi hermana no era nunca fácil, especialmente cuando no sabía cuándo podría volver a verla. Nos abrazamos un buen rato y aquel abrazo me hizo sentir bien.

—Si vuelves a ver a mamá, dile que la echo mucho de menos —me pidió Caroline.

Esa noche, Grant y yo fuimos en un vehículo alquilado hasta un restaurante llamado Michael's Genuine, ubicado en el Distrito del Diseño de Miami.

—No vengo a Miami muy a menudo, pero, cuando lo hago, siempre acudo aquí —me explicó Grant.

Nos sentamos en el patio exterior rodeado todo él de tiendecitas. El aire era cálido y la comida, hecha con productos frescos e ingredientes sencillos, tenía un toque ecléctico. Yo pedí huevos de granja con dos yemas cocinados en un horno de leña y presentados en un cuenco de cerámica blanca rodeados por una costra de queso gruyer, tomates asados y cebollino. Utilicé la parte crujiente para mojar las yemas de los huevos. Su sabor no se parecía a nada que hubiera probado en mi vida.

—Voy a tener que pedir cuatro platos más iguales —aseguré, y luego cerré los ojos con la esperanza de continuar paladeando su sabor.

Grant estaba devorando unos mejillones al vapor. Hizo una pausa para secarse la boca con una servilleta de hilo blanco.

—Estoy tan contento de que hayas podido ver a tu hermana...

—Y yo también. Muchas gracias por cuidar tan bien de ellos.

—Cómo no.

Di otro bocado a la cremosa, chorreante y caliente delicia de queso que tenía frente a mí y luego bebí un sorbo de vino, deseosa de que mi ración fuera el doble de grande. Al terminar, me apoyé en el respaldo de la silla y me bebí el resto de mi copa.

—Supongo que tenemos que hablar —empecé, haciendo que Grant arqueara una ceja—. La frase más temida del mundo, ¿no es así?

—No viniendo de ti.

Posé mis manos en el borde de la mesa.

—No me gusta nada tener que preguntarlo, pero ¿has tomado alguna decisión respecto a tus planes después del funeral de Quinn?

Grant dejó su cuchara al lado del cuenco de mejillones y luego mojó un trozo de pan francés en la salsa. Observé cómo lo masticaba durante un instante antes de reclinarse en su asiento.

—Mi principal prioridad es asegurarme de que llegas sana y salva a Phuket, si eso es lo que quieres, y luego intentar localizar el *Imagine*. Sé que el barco está bajo custodia y en algún momento me pedirán que lo retire.

—¿Crees que podrás volver a navegar en él, después de todo lo sucedido?

Bajó los ojos durante un instante y luego me miró directamente.

—Sí.

Asentí ligeramente.

—Entiendo que te suene extraño e insensible —admitió—, pero lo he pensado mucho y me niego a que esos hombres se lleven lo que es mío. Y no me refiero al barco. Me refiero al viaje y los recuerdos, al tiempo que pasé con mis sobrinos y con Quinn. Ese velero es mi vida. Es todo lo que tengo en este mundo. Ha sido mi único propósito, mi hogar, mi todo, y pretendo reclamarlo y hacer del *Imagine* un lugar feliz de nuevo. Estoy decidido.

Bajé la vista al suelo. No me había mencionado entre las cosas de su mundo.

—¿Estás triste? —preguntó.

Levanté la vista hacia él y traté de leer en sus ojos. ¿Podría alguna vez competir con sus propios sueños? Nadie había podido competir con los míos, pero los míos habían cambiado para incluirlo a él. La cuestión era si los suyos también lo harían para incluirme a mí.

—No estoy triste —confesé—. Y el hecho de que quieras vivir cumpliendo tus metas no me suena en absoluto raro. —Hice una pausa para tomar aliento—. Simplemente dudo de poder siquiera volver a subir a ese barco alguna vez, pero me alegra que quieras hacer lo correcto con él. Ambos lo merecéis.

Grant se inclinó hacia delante, deslizó sus dedos entre los míos y me apretó suavemente la mano.

—Supongo que ahora deberíamos hablar de nosotros.

Sonreí, manteniendo los labios apretados.

Él continuó:

—Voy a terminar mi viaje. Es una promesa que me hice a mí mismo y debo cumplirla. Dicho esto, si quieres, me encantaría que vinieras conmigo. —Bajó la barbilla para estudiar mi respuesta, que no llegó—. En cualquier caso, tú tienes una vida que te encanta en Phuket, tú misma me lo has dicho muchas veces, y no quiero ser yo quien te aparte de ella si eso no está en tus planes. He sido un nómada durante años sin nadie a quien dar cuentas y nadie a quien cuidar. —Se detuvo un instante y sacudió ligeramente la cabeza—. Y mira lo que les ha pasado a aquellos a los que he cuidado. —Exhaló—. Encontrarme contigo me ha cambiado completamente tanto por dentro como por fuera, nunca olvidaré lo que has hecho por mí. Tú has despejado la neblina recordando a mi corazón lo que es palpitar de forma positiva, pero no sé si estoy en un momento en el que me sentiría bien arrancándote de tu vida.

Asentí.

—Y tú ¿qué piensas de todo esto, Jess?

Dejé escapar una sonrisa.

—Cuando estábamos en el barco en medio de esa horrible situación, en lo único que pensaba era en ti. No recuerdo otra cosa en mi vida que me importara. Mis amigos, mi familia, mis trabajos, nada importaba. Mis oraciones eran por nosotros, por nuestra seguridad, por un futuro juntos. Tú eras y sigues siendo todo lo que ocupaba mi mente.

Él volvió a apretarme la mano.

—Más vale que la camarera no asome su cara por aquí ahora mismo —bromeé, poniendo los ojos en blanco.

Grant sonrió.

—En todo caso, lamento mucho si con lo que voy a decir rompo todas las reglas del manual del juego «Difícil de conseguir», pero estoy loca por ti y creo que tú lo sabes. Además, tampoco creo que me engañe cuando digo que tú también sientes algo por mí. —Levanté la vista buscando su confirmación y él asintió, gracias a Dios—. Pero sí, tienes razón. Quiero regresar a Phuket. Mi vida está allí y ese era mi plan original.

—Los planes pueden cambiar —intervino.

—Sí, pero yo me he comprometido con el colegio hasta finales de junio y al menos les debo eso. Han sido excepcionalmente flexibles conmigo, también Niran. Y no está en mi naturaleza eludir mis responsabilidades.

—Me gusta eso de ti.

La camarera finalmente se acercó a nuestra mesa y, por fortuna, Grant ordenó que nos trajera más vino.

—¿Puedo preguntarte algo? —dije.

—Dispara.

—¿Qué te dijo Marie?

—¿Sobre qué?

—Sobre nosotros. ¿Te dijo algo sobre que tú y yo estuviéramos juntos?

Negó con la cabeza.

—¿Por qué lo preguntas?

Me encogí de hombros.

—Al darnos la mano delante de ella por alguna razón me sentí incómoda. No sé por qué.

—Ella, al igual que todos los demás de mi familia, solo quieren verme feliz. —Suspiró—. No puedo empezar a describirte todo por lo que pasé tanto física como emocionalmente cuando Jane murió. Tal vez debería haber ido a terapia, tal vez algún día deba escribir un libro, quizá necesite navegar por todo el mundo, cumplir mi meta y continuar con mi vida. Pero ver a Marie o hablar con mi familia y mis amigos aún me resulta muy duro. Incluso después de todos estos años. Me obliga a recordar la parte peor, porque esa fue la gente que estuvo conmigo durante los días más oscuros. Decir que fue un infierno personal no se acerca ni de lejos a lo terrible que resultó aquello. Me vieron tan débil, con la herida tan abierta, que todavía me parece apreciar ese reflejo en sus ojos. —Se inclinó hacia delante—. Cuando alguien me pregunta por Jane, no tengo ningún problema en hablar de ella y recordar cómo era. La Jane real, no la

Jane del cáncer. Pero cuando veo a mi familia, en lo único que puedo pensar es en la Jane del cáncer y eso me resulta insoportable.

Cuando lo miré fijamente a los ojos, lo comprendí todo. Lo único que quería hacer era aferrarse a lo bueno. ¿Acaso no lo hacíamos todos? Todos los recuerdos que acudieron a mí aquellos días de horror habían sido amables, de escenas familiares y placeres sencillos. Grant no era diferente. Y aunque el tiempo cicatriza la mayoría de las heridas, no borra los recuerdos. Tal vez quisiera que Marie supiera que ahora volvía a ser feliz.

—Espero haber podido hacerte feliz.

—Lo has hecho.

CAPÍTULO 31

Una semana más tarde, cogimos un vuelo desde Miami a Nueva York y tuvimos que correr para llegar a tiempo a nuestro vuelo de conexión con destino Dubái, en los Emiratos Árabes Unidos.

—Esto no cuenta como viaje a Nueva York —le advertí sin aliento mientras corría con mi mochila a hombros.

Ya en Dubái, nuestra estancia también fue corta: pasamos unas cuatro horas medio dormidos en el mismo aeropuerto antes de coger un nuevo avión a Muscat, Omán, donde Grant había organizado que remolcaran al *Imagine*. Antes de dirigirnos al puerto deportivo, nos registramos en el Grand Hyatt, donde ambos dormimos diez horas seguidas. Era un gran hotel y sería el hogar de Grant durante un mes.

A la mañana siguiente, desayunamos en el vestíbulo y luego pedimos un taxi para que nos llevara hasta la Marina Bandar Al Rowdha. En cuanto el hombre que atendía el mostrador comprobó nuestras credenciales, fuimos conducidos por un largo muelle hasta el amarre 15.

Y ahí estaba el barco, cubierto por una lona.

A nuestro alrededor se advertía mucho ajetreo en el puerto deportivo. En su mayor parte, el jaleo de hombres yendo de un lado para otro, volcados en sus teléfonos o conversando con otros navegantes. En el amarre contiguo, estaban reparando un barco y se oía una música árabe desde una radio del muelle. Los lugareños andaban por ahí ocupados en sus asuntos y, en medio de todo aquello, el misterioso barco se erguía orgulloso pero protegido, sin que se adivinara el maltrato que había sufrido y cómo se había propuesto no sucumbir sin lucha. Todavía se veían algunas heridas de guerra, rasguños y cicatrices donde los esquifes habían golpeado el costado al arrimarse: un pasamanos roto que colgaba precariamente por debajo del borde de la lona y algunos caracolillos y lapas adheridas ensuciaban su hasta entonces prístino casco. Grant me cogió de la mano mientras dos de los hombres que nos acompañaban empezaban a retirar su velo de lona. Tragué con fuerza cuando los agujeros de los disparos y el caos de la noche de nuestro rescate se hicieron de nuevo visibles. Grant me soltó y se apresuró a subir; se dio la vuelta y me tendió la mano. Me quedé en el muelle y lo miré, petrificada por la turbación.

Grant bajó el brazo.

—No tienes que subir a bordo, Jess. Lo digo en serio.

—Quiero hacerlo.

—¿Estás segura? —preguntó.

Asentí, cogí su mano y subí a bordo al escenario del crimen. Los cojines estaban tirados y sucios. Por toda la cabina había papeles, tazas de plástico vacías y colillas de cigarrillo alfombrando el suelo.

Emma hacía tiempo que había desaparecido.

Me detuve en lo alto de las escaleras que llevaban al salón y agaché la cabeza. Bajo cubierta era donde podían apreciarse las más crudas pruebas del saqueo y tuve que taparme la nariz y la boca para poder echar un vistazo. Ya habían retirado la moqueta, pero aún quedaban restos de sangre, orina y comida. La mesa se había salido de sus goznes y estaba ladeada; el sofá, estaba rajado al menos cuatro en sitios distintos.

Y entonces lo vi.

Un pequeño destello en el rincón, encajado entre el tablero y el borde de la mesa: mi Buda de oro.

Volví a enderezarme y caminé de vuelta a la popa del barco donde respiré profundamente. Grant estaba hablando con los dos hombres en la proa, señalando hacia el mástil. Me crucé de brazos y cerré los ojos.

Él apareció detrás de mí.

—¿Te encuentras bien? —preguntó.

—Mi Buda viajero de la suerte está ahí abajo. Ha sobrevivido.

—Y también nosotros. —Me acarició el brazo—.¿Quieres que vaya a traértelo?

Asentí.

Grant bajó las escaleras y regresó rápidamente con el Buda. No tenía un solo rasguño. Su deliciosa y exuberante sonrisa me hizo querer volver a ver a los Knight y a Niran y Sophie.

Bajé al muelle y me senté con las piernas colgando sobre el agua. Había una suave brisa que azotaba un lado de mi cara y, en un intento por secar mis lágrimas, me giré hacia ella. No, no quería llorar. Quería ser fuerte por Grant y el *Imagine*. El barco había sido despojado de su belleza y brutalmente violado, pero, aun siendo vulnerable, todavía continuaba en pie. Contemplé el agua lamiendo su casco y por fin pude encontrar un resquicio de paz en la certeza de que sería restaurado y volvería a sentir de nuevo el viento en sus velas.

Grant se reunió conmigo quince minutos más tarde.

—Ya podemos irnos. Van a reunir un equipo de trabajo para mí, volveré en un par de días para concretar los detalles con ellos. Mientras tanto, estos hombres vendrán con una cuadrilla de limpieza para tratar de adecentarlo en primer lugar.

Me levanté y lo abracé. Él me acarició la espalda y me estrechó con fuerza. Sentí su pecho abrirse y liberarse al exhalar lentamente.

—Me alegro de haber venido contigo —dije cuando me aparté.

—¿De verdad?

Asentí.

—Van a hacer todo lo posible para recobrar nuestras pertenencias, pero no sabré realmente en qué condiciones está hasta la semana que viene.

—Eso está bien.

Grant me cogió de la mano y volvimos al hotel, donde pedimos que nos subieran la cena a la habitación y después nos fuimos a acostar.

Él tiró de mí hasta ponerme sobre él y así permanecimos, él estrechándome contra su pecho desnudo y yo con mi oreja pegada contra los latidos de su corazón.

—¿Cuánto tiempo te han dicho que les costarán las reparaciones?

—Algo más de un mes.

—¿Necesitas estar aquí todo el tiempo?

—Sí.

—Te voy a echar de menos terriblemente —confesé levantando la cabeza.

—Y yo a ti también. —Sus manos rodearon mi cara y acercó mi boca a la suya. Nos besamos como si fuera la última vez, ansiosos y voraces; después, él pasó por mi espalda.

—No me gusta nada tener que dejarte —dije.

—Yo estaré bien y tú tienes que volver.

—¿Quién va a hacerme sentir tan bien mientras estás lejos?

—Esperemos que nadie —contestó, y cubrió nuestros cuerpos apilados con la fina sábana blanca.

Esa noche me costó horas quedarme dormida. El no saber cuándo volvería a verlo me destrozaba. No quería meterle más presión, pero la ansiedad de perderlo para siempre era casi imposible de soportar.

Creo que era pasada la medianoche cuando por fin cerré los ojos y me sumí en el sueño. Una hora después, me desperté por los gritos de Grant. Unos alaridos profundos, frenéticos y aterrorizados que no se parecían a nada que hubiera oído en toda mi vida.

CAPÍTULO 32

—¡Grant! —dije, zarandeándolo—. Grant, despierta. Grant, ¡no pasa nada!

Su pecho y su cara estaban cubiertos de sudor y sus manos temblaban cuando abrió los ojos en un rápido movimiento, sorprendido, mientras me contemplaba fijamente como si fuera una extraña.

—Grant... estás bien. Solo ha sido un sueño.

Se incorporó y miró lentamente la habitación.

—Estamos en el hotel. Todo va bien —añadí.

Deslizó las piernas para sacarlas de la cama y se quedó sentado, con la cabeza entre las manos. Me acerqué para posar una mano en su hombro, pero me apartó bruscamente. Después de unos minutos, se levantó, fue al cuarto de baño y cerró la puerta.

Creo que apenas pude parpadear hasta que salió.

—¿Te encuentras bien? —pregunté. Él se apoyó contra el marco de la puerta y se secó la nuca con una toalla de mano.

—No puedo hacerlo.

Sentí que el corazón se me paraba.

—Hacer ¿qué?

—No puedo ser responsable de nadie nunca más. —Su tono era casi como el propio de un autómata.

—Tú no eres responsable de mí.

Sacudió la cabeza.

—Nunca me perdonaría que algo te sucediera. No podría soportarlo.

Tragué con fuerza.

—No va a pasarme nada. —Me senté sobre mis rodillas, subiendo la sábana a mi pecho—. Vuelve a la cama. Has tenido una pesadilla horrible. Yo tengo pesadillas todas las noches, pero mira hasta dónde hemos...

—¡Ahora mismo no puedo permitirme intimar con una persona! —exclamó alzando la voz.

Bajé la vista al colchón y ladeé la cabeza antes de mirarlo directamente los ojos.

—Bueno, debiste haberlo pensado hace semanas. ¿No es un poco tarde?

Arrojó la toalla sobre la cama y empezó a dar zancadas sin dejar de tirarse del pelo.

—Sé que hoy ha sido un día duro para ti por haber visto el barco. Sabía que sería duro. Pero no tienes que hacernos esto. Tú mismo dijiste que te negabas a que esos hombres ganaran la batalla y te quitaran las cosas que te importan.

Se sentó en un sillón en el rincón.

—Pero lo han hecho.

—Yo aún sigo aquí.

Él bajo la cabeza y entrelazó las manos en la nuca. Podía sentir mi corazón convirtiéndose ceniza.

—Solo ha sido una pesadilla —susurré.

—Nunca son solo pesadillas. Son producto de mi realidad y estoy harto de ellas. En cuanto creo que se han ido para siempre, algo vuelve a suceder que despierta a la bestia. —Me miró—. Mi corazón no sobrevivirá a esa próxima vez.

No sé si sentirse vulnerable es el punto fuerte de alguien, pero, la verdad, no era el mío. Su comportamiento decidido y la ausencia de inseguridad en su voz me debilitaron. No dejaba de repetirme a mí misma *Esto no puede estar sucediendo.*

—¿Y eso es todo? —pregunté—. ¿Me meterás mañana en un avión y seguirás adelante? ¿De vuelta a tus cosas como si nada hubiera sucedido? —Sacudí la cabeza—.¿Y qué esperas que haga yo?

—No lo sé.

—Creo que te da más miedo intimar con alguien que perderlo.

—Es posible.

—Mira, Grant, no pretendo ni por un segundo saber lo que pasaste con tu mujer, eso te lo prometo, pero leí su carta y tú dijiste que ella quería que fueras feliz y yo sé que puedo hacerte feliz.

—Eso no lo sabes.

—Sí, lo sé, porque no pienso dejar que juegues a hacerte la víctima el resto de tu vida. —Suspiré—. Y en cuanto a Quinn, a pesar de haberlo tratado poco tiempo, es como si lo conociera desde siempre. Y eso le ocurría a todo el mundo. Ojalá tuviera las palabras adecuadas para hacer que las cosas fueran mejor, pero no las tengo. Lo único que podemos hacer es estar ahí para el otro. —Me acerqué hasta el borde de la cama—. No puedo impedir que rompas los vínculos conmigo, pero lo menos que puedo hacer es luchar por nosotros. Si después de diez minutos encerrado en el baño, ya has tomado una decisión, que así sea, pero antes debes considerar lo lejos que hemos llegado y lo felices que nos hacemos el uno al otro. Sería una pena desperdiciar eso por culpa de unas cuantas noches de insomnio.

Consideró lo que acababa de decirle.

—Mis entrañas me dicen que necesito estar solo. Que merezco estar solo.

Mi corazón se partió, pero mi cabeza echaba humo. No quería enfadarme con él porque me sentía mal por todo lo que había pasado, pero me mataba ver a alguien apartando a la gente cuando más la necesitaba.

—Estoy seguro de que me arrepentiré de ello —añadió.

—Lo harás.

—Pero no lamentaré haberte mantenido a salvo.

—No puedes protegerme, ni a mí ni a nadie y, desde luego, no puedes proteger tu corazón. Apartar a la gente lejos de ti, a aquellos que más te quieren, no va a evitar el dolor de tu corazón. Hasta que te des cuenta, esas pesadillas no cesarán. —Apoyé la cabeza en la almohada y cerré los ojos antes de que las lágrimas se escaparan—. Buenas noches, Grant.

¿Hay algún Buda para reparar un corazón roto?

CAPÍTULO 33

A la mañana siguiente, mientras mantenía una charla de lo más incómoda con Grant, guardé mis pocas pertenencias y, después de tomar un café, él me llevó al aeropuerto para embarcar en un vuelo rumbo a Phuket. Salió del taxi para sacar mi mochila del maletero y luego se quedó a mi lado en el bordillo de la acera. Nos miramos el uno al otro un largo instante antes de que yo me acercara y lo abrazara. Respiré hondo, inhalé con fuerza para atrapar su olor y luego me aparté.

—Adiós, Grant.

Estaba decidida a mostrarme fuerte delante de él.

Cuando me desperté esa mañana, había pensado en mi madre y en el contraste entre esa preciosa joven recién casada tan llena de vida de las fotografías y la mujer temerosa de Dios, airada e introvertida que yo había conocido. En algún momento de su vida, debió de verse ante una encrucijada y elegir el camino equivocado. Tal vez hubo gente que intentó ayudarla a salir del error, tal vez no. En cualquier caso, ella se quedó con lo que conocía, con lo que creyó que la mantendría a salvo y protegida, pero aquello la hizo cautiva y la privó del afecto que debería haber regido la relación con sus hijos y de la verdadera felicidad.

De niña, la Plegaria de la Serenidad estaba impresa sobre una larga cruz de madera que colgaba sobre la mesa del desayuno de nuestra cocina:

Señor, concédeme serenidad para aceptar las cosas que no puedo cambiar,
valor para cambiar aquellas que puedo
y sabiduría para reconocer la diferencia.

Esa mañana pensé que mi madre había colgado esa oración para mí.

Sabía que mi relación con Grant no sobreviviría a menos que él se enfrentara y derrotara sus propios demonios. Que nunca podría hacerlo sentir completo si no se mostraba dispuesto a aceptar lo que no podía cambiar y elegir el sendero de la felicidad.

—Voy a echarte de menos —dijo.

—Tú lo has querido.

—Te quiero, Jess, y lo siento mucho. No sabes cuánto. —Su mirada era intensa—. Debería habértelo dicho antes, pero te lo digo ahora. Me duele dejarte marchar, pero sé que es lo correcto.

—Por favor, déjalo.

Suspiró.

—¿Estarás bien?

Asentí y me coloqué la mochila al hombro.

~

Cuando aterricé en Phuket, Sophie estaba esperándome en la puerta de llegadas. Nos abrazamos y lloramos, pero ver un rostro familiar era justo lo que necesitaba. Por extraño que resultara, llegar a Phuket esa vez no fue muy diferente a cuando lo había hecho hacía seis meses. Mis emociones eran muy frágiles y estaba nerviosa y ansiosa por mi futuro, pero de una forma totalmente diferente.

—Dios, como te he echado de menos... —dijo con su brazo rodeando mis hombros mientras caminábamos.

—Y yo a ti.

Sophie sabía todo lo que me había sucedido, excepto mi pesadilla personal en la habitación del hotel con Grant la noche anterior. Le había escrito correos electrónicos a ella y a Skylar y también a la señora Knight desde Miami, poniéndolas al día de la mayoría de los detalles de nuestra odisea, pero a Sophie le había mandado un correo aparte con los detalles sobre Grant.

—Niran te ha preparado una enorme fiesta de bienvenida para esta noche.

—¿Sí?

—Pues claro que sí. ¿Te sientes con fuerza para asistir?

—No lo sé.

Ella se paró en seco y se plantó delante de mí.

—Cariño, simplemente di que no. Ninguno de nosotros se ha recuperado después de haber escuchado vuestra historia. Mierda, yo lloré tres días seguidos por Quinn. —Sacudió la cabeza y se llevó una mano al corazón—. Ese granujilla juguetón. Una lástima, de verdad. Una maldita lástima.

Asentí.

—Así que si no te encuentras para fiestas, la anularé de inmediato.

—Está bien. La verdad es que estoy deseando ver a todo el mundo.

—¿Estás segura?

—Sí.

—¿Y qué me dices del enamorado? ¿Qué planes tiene? ¿Piensa arreglar todo o se comprará un barco nuevo?

Levanté los brazos.

—Creo que hemos terminado.

Echó la cabeza hacia atrás.

—Terminado ¿con qué?

—Terminado el uno con el otro. Anoche me dijo que no puede permitirse intimar con nadie más. Que se siente responsable por lo que le ha sucedido a Quinn y, de alguna manera, de la muerte de su mujer. Creo que está asustado.

Sophie sacudió la cabeza incrédula.

—Asustado ¿de qué?

—De perder a alguien más.

—¡Eso son memeces!

—Lo sé, pero es la verdad.

Se giró y continuamos andando.

—Después de todo lo que ha sucedido, no sé qué decir.

—Yo tampoco.

Sophie me dejó en casa y durante un instante volví a sentirme como la ingenua chica que se bajara del taxi solo con dinero estadounidense apenas hacía unos meses.

La señora Knight estaba esperándome detrás de la puerta y me abrazó en cuanto entré. Me enterneció ver lo conmovida que estaba por verme de nuevo allí.

—Niran me ha organizado una pequeña fiesta de bienvenida en el bar esta noche. Me encantaría que ustedes dos pudieran venir. ¿Cree que sería posible? —le pregunté. El señor Knight rara vez abandonaba su adorado sillón reclinable del porche trasero.

—No nos la perderemos—aseguró—. El señor Knight está en el porche. Sé que está deseando verte.

—Y yo a él. —Dejé mi equipaje en el vestíbulo y me dirigí a la parte trasera de la casa—. Por favor, no se levante —le pedí al verlo apoyarse en los reposabrazos e intentar ponerse en pie.

—Querida, aún no soy demasiado viejo como para levantarme a saludar a mi chica favorita. —Nos abrazamos—. Nos has tenido muy preocupados. Por favor, siéntate.

—Siento mucho haberlos preocupado. Ha sido... —Hice una pausa desviando la mirada durante un segundo—. No tengo palabras. Ha sido horrible. Solo puedo agradecer estar de vuelta de una pieza.

—Sentimos mucho lo de tu amigo.

—Yo también.

Se recostó en el sillón de nuevo.

—¿Y qué me dices del otro hombre? Sophie nos contó que tú y él sois pareja.

Sonreí ante su terminología.

—Grant. Sí, lo éramos, pero él puso fin a lo nuestro anoche.

El señor Knight arrugó la frente.

—¿Estás triste por eso?

—Lo estoy, pero me pondré bien. Es un buen hombre. Un hombre muy bueno, le deseo lo mejor. Creo recordar que les comenté que perdió a su mujer hace unos años y que este viaje... Este viaje en el que está embarcado es algo que debe concluir él solo. Yo solo fui una pequeña parte de él.

Se me quedó mirando.

—¿Lo quieres?

—Sí.

—¿Te ha hecho daño?

Su pregunta me desconcertó por inesperada. Sabía que no se refería al daño físico. Preguntaba por mi corazón. ¿Estaba hecho pedazos y debía cicatrizar sin vendajes? Sí. ¿Se me encogía el estómago cada vez que pensaba en Grant, que era cada segundo? Sí. ¿Me había hecho daño? Sería injusto contestar que sí cuando él me había enseñado tanto sobre el amor en tan poco tiempo. Hay algunas cosas en la vida que deben experimentarse en tus propias carnes para poder comprenderlas del todo y enamorarse y tener el corazón roto son dos de ellas. Nadie puede describir con propiedad lo que significa amar a alguien incondicionalmente y luego perderlo en un instante. No me había hecho daño a propósito, pero estar separada de él me producía un inmenso dolor.

Levanté la vista hacia el señor Knight, un hombre que llevaba casado cincuenta años con su amor del instituto.

—Desearía que las cosas hubieran sido diferentes, pero estaré bien.

Me retiré a mi habitación y allí me sentí embargada por la emoción. Olía a hogar y había una acogedora calma en el aire. Mi pequeño rincón en el mundo donde tanto había pasado y, sin embargo, tan poco había cambiado. Cerré la puerta y me tumbé en la cama, esperando unas lágrimas que no llegaron. Si bien en cualquier otro momento hubiera llorado —por el barco, el viaje, el ataque, Quinn, Grant y todo eso—, no vertí una sola lágrima porque me pareció infantil e innecesario.

Sentía que todo era correcto, pero que siempre estaría mal sin Grant y tenía miedo de lo que me esperaba. Sabía que eso me causaría una herida tal que tardaría meses, tal vez años, en cicatrizar. Me había enamorado de él hasta la locura en muy poco tiempo, con él había experimentado emociones que hasta entonces me eran desconocidas. Sabía que olvidarlo sería la parte más dura y la temía. Abandonar por primera vez a Caroline había sido muy costoso, pero ella era mi familia y, aunque estuviéramos separadas por la distancia, siempre estaríamos unidas, pero entregar todo mi afecto a un trotamundos como Grant era muy diferente a cualquier cosa que mi aventurero corazón hubiera podido siquiera imaginar.

Esa noche, cuando entré en el patio trasero del bar, me recibió una pancarta de seis metros en la que podía leerse: «¡Jessica vive!».

Niran vestía una túnica rosa chillón con pantalones de lino blanco y estaba bebiendo un cosmopolitan.

—¿Añoraste a Niran?

—Mucho. —Nos abrazamos—. ¿Y tú a Jessica?

—Mucho, sí. Mi bar no es igual sin mis chicas.

—Gracias. Me alegra estar de vuelta.

—Siento mucho lo de Quinn. Era un buen tío, como yo.

—Sí, un buen tío.

—¿Has tenido sexo con el otro?

Su pregunta me hizo reír con ganas por primera vez en mucho tiempo.

CAPÍTULO 34

—Buenos días, clase. Por favor, sentaos en vuestros sitios.

Habían pasado tres semanas desde mi regreso y, sorprendentemente, las cosas iban recobrando la normalidad. No hay un manual de instrucciones que te enseñe a afrontar la tragedia y vivir con ello después. Ninguna etiqueta sobre cuánto tiempo debes sobrellevar la culpa del superviviente, de modo que hice cuanto pude con mis propios medios, que eran mi trabajo y mis amigos. Mi corazón partido por Grant quedó relegado a un segundo plano para poder superar todo lo demás.

Una vez de vuelta en mi zona de confort, empecé a sentir ansiedad por los piratas. Me ahogaba entre los más cercanos y me cansaba conocer a tantos desconocidos de paso. Era algo natural, me decían, y lo único que podía hacer era sobrellevarlo como mejor pudiera. Skylar había recibido noticias sobre un colegio en Londres al que podrían trasladarla, de modo que ascendió a Sophie al cargo de directora. Yo pedí ser relevada de mis tareas de subdirectora cuando regresé al colegio, ya que prefería centrarme en la enseñanza.

Echaba de menos estar con los niños. En mi primer día de vuelta, Alak me abrazó, estrechándome durante un buen rato.

—La he echado de menos, señorita Jessica —susurró.

Me aparté un poco y sequé sus lágrimas con mi mano.

—Y yo también a ti, mi hombrecito. ¿Y adivina qué?

—¿Qué?

—¡Tengo una tonelada de ropa por lavar!

Me sonrió.

—Los gatitos de la tintorería están realmente hambrientos.

—Ya me lo imagino, voy a llevarles unas diez latas de atún. ¿Nos encontramos allí el domingo?

Asintió muy decidido.

~

Salí adelante, pero pensaba en Grant todos los días. Esa noche, volví a casa y le escribí un correo electrónico.

Hola Grant:

Solo quería decirte que estoy bien. He vuelto al trabajo en el bar y en el colegio como si nada hubiera pasado. Pienso en ti todo el tiempo, pero estoy decidida a respetar tus deseos. Solo espero que te mantengas en contacto y me hagas saber qué tal te va. Te echo de menos y estoy a salvo.

Entonces lo borré y empecé de nuevo.

¿Por qué me preocupaba por las sutilezas? Me había pasado toda mi juventud apaciguando y templando ánimos. ¿Por qué continuaba haciéndolo? Había dejado atrás esa vida. Me trasladé a Tailandia para poder hacer lo que quería y dejar de complacer a todo el mundo. ¿Acaso no había aprendido nada? Estaba volviendo a deslizarme hacia mis viejos hábitos y dejando que la gente decidiera lo que era mejor para mí. Necesitaba poner fin a todo eso de una vez por todas.

Enderecé los hombros y tecleé otro correo electrónico para Grant. Decía así:

Eres un cobarde.

Y le di a «enviar».

Una semana más tarde, horas después de que las clases hubieran terminado, Sophie y yo estábamos sentadas en el despacho del colegio, cuando el padre de una de las alumnas apareció muy enfadado. Aparentemente, Marina, una niña de seis años, se había metido en el autobús del colegio pero se había quedado dormida en el asiento trasero y no se había bajado en su parada. Me disculpé y salí de allí para volver a mi clase y dejar que Sophie ejerciera sus labores de directora.

Estaba colocando las sillas encima de las mesas cuando escuché la voz de un hombre detrás de mí:

—Disculpa.

Me volví para encontrar al señor Knight en la puerta.

—¡Señor Knight, hola! Por favor, pase. —Hice un gesto con mi mano.

—Hola, querida. ¡Qué clase tan encantadora!

—Gracias. —Descansé mis manos en las caderas—. ¿Va todo bien? ¿A qué debo este placer?

Dio un par de pasos adelante.

—Bueno, verás, ha llegado algo para ti a casa y pensé que debía traértelo inmediatamente.

—¿Sí?

El señor Knight se volvió y Grant apareció en el umbral.

Me llevé la mano a la boca.

—Aquí está —anunció el señor Knight, extrañamente divertido, antes de dar otro paso para susurrar en mi oído—: Aún no soy demasiado viejo como para levantarme por mi chica favorita. —Me guiñó el ojo—. Os dejaré a los dos a solas.

Mis ojos estaban clavados en Grant. Él me miraba con aprensión, y me di cuenta de que mi cuerpo estaba petrificado. Parpadeé y alcé la barbilla.

—Hola —saludó.

—Hola.

—Se estaba haciendo tarde, así que me detuve en tu casa. Pensé que ya estarías allí.

—Sophie y yo teníamos trabajo aquí.

Mis entrañas se sentían atraídas hacia él como a un imán. Tuve que forzarme para mantener mis pies firmemente plantados y no lanzarme a sus brazos. No me gustaban los juegos y no tenía suficiente experiencia con las relaciones como para saber actuar con tranquilidad e indiferencia. Todo lo que sabía era que el hombre del que me había enamorado estaba a pocos metros de mí y deseaba tocarlo. No tenía ningún deseo de jugar, pero sabía que debía hacerlo y me disgustaba.

—¿Puedo pasar? —preguntó. Su voz me hizo estremecer.

—Sí, por supuesto.

Grant caminó hacia mí dejando apenas espacio entre nosotros. No podía respirar.

—¿Qué tal te ha ido?

—Bien —contesté en voz baja.

—Te he echado de menos.

—¿Y por eso estás aquí?

—Sí.

Levanté la vista hacia él.

—¿Estás aquí porque me has echado de menos?

Tomó despreocupadamente mis manos entre las suyas y yo se lo permití. Todavía no sé cómo pude mantener la compostura en ese momento.

—Estoy aquí porque tenías razón. Estoy cansado de vivir con remordimientos. —Bajó la cabeza—. Y lamento haberte dejado marchar. —Me soltó las manos y se sentó en el borde del pupitre.

—¿Qué tal está el *Imagine*?

—Ha desaparecido.

Jadeé.

—¿Qué ha pasado?

—También tenías razón sobre él. Había demasiados recuerdos allí dentro. Algunos eran estupendos, pero otros eran de los que me gustaría olvidar. Lo cambié por otro nuevo.

Sonreí.

—Esperaba que tú y yo pudiéramos hablar. —Se levantó—. Tengo una habitación en el hotel del puerto deportivo. ¿Quedamos allí esta noche hacia las ocho?

—Claro.

—Genial. Te veré allí.

CAPÍTULO 35

Me senté en el sofá de la suite del hotel de Grant mientras él traía dos copas de vino y se unía a mí. Dio un sorbo y se recostó, resoplando por la nariz.

Lo miré, enmudecida, pero con tantas cosas que decir... A esas alturas no pensaba esperar a que respondiera a mis preguntas ni a que mis sentimientos fueran recíprocos. Le correspondía a él hacer el primer movimiento.

—Gracias por tu correo electrónico —dijo.

Bajé la vista un segundo y no pude evitar que las comisuras de mis labios se elevaran.

—Quizá un poco duro.

—No, tenías razón. Estaba siendo un cobarde, he sido un cobarde durante mucho tiempo. Creo que necesitaba pasar un tiempo con el *Imagine* para darme cuenta de que yo estaba tan dañado como el barco, pero el barco era irreparable y yo creo que aún tengo arreglo. —Sus ojos se entornaron—. Me veía reflejado en él, vapuleado y roto, pero yo tengo arreglo. Ahora estoy convencido. —Se inclinó hacia delante apoyando los codos en sus rodillas, pero manteniendo los ojos en los míos.

—Te quiero.

Mi corazón dio un brinco.

—Y no quiero perder más tiempo —añadió—. Estoy acercándome a los cuarenta y los dos nos queremos, así que ¿por qué esperar para estar juntos? Sé que lo mío con Jane fue algo especial que desapareció demasiado pronto. —Hizo una pausa y sacudió la cabeza—. Y pensar que tú también estuviste a punto de desaparecer... Sin embargo, soy lo suficientemente inteligente como para reconocer que lo que tenemos es también extraordinario. Que te hayas enamorado de mí a pesar de todo por lo que hemos pasado y de todo lo que te he hecho... Que todavía me quieras es un regalo. Tú eres un regalo y ya no quiero seguir teniendo miedo. No tengo intención de perderte de nuevo. Desde luego, no por mi culpa. —Se acercó a mí—. No tiene que ser hoy ni mañana, pero, si me dejas, estoy decidido a pasar mi vida contigo.

Desvié la vista un instante y miré por la ventana que daba al mar. Había elegido el camino correcto. Volví mi atención a él. No parecía ansioso, impaciente, ni demasiado apasionado. Estaba tranquilo, seguro y confiado. Como siempre.

—Creo que sabes lo mucho que me gustaría pasar mi vida contigo —respondí, y se inclinó y me besó—. Esperaba que te dieras cuenta, por supuesto, pero sobre todo quería que comprendieras que te mereces cosas buenas y gente buena en tu vida.

Asintió y volvió a recostarse.

—Gracias. Lo sé, ¿y a que no adivinas...

—¿Qué?

—Mis padres y mi hermana van a venir a Phuket. Y también mis sobrinos.

—¿Ah, sí?

—Sí. Los llamé hace una semana para invitarlos aquí. Así que deberías saber que has hecho feliz a mucha gente, no solo a mí.

Sonreí.

—Una noticia maravillosa.

—Sí, y estoy impaciente por verlos. Ha pasado demasiado tiempo. —Me tomó la mano—. Y ellos están impacientes por conocerte...

—¿Les has hablado de mí?

—Pues claro. ¿Qué clase de bicho raro crees que soy? Si voy a presentar a mi familia a la mujer con la que voy a casarme, no voy a tratarte como a un sucio secreto.

Mis ojos se abrieron como platos.

—¿Y qué pasa si te rechazo?

—No lo harás.

Ladeé la cabeza y arqueé una ceja.

—Y bien, Jessica, ¿te casarás conmigo algún día? —Se arrodilló ante mí—. ¿Pronto?

—Sí.

CAPÍTULO 36

Cuatro meses después

El 6 de agosto de 2011, un jurado federal de Florida condenó a tres somalíes por asesinato, piratería y otros cargos por el ataque. Los tres se enfrentan a penas de muerte. Bridget y la familia de Quinn asistieron al juicio. Los otros diez piratas que se rindieron se declararon culpables de piratería y cada uno fue condenado a cadena perpetua.

Poco después de que regresara a Phuket, Grant alquiló una casa en la playa y, después de que el señor Knight lo bombardeara a preguntas respecto a cuáles eran sus intenciones, me mudé a vivir con él, así que dejé mis paredes color coral y mi limitado espacio sin armarios y desempaqueté mis cosas en una casa con vestidor independiente, una cama tamaño gigante y una lavadora y secadora propias. Alak vendría a mi casa para lavar su ropa y para su primera visita tenía una sorpresa reservada para él.

Lo recibí delante de la vivienda mientras él dejaba su bicicleta en el suelo.

—Quiero enseñarte algo. Ven conmigo —dije, cogiéndolo de la mano.

Caminamos hasta el patio trasero, donde había una gran caja de cartón, abierta por arriba.

—Echa un vistazo al interior.

Se arrodilló a un lado.

—¡Gatitos!

—Grant y yo los encontramos el otro día en la playa. Creemos que tienen ya algunos meses, porque no son muy pequeños, así que vamos a quedárnoslos. ¿Te gustaría ayudarme a ponerles nombre?

Asintió.

—¿Alguna idea? —pregunté—. Los dos son chicos como tú.

Lo pensó un momento.

—Primero debería conocerlos.

Me llevé las manos a las caderas.

—Creo que es una idea genial. Conocer cómo es su personalidad antes de tomar una gran decisión.

Alak se sentó mientras los gatos salían de la caja y trepaban por él, los tres dándose abrazos. Observé cómo sostenía los gatos en su regazo y, al oír el timbre del teléfono, corrí al interior de la casa.

—¿Sí?

—¿Dónde estás? —preguntó Niran—. Se supone que debías estar aquí. La decoración espera. Mucho trabajo por hacer.

Eché un vistazo al reloj del microondas.

—¡Lo siento mucho, voy para allá!

Ese verano Sophie había conocido a un hombre. Era de Australia y había aparecido una noche en el bar preguntando por ella. Se llamaba Jack Taylor y era amigo de un amigo que, cuando supo que Jack iba a viajar a Phuket, le dio el nombre de Sophie y le dijo que la buscara. Y eso hizo. Jack era un antiguo jugador de rugby. Con sus casi dos metros de alto y noventa kilos de firme musculatura, cuando entró en The Islander preguntando por Sophie fue como ver a Russell Crowe entrando en el Coliseo en la película *Gladiator*. Conquistó su corazón y la convenció para trasladarse a Australia con él.

Huelga decir que por triste que se sintiera por perderla, Niran siempre estaba deseando encontrar una razón para organizar una fiesta. Esa noche había planeado hasta el último detalle de una juerga de despedida para Sophie y para ello había invitado a todos nuestros conocidos de la isla, también a unos cuantos alumnos y a sus padres. Grant había ido al mercado de flores y había comprado centros hechos a mano para decorar las mesas y luego me ayudó a mí y al resto del personal a colgar cientos de guirnaldas de luces en los árboles y por el bar. En cuanto el restaurante estuvo decorado, Alak y algunos de sus amigos vinieron para montar las linternas de papel iguales a las de la noche de fin de año en Patong. A Sophie le habían encantado y yo estaba impaciente por darle esa sorpresa.

Tal como resultó, yo fui la sorprendida cuando, media hora antes de que la fiesta comenzara, alguien me dio un golpecito en el hombro. Me di la vuelta y me encontré con mi hermana Caroline frente a mí. Las dos gritamos tan alto que asustamos a todos los que estaban alrededor y a nosotras mismas. Apenas podía respirar.

—¿Qué estás haciendo aquí? ¡Debo de estar alucinando!

Ella lloraba de alegría y me abrazaba.

—¡Yo tampoco puedo creérmelo!

No podía dejar de sacudir mi cabeza a un lado y a otro y, finalmente, miré por encima de su hombro hacia Grant.

—¿Cómo demonios has podido ocultarme esto?

Se encogió de hombros.

—Tengo mis medios.

Miré a mi hermana posando mis brazos sobre sus hombros.

—Oh, Dios mío. ¡Estás aquí! Estás en Tailandia. Yo... yo... no sé qué decir. ¿Has tenido un buen vuelo? ¿Cuándo has llegado? ¿Necesitas algo?

—Allen y yo llegamos ayer. Hemos estado en el hotel adaptándonos al cambio de horario y deseando verte.

—No puedo creer que me lo haya ocultado. ¡No puedo creer que estés aquí!

—Bueno, no pensaba perderme tu boda.

Levanté la cabeza y miré a Grant a los ojos.

—¿Mi boda? —Solté una carcajada y corrí hacia él—. ¿Me estás diciendo que he pasado toda la tarde decorando este sitio para celebrar mi propia boda?

Se encogió de hombros y me estrechó con fuerza para besarme. Grant era todo lo que siempre había soñado. Desde el momento en que robara mi corazón, supe que nunca sería la misma. Me puse de puntillas, rodeándolo con mis brazos y enterrando mi cabeza en su pecho. Él me acarició el pelo suavemente.

—Te quiero, Jessica.

—Yo también te quiero.

—¿Puedo llevarme a la novia? —preguntó Caroline, y me condujo hacia la parte trasera, al despacho de Niran, donde Sophie me estaba esperando con tres vestidos de playa blancos.

—Está bien, cariño, ¿qué te apetece? ¿Sexy, descarada o dulce? —Los sostuvo en alto y me los fue enseñando de uno en uno.

Pero antes de que pudiera responder, Niran —que se había cambiado y se había puesto una túnica de lamé dorado y una corona de diamantes de imitación— irrumpió en la estancia levantándome del suelo.

—¡Tú, mi novia de hoy!

Sophie puso los ojos en blanco.

—Yo cuidaré bien de mi chica —aseveró.

—Gracias, Niran.

—Te veo junto al agua cuando estés lista. —Me dio unas palmaditas en la cabeza y se marchó.

Elegí el vestido dulce, sin mangas, con la espalda descubierta y el cuello halter, que me llegaba justo por encima de las rodillas. Caroline me recogió el pelo en un moño bajo en el que prendió unas orquídeas blancas.

—Es un hombre maravilloso —me dijo.

Asentí.

—Maravilloso.

—Estoy tan contenta por ti, cariño... Te has convertido en una mujer increíble. Mamá estaría orgullosa.

Sonreí y le di un abrazo.

—Creo que sí.

En cuanto estuve vestida, Sophie y Caroline me condujeron por el pequeño embarcadero que pertenecía al restaurante, donde Grant, Niran y unos pocos invitados esperaban bajo la puesta de sol. La cabeza me daba vueltas, pero Grant estaba tan relajado y encantador como siempre. Se había cambiado y llevaba una camisa de lino blanca y bermudas caqui.

—Vamos, vamos —indicó Niran, y Grant me cogió de las manos y nos colocamos el uno frente al otro—. Nos hemos reunido hoy aquí para boda... y también por fiesta de despedida. —Hizo una pausa—. Pero sobre todo por boda. Aseguraos de celebrarlo con mucha bebida y comida —dijo a la pequeña congregación que nos había seguido hasta allí.

Entonces nos ordenó que nos arrodilláramos ante él y colocó una guirnalda de flores alrededor de nuestros cuellos. Yo lo había visto oficiar muchas bodas y, cuando se trataba de una pareja norteamericana como nosotros, solía leer los votos típicos de Estados Unidos, pero siempre añadía algunas tradiciones de Tailandia. Rebuscó por el interior de su túnica y sacó una pequeña cartulina plastificada.

—¿Quieres, señor Grant Flynn, a la señorita Jessica Gregory por esposa? Para vivir unidos desde este día en adelante, en lo bueno y en lo malo, en la riqueza y en la pobreza, en la salud y en la enfermedad, para amarla y cuidarla hasta que la muerte os separe?

Arqueé las cejas y sonreí.

—Sí, quiero —contestó.

—Y la pequeña señorita Jessica, ¿quieres al señor Grant por esposo para vivir unidos desde este día en adelante, en lo bueno y en lo malo, en la riqueza...? —Se inclinó hacia mí y susurró—: He dejado fuera la pobreza. —Me guiñó un ojo—.¿En la salud y en la enfermedad para amarlo y cuidarlo hasta que la muerte os separe?

—Sí, quiero.

—Está bien, muy bonito —dijo, y entonces hizo un gesto a Alak, que se acercó con una gran concha marina llena de agua bendita para proceder a uno de los más famosos ritos de boda tailandeses: la purificación con agua. Niran nos pidió que juntáramos nuestras manos delante, con las palmas unidas, todos nuestros amigos y familiares esperaron su turno para verter un chorro de agua en nuestras manos desde la base del pulgar hasta las puntas de los dedos.

—Por el poder que le han otorgado a Niran, yo os declaro ahora marido y mujer. —Alzó los brazos—. ¡Ya puedes besar novia!

Nos pusimos en pie y unimos nuestros labios y todo el mundo vitoreó. Las lágrimas resbalaban por mis ojos cuando Grant me besó. Después de todo, quizá él pudiera mantener mi corazón a salvo.

Grant aflojó su abrazo e hizo un gesto hacia el cielo con la cabeza, donde docenas de linternas voladoras se elevaban desde el borde del agua.

—Aparte de ti, esta es la segunda cosa más hermosa que he visto nunca —susurró en mi oído.

Era cerca de medianoche cuando la mayoría de la gente se despidió. Sophie y Jack se marcharon pronto a casa para pasar un rato a solas, porque Jack tenía que volver a Australia dos semanas antes que ella.

Caroline y Allen estaban muy despiertos y ligeramente achispados, algo que nunca había visto y resultaba muy divertido.

—Ha sido la boda más bonita del mundo, Jess. No puedo creer que mi hermana pequeña se haya casado.

—Y yo no puedo creer que tú estés aquí diciéndome esas palabras.

Grant me apretó la mano.

—Y bien —dijo—, ¿donde os gustaría pasar vuestra luna de miel?

Grant se volvió hacia mí.

—Obviamente, aún no lo hemos hablado. ¿Tú qué opinas, Jess? ¿Fidji? ¿Maldivas? ¿Quizá Nueva Zelanda?

Caroline estaba muerta de curiosidad, esperando mi respuesta.

Levanté la vista a los ojos de Grant y negué con la cabeza.

—¿Y qué tal Nueva York?

CAPÍTULO 37

Grant y yo sacamos un momento para estar a solas y caminamos por el sendero iluminado hasta la terraza que dominaba el mar.

—Tengo un regalo para ti —anunció.

—¿Ah, sí?

—Sí. Está en el puerto deportivo. —Bajó la barbilla—. ¿Podrías encontrarte conmigo allí en quince minutos?

Crucé los brazos.

—¿Qué has hecho?

—Tendrás que venir a verlo.

—¿Dónde nos encontramos?

—En el muelle G.

Me llevé la mano al corazón.

Se acercó y rodeó mi cintura con sus brazos.

—Te dije que había cambiado al *Imagine* por otra cosa. No creerías que me refería a ti, ¿verdad? —Puso una sonrisa de satisfacción.

Sonreí y sacudí lentamente la cabeza.

—No puedo esperar a verlo.

—Esperaba que dijeras eso. —Bajó sus brazos, me besó y empezó a alejarse.

—¡Espera! ¿Cómo sabré qué barco es? —le grité.

—Lo sabrás —respondió sin disminuir el paso.

Me cambié y puse rápidamente unos pantalones cortos y una camiseta, monté en mi bicicleta y recorrí los diez minutos de camino hasta el puerto deportivo. Rodeé el edificio principal hasta la parte de atrás, donde se encontraban los muelles alineados alfabéticamente, y localicé la letra G. El corazón me latía como si se fuera a salir del pecho. Empujé la verja y me abrí paso por el brillantemente iluminado atracadero pasando los primeros barcos —todos eran yates, no veleros— y leyendo los nombres a medida que avanzaba.

Ragtime.

Miss Kim.

Bad Latitude.

Lyndi R.

Second Wind.

Deck the Hulls.

Y entonces lo vi. Mi pecho se tensó y mis ojos se llenaron de lágrimas, pero estaba sonriendo de oreja a oreja.

The Mighty Quinn.

Grant apareció de bajo cubierta y se quedó mirándome desde la popa.

—¿Qué te parece?

Respiré hondo antes de responder:

—Es magnífico.

Grant dio un paso adelante y me tendió la mano.

EPÍLOGO

GRANT

Un año después

Jessica me había pedido que fuera a buscar algunas cosas al barco, así que me subí en nuestro automóvil alquilado y conduje hasta el puerto deportivo del río Fiumicino. A pesar de las veces que había estado en la ciudad, nunca me acostumbraría a conducir por las calles de Roma.

Una vez a bordo, saqué una pequeña bolsa de lona y la llené con pijamas, camisetas, ropa interior y algunas cosas de aseo. Los últimos dos días habían sido angustiosos. Solté la bolsa sobre la cubierta y me senté con una cerveza y un cuaderno. Nos habían dicho que deberíamos permanecer en Italia al menos ocho semanas, pero nunca pensamos que Jessica se pondría de parto tan pronto.

Ella y yo estábamos compartiendo un helado de chocolate de tres bolas al pie de las escaleras de la plaza de España cuando sucedió: dejó caer su cuchara y se agarró el vientre.

—Creo que acabó de romper aguas. —Nuestros ojos se encontraron.

—Bueno, la cuchara ya se ha roto —dije.

La ayudé a subir a un taxi y el taxista, italiano, se mostró encantado de llevarnos hasta el hospital más cercano. Palmeaba y agitaba los brazos sin dejar de hablar de los nacimientos de sus doce nietos. Jessica me suplicaba en silencio que lo hiciera callar, pero yo no me atreví a hacerlo. La sostuve en mis brazos y tranquilicé a mi esposa hasta que llegamos a la puerta de entrada.

Cuarenta y ocho horas más tarde, Sophie Caroline Flynn había nacido.

Di un sorbo a la cerveza y comencé a escribir. Las palabras que plasmaba en el papel habían surgido en el momento en que vi el rostro de mi hija, necesitaba expresarlas. Nunca en mi vida me habían presentado a una belleza semejante. Mi corazón pertenecería por siempre a mi pequeña y a Jessica.

Al terminar de escribir aquella carta, la doblé, la metí en un sobre y la guardé en la bolsa. Luego recé en silencio por mi vida antes de adentrarme de nuevo en el tráfico de Roma.

Mis chicas estaban despiertas cuando regresé.

—Hola —saludó Jessica—, te hemos echado de menos.

Dejé la bolsa en el extremo de la mesa y saqué la carta.

—¿Esa es tu carta? —me preguntó.

Asentí.

—¿Puedo leerla?

—Claro que sí.

Jessica me tendió a nuestra hija y yo le pasé la carta.

Querida Sophia:

Bienvenida a este loco mundo nuestro. Confío en que te guste viajar, porque tu madre y yo no hemos echado raíces en ninguna parte en casi dos años. Olvida eso... Solo espero que te gusten los barcos.

Gracias a Dios, ha pasado mucho tiempo desde que estuve en un hospital y esta vez no puedo sentirme más feliz por el motivo que me ha traído hasta uno. De hecho, estar sentado al lado de una cama de hospital durante dos días esperando tu llegada me ha hecho pensar en alguien más. Alguien a quien quise una vez y alguien que me llevó hasta tu madre.

Jessica hizo una pausa para mirarme y yo me incliné y le di un beso.

Quiero que sepas lo mucho que tu madre y yo nos queremos y lo mucho que te querremos. Lo mucho que hemos hablado de tu llegada y lo ansiosos que estamos por conocerte mejor. Estamos ansiosos por escuchar el sonido de tu voz. Ansiosos por saber si te gustan los vestidos o los vaqueros o si prefieres el azul al rosa. Ansiosos por mostrarte el mar y nuestro mundo y ansiosos por ver la increíble mujer en la que te convertirás. Hasta ahora, solo te hemos imaginado.

Mamá y yo queremos que sepas que puedes hacer cualquier cosa con tu vida. Que cuidaremos de ti y te enseñaremos cuanto sabemos y que te proporcionaremos todas las oportunidades para que puedas seguir tus sueños. Imagínanos sonriéndote y animándote en cada paso del camino.

Y, en cuanto a lo que hagas después, solo podemos imaginarlo.

NOTA DE LA AUTORA

Este libro se inspiró en dos historias inimaginables reales. La primera de ellas comienza con seguir tus sueños y creo que todos podemos aprender una lección de Jane y Marc Adams, amigos míos de los primeros cursos de universidad, que adquirieron un velero, sacaron del colegio a sus tres hijos (Caroline, Grant y Noah) y navegaron por todo el mundo en un barco llamado *Imagine*. Partieron desde el puerto de Monroe en Chicago, Illinois, en agosto de 2008 poniendo rumbo a una aventura única en la vida.

Jane, farmacéutica nuclear, y Marc, que trabajaba en el departamento de ventas en una consultoría, dejaron sus carreras aparcadas y eligieron educar ellos mismos a sus hijos y proporcionarles experiencias de primera mano. Después de casi cuatro años, cuarenta mil millas y cuarenta y dos países, regresaron a su Chicago natal, a sus colegios y a sus carreras con una nueva perspectiva de la vida. Habían vivido su sueño.

Os animo a que leáis más sobre su familia y su increíble viaje en www.sailimagine.com

La segunda historia es extraordinariamente conmovedora y asombrosa, pero tristemente no acaba con un final feliz. El 18 de febrero de 2011, un velero llamado *Quest* en el que viajaban dos parejas jubiladas de norteamericanos —una de ellas formada por un matrimonio de misioneros que había estado repartiendo biblias en colegios e iglesias de aldeas remotas en lugares como las islas Fidji, Nueva Zelanda y la Polinesia francesa— fue asaltado en el mar Arábigo frente a la costa de Omán. Su barco fue abordado por diecinueve piratas somalíes, que los tuvieron cautivos durante cinco días hasta que finalmente los mataron bajo cubierta sin previo aviso. Durante los días en que permanecieron secuestrados, el navío de la marina estadounidense *Sterett* estuvo siguiendo al barco y dos de los asaltantes llegaron a subir a bordo del *Sterett* para comenzar las negociaciones para la liberación de los norteamericanos, pero algo salió mal.

A continuación, incluyo un extracto de un artículo del 22 de febrero de 2011 de las noticias de Fox.

El yate *Quest* fue secuestrado el viernes en la costa de Omán y las fuerzas de Estados Unidos han estado siguiendo de cerca la embarcación.

A diferencia de la mayoría de los incidentes con piratas, estos saqueadores abordaron el *Quest* directamente desde su barco nodriza, en lugar de usar esquifes más rápidos. El barco nodriza continúa libre.

El vicealmirante Mark Fox, comandante de las fuerzas navales del Centcom explicó la secuencia de los acontecimientos durante una breve rueda de prensa con los periodistas destinados al Pentágono. De acuerdo con Fox, no hubo «absolutamente ningún aviso» antes de que la situación de los rehenes se volviera letal.

El lunes, dos piratas subieron a bordo del *Sterett* (uno de los cuatro buques de guerra estadounidenses que supervisaban la situación) para entablar las negociaciones conducentes a la liberación de los rehenes norteamericanos. Permanecieron a bordo toda la noche y no está claro si se ofreció algún rescate antes de que la matanza tuviera lugar.

A las ocho de la mañana, hora local, del martes, los piratas a bordo del *Quest* abrieron fuego con un lanzagranadas contra el *Sterett*. El proyectil no llegó a impactar, pero inmediatamente después se escucharon disparos en el interior de la cabina del *Quest*.

«Varios piratas aparecieron en cubierta desplazándose hasta la proa con las manos arriba en señal de rendición», explicó Fox. Ese fue el momento en que las Fuerzas de Operaciones Especiales americanas (SOF) se acercaron con pequeñas lanchas y abordaron el yate.

Cuando los soldados del SOF —una unidad clasificada de los SEAL de la armada— alcanzaron el yate, se encontraron con que dos piratas ya estaban muertos por disparos de pequeñas armas de fuego. Y, al ir bajo cubierta, se produjo un tiroteo en el que resultó muerto un pirata. El otro murió a manos de un miembro del SOF que utilizó un cuchillo en el combate cuerpo a cuerpo, dijo el vicealmirante Fox.

El SOF descubrió que uno de los rehenes aún vivía, pero no sobrevivió a causa de sus heridas. El vicealmirante Fox ha calificado el suceso como el incidente de piratería más mortal hasta la fecha.

Esa fue la misma semana en la que mis amigos Jane y Marc y su familia estaban haciendo la travesía por el océano Índico. No hace falta decir que para ellos fueron momentos angustiosos, terribles y arriesgados.

Para mí, la historia del *Quest* resultó a la vez deplorable e inquietante. Después de leer sobre ella en el blog de Jane y Marc y de oír las noticias, no pude dejar de pensar en las condiciones que debieron de soportar los norteamericanos que estaban a bordo. Nadie lo sabrá nunca con certeza, pero solo puedo esperar que fueran tratados con un mínimo respeto y que sus familias puedan encontrar algo de consuelo al pensar que estaban haciendo lo que les gustaba.

Considero importante formular una pregunta que seguro se estarán haciendo muchos lectores: ¿por qué los navegantes recorren ese pasaje si se corre tanto peligro? Así que les he pedido a Jane y a Marc que la contestaran por mí. Aquí está su respuesta.

Somos conscientes de que muchas personas estarán preguntándose por qué gente razonablemente inteligente decidiría navegar a través de esas aguas, no porque estuvieran obligados a hacerlo sino por propia voluntad. Como todas las decisiones referentes a ese pasaje, cada capitán de tripulación tiene sus propias razones para decidir el rumbo que sigue. Nosotros éramos muy conscientes de los peligros del océano Índico por aquel entonces y evaluamos todas las alternativas disponibles para evitar la piratería.

Primero de todo, no íbamos armados. Aunque había un puñado de barcos que si lo estaban ya, bien fuera con pistolas o bien fuera con rifles. En realidad, aunque hubiéramos ido armados, nunca habríamos podido igualarnos a la hora de enfrentarnos a esquifes atestados de piratas con fusiles automáticos AK-47 y lanzagranadas.

Sabíamos que estaríamos solos y no podríamos depender de Estados Unidos ni de cualquier otro apoyo militar. Es un océano inmenso, imposible de patrullar por los militares. Las agencias de Estados Unidos y Reino Unido con las que estábamos diariamente en comunicación desde meses antes a emprender nuestra travesía y mientras cruzábamos el océano Índico, advertían a todos los veleros y recomendaban no navegar por esa zona. En su opinión, navegar por allí era demasiado peligroso.

Estuvimos cerca de abandonar nuestros sueños de continuar esa vida de crucero y navegación por el mundo e incluso hicimos gestiones para vender el *Imagine* en el sudeste asiático o Australia. También consideramos navegar hacia el este de vuelta a través de Filipinas, Japón y las islas Aleutianas de Alaska para llegar a la Costa Oeste de Estados Unidos, pero esa travesía de cuatro mil millas a través de unas aguas de lo más peligrosas no era demasiado apetecible. Evaluamos cambiar nuestro rumbo e ir hacia el sur rodeando

Sudáfrica y de vuelta por el Atlántico Sur, pero las condiciones de navegación por esa ruta son extremadamente malas y también existía la amenaza de la piratería.

Durante meses tratamos de organizar un barco de transporte (naves de transporte que trasladan yates a través del océano Índico hasta el Mediterráneo), pero no había ningún barco disponible. Meses más tarde, supimos de la reciente existencia de una nave de transporte que acabó trasladando hasta treinta veleros sanos y salvos desde las Maldivas a Turquía. Para muchos navegantes, sin embargo, el coste era demasiado caro, ya que excedía todo el presupuesto de la travesía para todo un año.

Para nuestros amigos de Europa, no obstante, esa ruta era el único modo de regresar a casa. Algunos sentían que la seguridad de un convoy era suficiente para llevarlos por esas temibles aguas. Otros pocos incluso pensaron que los riesgos estaban sobrevalorados y creían sinceramente que los yates no serían de interés para los piratas. Por el contrario, muchos creían que la mejor solución era ir solos, rápidos y sigilosos. Es un vasto océano el que hay ahí fuera, ¿qué posibilidades hay de que un pirata vaya a cruzarse con ellos?

Y, sorprendentemente, también había quienes desconocían el creciente peligro de la piratería en el océano Índico. Y si bien no podemos decir que eran tan ciegos como para creerse invencibles o inmunes a los peligros, hubo algunos que ocultaron sus miedos mejor que nosotros o fueron más valientes que nosotros.

En cuanto a nuestra decisión... en lugar de cruzar por el centro del océano Índico —la ruta tradicional de navegación— basada en la ubicación de los ataques piratas conocidos y en la habilidad de nuestro barco para recorrer largas distancias a motor, elegimos navegar a lo largo de la costa de India. Nos mantuvimos cerca de la costa, navegando más al norte del lugar donde se había producido el ataque pirata más septentrional hacia Pakistán, rumbo a Muscat, Omán. Fue un difícil rodeo de mil quinientas millas que la mayoría de los barcos no pueden realizar navegando a motor con el viento en contra, pero el *Imagine* sí podía y Muscat fue un hogar seguro para Jane y los niños durante esas cuatro semanas, y yo continué con mis dos miembros de la tripulación, Mike y Kieran a través del golfo de Adén hasta el mar Rojo. Una vez a salvo a través de Egipto, Jane y los niños cogieron un avión para encontrarse con nosotros y reunirse con el *Imagine* y conmigo.

El día en que dejé a Jane y los niños en Omán fue el día en el conocimos la noticia de que la tripulación a bordo del *Quest* había sido asesinada.

AGRADECIMIENTOS

La palabra «gracias» apenas puede expresar la admiración y la gratitud que siento por Jane, Marc, Caroline, Grant y Noah Adams. Sin su inimaginable viaje y coraje para seguir sus sueños, esta historia no habría existido. Jane y Marc pasaron innumerables horas conmigo reviviendo sus viajes y contándome historias de los países que habían visitado, mientras yo tomaba notas y vivía a través de ellos, rabiando de envidia. Ellos han leído este manuscrito casi tantas veces como yo el año pasado. ¡Os quiero, chicos!

Durante el proceso de creación de este libro, también fui bendecida por encontrar un cómplice en el crimen en la editora Madison Seidler. Madison, gracias por tus ánimos, tus textos, tu generosidad y, sobre todo, por tu confianza. Tienes un verdadero don cuando se trata de conocer lo que interesa a los lectores y te doy las gracias por ello y por mucho más.

A continuación quiero transmitir mi inmenso agradecimiento a mis lectores críticos beta. No puedo expresar lo mucho que cuento con ellos y cuánto significan sus opiniones para mí. Meg Costigan, Tammy Langas, Iris Martin, Kelly Konrad, Beth Suit, Wendy Wilken, Rebecca Berto, Amanda Clark, Nicole Angle, Angela Schillaci, Liis McKinstry y, por supuesto, mi suegra y mi madre, que son mis mayores y más elocuentes admiradoras y críticas.

También tuve suerte al contar con unos increíbles contactos en la armada, que me ayudaron a transitar por los capítulos referentes al rescate y al protocolo a bordo de un portaaviones. Me refiero a Becki Moran, Spencer Langley y Justin Krit. Gracias por vuestro servicio y por vuestra valiosa ayuda con este libro.

Y, por último, quisiera extender mi agradecimiento a aquellos a los que afectuosamente me refiero como el Equipo Dina.

Mi agente, Deborah Schneider, gracias por decirme que soy mejor escritora de lo que yo pienso. Lo necesitaba.

A mi editora, por ayudarme a sacar adelante este libro: Andrea Hurst, gracias por disfrutar con esta historia tanto como yo y por hacerla mejor de lo que era.

A mi familia de editores en Lake Union Publishing. Muchas, muchas gracias por vuestros continuos apoyo y entusiasmo por este libro, también por creer en mí.

Es necesario el esfuerzo de muchos...

ÍNDICE